深夜旅行的女人

La voyageuse de nuit

[法] 弗朗索瓦兹·尚德纳戈尔 著
李焰明 译

上海文艺出版社

图书在版编目(CIP)数据

深夜旅行的女人/(法)尚德纳戈尔著;李焰明译.—上海:上海文艺出版社,2011
ISBN 978-7-5321-4110-4

Ⅰ.①深…　Ⅱ.①尚…　②李…　Ⅲ.①长篇小说-法国-当代　Ⅳ.①I247.5

中国版本图书馆 CIP 数据核字(2011)第 031025 号

特约策划:许韩茹
责任编辑:刘晶晶
封面设计:LIKA

深夜旅行的女人
〔法〕弗朗索瓦兹·尚德纳戈尔著
李焰明　译
上海文艺出版社出版、发行
地址:上海绍兴路 74 号
电子信箱:cslcm@public1.sta.net.cn
网址:www.slcm.com
新华书店经销　宁波市大港印务有限公司印刷
开本 890×1240　1/32　印张 10　字数 224,000
2011 年 3 月第 1 版　2011 年 3 月第 1 次印刷
ISBN 978-7-5321-4110-4/I·3167　定价:27.00 元

深夜旅行的女人

La voyageuse de nuit

1.

去世前好几个月她就闭上了眼睛。前天，她被送进路易-巴斯德医院接受**姑息治疗**，全体医务人员看见她这副样子都惊讶不已："夫人，请您睁开眼睛！她为什么这样？"我们无从知晓。是精力耗竭？好像不是，因为重病患者往往就是用眼神与人交流的。

父亲第一次询问就遭到她的痛骂。他扶她去卫生间。那时，已经需要两个人才能把她从**医疗**床送到特制的便座上：一个人在前面倒着走，肩膀支撑着病人的胳膊，另一个人在后面托住她的身体。母亲已直不起身子了。严格说来是这么回事。我们把她扶下床，她便四肢僵硬，弓着腰站在那儿。她的背和腿与地板形成一个锐角三角形。在我们的轻轻推动下，她缓缓张开锐角。一天，父亲扶着她在走廊里倒退着走，走廊很狭窄，我妹妹索尼娅从后面轻轻推她，她被母亲挡着什么也看不见，三个人套在一起摇摇晃晃地走着。疲惫不堪的父亲终于忍不住了："我的上帝！奥尔嘉，你行行好，睁开眼睛吧！看着我！"她立即低声吼道："我看够了你那副样子！"

难道她"看够了"我们所有人？甚至她的女儿？因为她也对我们说："都给我走开！"

她对我们有什么不满呢？是因为我们延缓了她的死期？还是因为我们无法延长她的寿命？我们太无能了！不管怎么说，我们和医生、护士一样无能……

我的小妹妹莉萨始终很乐观，对此她有独到的见解。她认为母亲找到了用微薄之力控制世界的方法，只需“我睁眼”或者“我不睁眼”。她扇动一下睫毛便可以惩罚你或者奖励你。她总是变幻莫测，让你揣度她的心思，哀求她。虽然她只掌控着一个很小的王国——一张眼皮，却还要发号施令。

莉萨说得对，即便不说一句话，不用眼睛看，她也能充分表达自己的思想。她用五个符号——耸肩、扬眉、叹气、皱眉、咂舌——便可回答我们的所有问题，还能发牢骚，训斥我们呢。

最近几个月，每天早上，我们去向她道早安的时候，她总是耸耸肩。我们用托盘给她端去早餐，如果我们自找没趣征求她的意见——“你那半个羊角面包是抹蜂蜜还是果酱？”——她便耸耸肩，一个意味深长的动作，我们能够想象得到，她眼皮紧闭眼睛却朝着天……为了一口一口地喂她吃东西，我们不得不扶她坐起来靠在枕头上。我们动作笨拙，她就使劲咂舌。按程序，早饭后是服药时间，这是每天最艰难的一件事。“妈，张开嘴。妈，这是你的吗啡，你的美施康定[①]。就是那种浅褐色的药片。请你张开嘴……”嘴紧闭着，母亲疑惑地扬了扬眉，然后皱起眉头，现在，她什么时间吃什么药都由女儿们决定，而她对她们的能力深表怀疑。“妈，你今早还没吃药呢，浅褐色的和粉红色的都没吃。按处

① 又名硫酸吗啡控释片，为强效中枢性镇痛药，主要用于晚期癌症患者。

方上的规定，十点钟我得喂你吃这些药。现在是十点钟，该吃了。你想看处方吗？”叹息，耸肩。一天，似乎是含沙射影，她说，我太粗心会把她毒死，于是我解释，为自己辩护，还劝导她，最后我哀求她说：“求你了，妈，相信我吧，你今天早上到现在确实没吃任何药。一片都没吃。我说的是真的！我不会弄错的，妈……我向你发誓！”她立即制止了我：“不许发誓，卡蒂娅！”

她语气严厉，跟小学老师训斥一个撒谎的小女孩没两样：“竟然还敢发誓！”她只说出三个词就让我重新穿上褶裙和白短袜回到了少女时代。我默默地走出房间，眼里噙满泪水，我知道孩子不应该同父母顶嘴。说一个词都是多余的，都会被视为无法无天，大逆不道，最终得到这样的警告：“回你的房间去，我不想再见到你！”

去年夏天，因为实在厌倦了这些没完没了的面对面的交锋，我便请小儿子拉斐尔接替我的工作，给她喂药。母亲对这个小助手不屑一顾，他也不把她的疑神疑鬼当回事。儿子制作了一张大表，一行行清楚地写着每种药的服用时间以及处方规定的剂量，每次喂完药他都要求病人在表上签字。很久以前母亲就不再签名了，因为她虚弱得连纸都按不住。不过，在外孙的引导下，她还是努力在他指定的位置打了个叉。而且，因为女儿们都不在场，好像她甚至还抬起了半只眼皮……

“我不是跟你说过嘛！”莉萨坚持道。“她肯定能睁开眼睛！她还不至于‘病’到这种程度！她只是不想睁眼罢了……不是因为光线刺眼，根本没那回事！也不是不想见我们。她不愿睁眼，不过是想向我们证明她还能为所欲为！卡蒂娅，你明白了吗？她要向我们证明，尽管她已病入膏肓，实际上还是她说了算……”

我不知道。莉萨把妈妈理想化了，以为她身体很好，意志坚强。薇拉也这么想。其实，闭上眼睛之前，母亲在屋里的时候就已经关着百叶窗了。还拉上双层窗帘。大白天。每次从巴黎来，我都想打开窗户，让屋子见见阳光，透透空气。她总是反对，声音很细却很有分量："我喜欢这样。"后来，为了省力，她只说："随它吧。"是请求？不。是蛮横的命令。

她被活埋了，被她自己埋进了坟墓；然后她闭上了眼睛。

应该说她是在"死亡过道"里开始了她的第六年的病中生活；而且，从一开始她就知道没有获救的希望。她只能等死，如此而已。耐心地等待死亡的降临。

她是偶然走进——或者可以说是误入——绝症患者的地盘的。起先只是隐隐作痛，持续了一年半，没有诊断出什么病。"你们的母亲神经太过敏感，"利摩日诊所的放射科医生对我们说，"她没有任何毛病，只是身心失调。"给她看病的普通科医生也说："你们比我更了解你们的母亲——一个容易激动的女人。她会'自我暗示'。她要是信教，身上肯定留有圣伤痕[①]。"接着，突然进入备战状态，鉴定，复核鉴定；维勒瑞弗的诊断结果下来，是肝癌。一年强化治疗：手术，切除，化疗。预后谨慎。"当然，"维勒瑞弗的外科医生说，"要不是利摩日诊所耽误了一年半，我们不至于像现在这么束手无策！"接着，面对一次又一次失败，母亲决定停止**祛病治疗**。她不想毁灭自己的身体，于是选择非药物治疗，**自我姑息治疗**，在家治疗：镇痛药，维生素疗法，消炎药，补充蛋白质，安眠药，植物煎药，顺势疗法，按摩，吗啡。大量吗啡。她在自家或者说我

① 状如耶稣在十字架上被钉死后身上所留下的伤痕。

们的家治疗了四年，没有住一天医院。医院，坚决不去！

“真能挺！”有时，我们的朋友委婉而小心翼翼地试探后，发现我们的母亲还活着，便惊讶地说。他们当中很少有人敢问：“你们是怎么做的?”是啊，我们是怎么做的？现在，她三十四公斤，由于褥疮越结越多，她的背简直成了一整块伤疤，我们没法挪动她，无论如何，她必须回到她不想去的那个地方——医院。媒体不断吹捧的一家高级医院，即路易-巴斯德姑息治疗中心，在讷伊。她刚被送进这里，当然征得了她的同意，因为她是个有主见的人（“随它吧”）。然而，近两年来，她把自己囚禁在窗户紧闭的、幽暗的屋里，过着与世隔绝的生活。两年来，为了陪伴她走向死亡，我们也不再活着。

2.

四个女儿，我们以前是四个女儿。我们现在是四姐妹，但我们以前是四个女儿——卡蒂娅，薇拉，索尼娅，莉萨。我们是奥尔嘉的女儿。

我们的名字听上去像俄罗斯人的名字，不过，从我们的姓氏“勒盖莱克”可以看出我们是布列塔尼人。奥尔加·勒盖莱克，薇拉·勒盖莱克，这样的姓和名组合在一起显得极不协调。而我父母的结合则更加离奇，不是吗？父亲亚纳·勒盖莱克是高级商船船员，圣塞尔旺①一个渔民的小儿子。母亲奥尔嘉·萨洛夫出生于克勒兹省山区，是沙皇军队一个迷路的士兵与利穆赞②一位牧羊女天方夜谭似的爱情的结晶。

一切起始于一九一七年，被派往埃纳省③前线的俄罗斯军队在法国人的指挥下开始组建苏维埃委员会。没过多久他们就被调出战壕，派往距战场六百公里远的中央高原，一共有一万六千个士兵和三百个军官。他们驻扎在克勒兹高原的拉库蒂纳营地，这是一片布满灰色薰

---

① 法国布列塔尼半岛北部的一个海港，濒临英吉利海峡。

② 法国中部一个大区的名称，北邻中央区，下辖科雷兹省、克勒兹省、上维埃纳省，区府为利摩日。

③ 位于皮卡第大区。第一次世界大战中，数场战斗在该地展开。德国人在一九一八年对贵妇小径的争夺是其中最著名的，也被称为第二次埃纳战役。

衣草和浓密的矮树林的广袤土地。只有一条公路，两三个小村庄在风中瑟瑟颤栗。可以说不是人待的地方……尽管条件恶劣，这些叛乱者仍然纵情玩乐，他们敞开灰绿色的军装，反戴着帽子，喝得醉醺醺的，他们放声歌唱，甚至还跳起了舞。过了两个月花天酒地的生活，接着，整整两天，他们遭到架在邻近山丘上的七十五毫米口径大炮的轰击，总司令部重新控制了局面。军官们被送往非洲惩戒连；军队的主力则被遣散并在严密监视下到附近的森林伐木，等待胜利。我那出生于伏尔加河畔的外祖父米哈伊尔·塞尔吉耶维奇·萨洛夫就是在拉弗亚德森林伐木时遇到一个十六岁的女孩并爱上了她。女孩是索里埃尔-雷皮伊咖啡馆老板的独生女，该镇位于海拔九百米的山上，镇子里有四百个居民，其余的人散居在山里，住在世界尽头的小农舍或诺亚时代的洪水前的"船壳板"里。

直到一九一八年十一月十一日，米哈伊尔还没有说服咖啡馆老板把女儿索朗日嫁给他。他没有同战友一起兴高采烈地回到无产阶级的红太阳冉冉升起的新俄罗斯。倒不是因为他对红太阳怀有敌意，而是他当时热恋着索朗日。她是他的"小灵魂"；太阳此刻只在他心里。

他继续到处伐木，不过总是在克勒兹省的拉努瓦耶和科雷兹省的佩尔勒瓦德之间转悠。当地人跟他很熟。他们甚至还喜欢上了他。生活在高原的克勒兹人个头都不高，跟他们比，米哈伊尔算是大高个。于是，大家称他"巨人"，说他三斧子砍倒榉树，不费吹灰之力就能扛起橡树。小伙子很聪明，发明了带有加热装置的茶炊，其实就是俄国军官们走后留在拉库蒂纳营地的一件炊具，这让大家赞叹不已……如此看来，他是个机灵的人，知识广博且"不傲慢"。晚上打谷子的时候，他学雎鸠叫；冬天，他与邻居晚间聊天时还放声歌唱，甚至用方言唱，小舌音"r"

比真正的利穆赞人发得还地道。此外，大个子米沙酒醉后情绪愉快(因为他的俄罗斯名字很难发音，大家就叫他米沙)。

由于酒醉后情绪愉快这条，五年后，索里埃尔咖啡馆老板决定纳他为婿。在咖啡馆当侍者，最重要的本领就是有办法让顾客开心，让他喝得高兴自己又不落下风。也就是说要跟顾客喝酒自己却不醉倒。米沙很会控制自己的酒量，特别是他并不爱喝酒，只是假装爱喝罢了。咖啡馆老板刚刚失去老伴，心想：索朗日已经成年，要是女儿一气之下毅然跟他离家出走，那他就没有家庭主妇了……一九二二年，在双方深思熟虑后都感到满意的情况下，米哈伊尔·萨洛夫娶了等待已久的索朗日，同时还得到了索里埃尔咖啡馆。没过多久，大家就只说去俄罗斯酒馆了，因为米沙的岳父患感冒突然去世，直接就把老板的位置让给了他。

米沙独自承担起咖啡馆的生意，同时还协助索朗日开了个食品杂货铺，卖油、糖、蜡烛和糕点之类的日常生活所需。晚上，村里的孩子们来咖啡馆把他们的酒鬼爸爸接回家时顺便帮妈妈买些食品带回去，一般情况下，酒鬼们喝完龙胆苏士酒①和皮贡石榴酒都还不想回家。

孩子……这正是索朗日和米沙感到生活不尽如人意的地方。

他们终于有了个女儿，这时米沙已经四十多岁了。他想给她取名伏尔加，因为他把生命和爱全都寄托在她身上。总有一天，伏尔加会把他的希望带到大海的那边，那个蒸蒸日上的祖国。伏尔加……但他只能给她取名奥尔嘉，这个名字更容易使她在异国获得身份。

两年后，索朗日怀孕并生下一个男婴。不幸的是，孩子是难产。由于没有及时请医生，孩子死了，母亲痛不欲生，哭得死去活来。反正，目

---

① 法国产的一种黄色龙胆开胃酒。

睹这一场面的那些无能的接生婆是这么说的。对我们，她的外孙女，索朗日外婆从不否认当地妇女的言外之意，说："鉴于我身体欠佳。医生禁止我与丈夫同房。好时光就这样错过了！"奥尔嘉在父母的关爱中孤独地成长，父母也因为她的存在而延续着他们的爱情。

克勒兹高原总是狂风肆虐，她则在咖啡馆门前玩着跳房子的游戏，还向摄影师吐舌头；她梳着两根小辫子，辫梢扎着绸带，简直是"梅尼耶巧克力"上那个淘气的小女孩。

米沙太溺爱她了。他把她打扮成公主的样子，还把她当假小子养。她穿着衣领上绣着花的衣服爬树。米沙称她"我的独生女"，并且整天不离口。女儿意识到自己对父亲有多么重要，于是就像我们这儿有句谚语说的那样，"把他捏在手心里转"。一九四三年，米沙回到游击队基地（他是神枪手，并且天生具有反叛精神），十二岁的奥尔嘉成了抵抗运动最年轻的助手，是他们的"福星"。她立了一次战功，也做过一件冒失的事。

那时，我们的母亲常在傍晚钻进山谷里的矮树林中，她曾在很长一段时间里对这段经历保存着美好的回忆。毋庸置疑，他们曾经出生入死（因为索朗日外婆后来常跟我们讲"蒂勒[①]的被绞死的人"，还说她吓得魂飞魄散），但父女俩提起这段往事只是淡淡一笑。好像他们去那儿不过是开心地玩了一场而已……好像除了要弄德国鬼子和胆小鬼，他们没有做别的事！

奥尔嘉和米沙，天生勇敢而执著的一对。

---

① 科雷兹省省会。

米沙成了战士，“高原的林中罗班”，勇士，他从未想过与爱女分开。让奥尔嘉离开索里埃尔出去读书，没有的事！她和大家一样，取得初等教育修业证书后就辍学了。再说，她将来要经营食品杂货店和咖啡馆，读那么多书有什么用？尽管农村人口外流，咖啡馆的生意却很兴隆。以前索朗日只是烧火做饭，现在他们还设宴招待老兵，周六晚上组织舞会，承办红白喜事。不过，没有初领圣体的仪式，因为克勒兹高原的居民不领圣体。奥尔嘉还坐车去奥比松[①]上缝纫课，这是她母亲的主意。在她十六岁的时候，父亲替她报名参加了一个急救员培训班，是红十字会的一些女士们发起的。急救知识，这在革命运动中会有用的……也就是在这个时候，人们在这个乡下姑娘身上发现了一种才能：她天生就是当护士的料。但是必须参加护士资格证的考试。红十字会的女士们建议她读个函授班。

奥尔嘉压根就不是好学生。她从来没有乖乖地坐在咖啡馆的角落里认真看过书。她不怎么学习，倒是经常去跳舞，有时还唱歌，她也从来不复习，可是，出乎大家的意料，她居然获得了证书。那年她十七岁。她喜欢风笛华尔兹舞曲（米沙的华尔兹舞跳得棒极了）、贾戈·莱因哈特[②]，喜欢自行车和广播电台的各类公众评选赛，还喜欢钓螯虾。红十字会的女士们告诉她有一个学校开设了护士速成班，还帮她报了名。那个年代，家里缺少人手，而她要上八个月的课，还要在巴黎的一家医院实习半年。

巴黎！索朗日大喊起来。米沙低声抱怨说，他没有病，像他那么强

---

① 克勒兹省的一个地区，位于中央高原西北部，被誉为挂毯之都。

② 贾戈是住在马车上的吉卜赛人。一场车厢火警废了他的无名指和小指，但他的吉他依旧弹得很出色，独特的指法更令他自成一家，被称为“三指琴魔”。

壮的人根本不需要在家里有一个护士。特别是巴黎的护士！说真的，女儿在克勒兹，挨着俄国式茶炊，不是过得很好吗？戴着手套和帽子的红十字会的女士们执意要让农村现代化，让女孩也接受教育……奥尔嘉拿不定主意。她不想离开父母，不想工作。奥比松的女友们替她做了决定："去吧！如果在那儿不开心，你就回来。不管怎么说，你可以去巴黎了！有人给你出钱买车票……"

四个女儿。我们是奥尔嘉和布列塔尼海员亚纳·勒盖莱克的四个女儿。

事情发生于七月十四日在市政厅广场举行的舞会上。父亲刚从商船学校毕业，来巴黎参加一个朋友的婚礼。为参加这个舞会，母亲向学校请了假。他们一起跳舞。

那是五十年代。舞动的裙子，手风琴，三角帽，他们沉浸在幸福中。没有采取避孕措施。

九个月后，我降临人间。其间，这对恋人互相交换了地址，由于时间紧迫，还私订了终身。奥尔嘉·萨洛夫成了勒盖莱克夫人；后来，她离开护校，学起了育儿法，并回到她爸爸家。我父亲亚纳当时在一艘运香蕉的商船上工作，往返于迪耶普和利伯维尔①之间。外祖父没费多少口舌就说服了他，让我母亲回家住，说一个如此年轻的妈妈（我出生前她刚满十九岁三个月）仍然需要父母。再说，这位布列塔尼水手没有船籍港，时而在迪耶普，时而在波尔多和勒阿弗尔。把妻子和孩子安置在娘家之前，他就希望生活稳定些，去一个办公室上班或在一条定期航

① 迪耶普为滨海塞纳省首府；利伯维尔为加蓬共和国首都，重要的热带木材出口基地。

线上任职。而且，据米沙说，索里埃尔离利摩日和克莱蒙都不太远。由于波尔多至里昂的火车经过利摩日，巴黎至马赛的火车经过克莱蒙，索里埃尔与全世界的大海都相通，不是吗？每到**假期**，无论女婿在哪儿下船，都能在二十四小时内坐火车赶回家见到“两个心爱的人”。

事情如愿以偿，而且很快，“两个心爱的人”就变成了三个。我是复活节出生的，薇拉生在二月……每年有一个月，我和妹妹同岁。

说起穿衣服，每个家庭通常都是新老大，旧老二。这条规则在我家行不通，由于薇拉长得比我快，妈妈只好让我们像双胞胎那样穿一样的衣服。她什么衣服都做双份的，粉的给我，因为我的头发是棕色的，蓝的给薇拉，因为她的眼睛的缘故。这就使得十七个月后出生的索尼娅感到备受宠爱，因为她在成长的每个时期都可以挑选：粉色或蓝色的旧毛线衫，粉色或蓝色的旧帽子。奥吉诺[①]的计算方法很灵验，母亲三十个月后才怀上莉萨，她的行头自然都是新置的。

两对夫妻，三个宝宝，第四个即将分娩，咖啡馆的后厅和楼上的两个房间顿时变得十分拥挤。不知是出于软弱还是冷漠，我父亲同意母亲远离海岸，留在米沙身边，但他希望有自己的房子。莉萨出生前，他们在克莱拉克找到一所旧房子（八间屋，没有暖气和自来水）。克莱拉克是个小瓷器城，位于上维埃纳省边境，离利摩日只有半小时的路程。外祖父买了辆小卡车，爸爸买了辆旧的麦卡车，妈妈还考了个驾照。从我们家到咖啡馆只有三十公里，但公路盘山而上，很难走，冬天下雪时寸步难行。外祖母继承了一个老磨坊，拉罗什磨坊，它孤零零地矗立在

① Kyusaku Ogino(1882—1975)，日本妇产科专家。奥吉诺公式的发明者，根据这一公式能推算出妇女的易受孕期和安全期。

丰特纳伊镇的一个小湖边，米沙于是卖了咖啡馆，到山坳里过起了退隐生活。从丰特纳伊到克莱拉克六公里远，山谷里气候潮湿，对外婆的气管炎不利，但他们还是毫不犹豫地搬到了那儿。

"老四"出生的时候，外祖父母把我和薇拉带回他们家，以减轻女儿的负担。外婆对当地的妇女说："我的奥尔嘉累坏了，我很难过。你们想，二十四岁就四个孩子哪！五年生了四个！有些女人，看一眼男人就会怀孕，我的曾祖母就是这种女人，她生了十四个孩子！我女儿像她。不幸啊！她丈夫是海员，照理说还不常在家……"说得没错。虽然那时我父亲跑的航线比较稳定，但路程很长：从勒阿弗尔到瓦尔帕莱索[①]，再到温哥华。

我们是米沙带大的，像这儿的所有人一样，我们对他直呼其名。对外祖母，我们则叫她"索朗日外婆"。妈妈为了表明自己是俄罗斯血统，为了保存对她的父亲的回忆，让女婿们叫她的小名奥连卡，外孙们则喊她巴布什卡。

卡蒂娅、薇拉、索尼娅、莉萨，我们是奥尔嘉和米沙的四个女儿。如果连续几天或几个月，我们不在拉罗什米沙的家"寄宿"的话，他就会去克莱拉克我们家住。他帮女儿干活：劈柴，刷房子，收土豆，堆木炭，给苹果酒装桶，给葡萄酒装瓶，砌墙，在园子里种花种菜，还做些修修补补的零碎活。米沙常住我们家，我们老跟在他的脚边：我们"帮"他刷墙（他把我们画画用的画笔浸到石油溶剂油里），帮他削土豆皮（他把用过

---

① 智利最大的海港，也是南美太平洋沿岸最大的港口，主要出口货物为铜、水果、酒、木材、鱼类、豆类及羊毛等。

的火柴棒做成小猪），我们还帮他拌水泥（用酸奶杯），捡草（我们坐在他的手推车里，很舒服）。“等等我们，米沙，我们去帮你干活！等等我们！”

很长一段时间里，我都认为，我三个妹妹的眼睛是蓝色的（我的眼睛像妈妈，是黑色的，跟我的克勒兹表兄们一样），那是因为她们像米沙的缘故，她们真幸运，有“彩色”的眼睛。米沙身材高大，眼睛却极小，而且是天蓝色的。他去世后，有一天，我发现爸爸的眼睛也是蓝色的。

索尼娅

利摩日，栗园老城区，阿里斯蒂德-布里昂大街，D楼，B单元，四层。索尼娅·勒盖莱克的名字用透明胶带粘贴在门上。

门厅里，一只旅行袋敞开着：一双靴子、几双篮球鞋、两三件套头衫。她刚从巴黎回来，还没顾得上整理这些东西。盥洗室里挂着她的睡衣，旅行梳洗包放在洗脸池边。啊，够了！

反正，三天后她又要出发。先去奥茨特里兹火车站，父亲给她报销火车票，然后去讷伊，出租车费由卡蒂娅付。万一母亲……她今晚就得走。行李已经收拾好，不过，如果她需要一条干净的短裤的话，就得在包里翻找。不用说，包里的东西都会被弄得皱巴巴的。然后呢？以前遇到这种情况，母亲总是很生气："拜托你整理一下自己的东西！"索尼娅十五岁的时候，如果她老是不整理房间，母亲便会选择一个雨天，走进她的屋里说："今天我们要在草地上吃午饭。"然后，她打开窗户，从二楼把乱七八糟堆在家具上的裙子、杂志、化妆品、练习簿、卷发夹子和胸罩统统扔到湿漉漉的花园里。"祝你胃口好，女儿！很抱歉，你得淋着点儿雨野餐！"

如今，索尼娅老了，母亲也即将去世，她不用在雨中"野餐"了。

她走进门厅，到起居室打开手提箱。幸好房间大，还能在一堆堆东西之间穿行。一大堆衣服需要熨，可是熨斗坏了；一大堆纸盒需要扔，可是电梯出故障了；一大堆照片需要分类，可是相册贴满了；一大堆信等着拆开，可是里面都是帐单。房屋油漆工还留下了一些体积更大的东西：梯凳，破布片，油漆桶。半年前，她雇人把房子粉刷成了“柠檬绿”色的，不过，唉，跟所有事情一样，想法越多，花钱就越多……

相形之下，家具显得很小，它们挨墙立着：有康福浪漫[1]餐具橱，老得噼啪作响，以及一个一九六八年五月风暴时代的书橱，其实就是一些刨得很粗糙的长木板被架在了从工地偷来的混凝土块上。

卧室的格调跟起居室一样：烟灰缸装满烟灰，散发着青春气息。不过，床铺上没有皱巴巴的羽绒被，却铺着一个真正的床罩；窗户那边是双层窗帘，上方是镶着丝穗带、与窗帘搭配得很协调的幔帘。这是绝活。是另一个时代的另一个女人做的。也许是床头柜上磨砂水晶相框里的那个女人？柔和的灯光下能看出这是个漂亮的年轻女子，像维维亚娜·罗曼赛或西蒙娜·西蒙[2]身着黑白服装。难道挂在走廊里的那幅彩色照片上的女人就是她老了以后的样子？先是与四个小女孩合影，然后与四个年轻姑娘，最后与她们融为一体，变成了五个妇人。

---

① 法国一家大型家具销售公司，在全球几十个国家均有销售网点。

② Viviane Romance(1912—1991)，最初在巴黎红磨坊当舞女，一九三〇年获得“巴黎小姐”称号后开始其演艺生涯，以主演《美好时代》等影片在上世纪三十至五十年代成为法国影坛的红星；Simone Simon(1912—2005)，也是法国女演员，一九三四年主演的《妇人湖》一片使她声名大噪，继而成为好莱坞影星。

起居室布置得更加有“艺术品位”：招贴画和复制的大师们的名画正好挡住了墙面油漆涂层上的小泡和隔板上的污垢，索尼娅暂时顾不上处理这些问题。两个漆成“柠檬绿”的屏风也贴上了广告画。一般来说，一本书问世，书店老板都会在他们的橱窗上贴此类广告，尽是些夸奖卡蒂娅·萨洛夫的小说的溢美之词。（卡蒂娅的笔名用的是母亲的姓，也就是米沙的姓。她说：“要是用卡蒂娅·勒盖莱克作笔名，那才可笑呢！”）水彩画画纸上，索尼娅用图钉揿着各种草图，是为她姐姐的书设计的封面；沙发的上方挂着六种版本的《隐蔽的风磨》的草图（马约的套车，罗萨·博纳尔的马）。餐具橱上甚至也贴上了为《别忘了活着的人》设计的封面纸套：右橱门上画的是一束黄蓝间错的花，签着马蒂斯①的名字，左门上是头颅，旁边有个沙壶；马蒂斯的画朝着一堆食品杂物，死人的头颅对着一瓶瓶威士忌。酒多得令人惊叹，如果开酒吧的话，一定生意兴隆……

墙上没有穿衣镜，洗脸池的上方有个极其简陋的镜子，索尼娅还愿意照照镜子——上班之前修饰一番脸上的瑕疵，不过她再也不想看到自己的全身。

屋里有一张很老的全身照，有祭坛后的装饰屏那么大，照片中站立着的（头戴鸭舌帽，身着灰色上装、灯芯绒长裤，脚穿高筒橡胶鞋）是位老人，一位很老的老人。他身材高大，站在门厅深处，远看比近看效果好，因为放大后细部变得模糊不清。老人巨大的身影

① Henri Matisse（1869—1954），法国画家、雕刻家和版画家，野兽派领袖，作品以线条流畅、色彩明亮、不讲究明暗与透视法为特点。

给女房客自由放任的习性施加着压力，阻止她草率行事。这个老人神气十足。他长得也很英俊：白白的浓眉下是一双明亮的眼睛，鹰钩鼻，颧颊有点像卡尔梅克人[①]。他不笑，不想讨好谁，他不需要。此人就是米沙。

① 居住在高加索东北部和中国新疆北部的蒙古族人。

3.

米沙是在女儿家中去世的。他活到高龄，而且“一生过得非常充实”。他临终前只在克莱拉克我们的家中过了一个星期。这段时间，他的四个外孙女围在他的床边。在家中离世，简单而普通。只缺父亲，他随一个超大型游轮出海了，正在巴林①。

外祖父被安置在妈妈的房间里，妈妈把自己的床让给了他。外婆太疲惫了，跟一个邻居待在楼下的厨房里。从早上起，米沙就失去了知觉。他的身体向外散发着热量，比散热器散的热量还多。他烧得全身滚烫，面颊通红。突然，他的呼吸停止了，妈妈把他搂进怀里。我亲眼看见外祖父停止了呼吸。我没有转过脸去；我不怕，我知道这是怎么回事。住在上利摩日地区，有很多机会可以见到死人，这对我来说成了司空见惯的事。令人恶心，但已经习以为常。

在索里埃尔、丰特纳伊和拉罗什，死亡被视为一件平常的事，就像鸡和狗在家里走来走去那么平常。死者被安放在有人住的房间里，和家人在一起。场面并不都豪华壮观（没有像路易十四对他的奉承者或

① 位于波斯湾中部的岛国，由巴林岛等三十六个大小不等的岛屿组成。

者农民对他的孩子说话那样的场面)，通常是在家里举行公共吊唁。临终者一断气，真正的葬礼就开始了！钱都花在该花的地方：为死者化妆，向亲朋好友转告死讯，买圣枝，请人停掉所有的钟、遮上所有镜子，给守夜人买快餐；还得买孝衣，请哭丧婆，买大蜡烛，定做棺材，最后是下葬。手推车走在最前面，全区人组成喜气洋洋的长队跟在后头。

后来，到了巴黎，我不得不习惯隐蔽的葬礼。医院，屏风，隔离，家人的回避，护理人员的回避，急忙咽下最后一口气，从边门被抬出去，请"殡葬公司"操办丧事，放进冰库冷冻，现成的棺材，俗气的柩车，焚化后送回家……"消失的人"甚至不再踏进家门！我遇到过一些男人，三十岁还从未见过死尸，也遇到过一些女人，四十岁还不知道如何为死者准备后事，至于给死者上颏绷带、合上他的眼皮、在必要处堵上棉塞等程序，他们一无所知，甚至不会单独为心爱的人关上"九孔"……在大城市里，抽象的"逝世"代替了令人恶心的"死亡"。

必须让一位总统生一场病并且久病不愈，媒体才会寻思：为什么我们这般重视性别却如此忽视死亡？厄洛斯会战胜萨纳托斯吗？① 不会的，因为从今而后死亡有其捍卫者：君王。死受君王的青睐：它神奇地回来了。"传统离世方式"突然风行一时：电视访谈节目和聚餐中，人们只谈**在家中离世**，说它温馨，惬意，像玫瑰糖。人们赞美吗啡和对话的魔力；人们在花丛中开辟姑息治疗中心；人们录下绝症患者怡然自得的微笑和护理人员愉快的情绪；昔日的一些女慈善家也从事起**临终陪伴**这一新职业……

---

① 厄洛斯(Eros)，希腊神话中的爱神；萨纳托斯(Thanatos)，希腊神话中的死神，为夜女神尼克斯(Nyx)之子，相当于罗马神话中的摩洛斯(Moros)。

我们真的能找回传统离世方式的种种优点吗？不见得，因为以前的人死得快，很少事先就知道。五十年代，在我们利摩日，几乎没有久病不愈的人，医生很少而且看病很贵；对于一些以双轮马车或自行车为交通工具的人来说，医院总是很遥远。此外，医疗手段落后，药的品种少，什么葡萄糖输液，营养品，什么防褥疮的垫子，康福尿不湿，魔利卡三角裤和羊皮弹性脚靠，人们从来没有听说过，因而无法延续垂死者的生命。

那时在农村，人们对重病患者束手无策。一点办法都没有。既没有CT机也没有磁共振。甚至没有自来水和暖气。至于大小便，即便是在米沙和外婆家，也是“在花园的尽头”直接在外面的“树荫”下解决的，因为花园里既没有大便槽也没有公共厕所。这样的生活条件下，高龄老人都挺不了多久。

再说，大家也不想挽留他们的生命。祖父一病倒，人们就放下他的床帏，大白天亦如此。隔着床帏，几乎听不见他咳嗽和咕哝的声音，孤独的房间里，生命延续着。要是听到一阵剧烈的咳嗽，人们就警觉起来，问老人的病情。农妇将床帏撩开一点点，她猜测病人一定是陷在长枕头里，被一个大的红缎子鸭绒压脚被压得喘不过气来了。“老爷子，干吗这么大声咳嗽，您太过分了吧！”农妇喊道。爷爷如果还没到神志不清的地步，就会含糊不清地轻轻应一声。农妇没有一点沉痛的样子，她放下床帏：“到这把年纪，你怎么努力都白搭，死是不认人的！”老人彼此冷漠，后人对老人也漠不关心。

年轻人得病拖延不了多久，因为那时人们连腰痛和骨肉瘤都分不清，不知道“疲劳”和严重的白血病完全是两回事，凡是身强体壮的人都被认为是健康的。他们照常劳动。如果他们受骨癌（他们以为是闪了腰)的折磨,疼痛难忍,就在腰上系一根法兰绒腰带;要是他们患胃癌疼得坐立不安,就喝点牛奶。由于不知道自己患了绝症,他们也就不感到焦虑。这样更好,那时还没有抗焦虑的药物。这些人要是病倒了,那可不是说着玩的,他们就真的倒下了。一旦卧床,他们就再也起不来了,用不了多久也就完事了。医生通常在最后一分钟赶到,病人死后才作出诊断。由于缺乏各种检查和尸体解剖仪器,医生拒绝下诊断书,大家也都习以为常,认为死是天经地义的事。这个理由难道还不够充分?偏远地区的法国人无视久病,不知道事物之间相互依存的关系。人们服从于自然法则,即弱肉强食的法则:动物一出现衰弱的迹象,就立即被消灭。

当然,人这个动物可以在家中在亲人的身边死去,但这只是个小小的特权,因为屋里连起码的起居设备都没有,家人也没有时间照顾病人。爷爷或奶奶只好闷在满是粪便、臭气熏天的红床帏里。人们不怕卧具被粪便弄脏,因为床上垫的是草褥,人死后换草就行了。由于不讲卫生,坏疽疯狂蚕食人体,许多人活活腐烂掉了。他们用烧酒镇痛。病人最后通常都是以败血症结束生命。早死早解脱。

临终者本人并不留恋生活。那是怎样的生活啊!没有爱,没有娱乐活动,工作无乐趣,总是与寒冷、泥浆、风雨打交道……所以,他是真的不留恋人生,“生不逢时”啊。对于传统的离世方式,我们所怀念的是病人对自己的病一无所知以及临终者的善解人意:“你们忙你们的事吧,我只是‘死’,没什么。”

故人临终前的生活只给活着的人留下一些模糊的回忆,因而很快一切又沉浸在葬礼的欢乐气氛中:鲜花、宴会、亲朋好友的重逢,如果是在信奉基督教的地区,到处还弥漫着珍贵的乳香的香气。

传统的死亡方式与昔日人们的生活状况是协调一致的：既艰辛又短促。我们不可能倒退到那个时代。

再说，也没有必要滋生怀旧的情绪，无论是昔日闪电般的死亡方式还是在**充满挚爱的地方**慢慢结束生命，临终的日子向来都不是温馨的，垂死者的面目是可憎的。

"你母亲真美！"

我和父亲坐在路易-巴斯德医院五层的**家属休息室**里，房间很大，有沙发床、大皮椅、书架。在这儿，人们不说**姑息治疗科**；接待处和其他部门都只说**五层**。大厅里摆放着人造绿色植物，橙红色的墙壁衬着用织物做的枝叶。病人的家属可以在这里集合，远离病人讨论一些问题，还可以会见医生，喝咖啡。前厅刷的是很油的粉红色漆。房间都呈半透明的荧光玫瑰色，像玫瑰红的假牙。在这个为**临终者**（人们不说"临死者"，更不说"垂死者"）服务的部门，所有的墙壁都是玫瑰红的。如果有人**放弃生命**（这里的人不说"死"），那也是在玫瑰花丛中**了却了一生**。

"你母亲确实很美！你要是看见她十八岁时候的样子就好了……"父亲动情地说。五十年里，他一直没有机会说这句话。要不就是没有勇气说。我敢说他刚才一定在对面的咖啡馆喝了一小杯白兰地。此刻，护士在给妈妈打针，他却坚持要给我叙述当时的情景："我们在市政厅大楼的正面为管弦乐队搭了一个三色台，类似于领奖台。不一会儿，一个姑娘想加入到演奏家的队伍里。可是台阶上有人坐着，姑娘于是离开阶梯，从旁边登上脚手架：她居然把工字小梁当梯子使！哎呀，我的妈，这简直是个机灵鬼！大家的目光"刷"的一下集中到她身上：她穿着红裙子、高跟鞋，从一根梁爬到另一根梁，一直爬到平台！她站在台上，头顶是灯光打出的花环。当她跟萨克管演奏者说话并朝鼓手俯下身子的时候，所有人都看到了她的肩，因为她穿着红色的无吊带裙和无吊带胸罩。我的天，那肩多圆润啊！我们还看到了她的胸……她的胸脯很丰满！"说着，他还打起了手势。"这姑娘美极了，简直就是艾娃·加德纳[①]！还有，她的头发也很漂亮！她那时留的是长发，满头浓密的黑卷发，像不满三岁的小雌马的马鬃！你可以想象，长发飘在光溜溜的肩上……特别是，谁都想不到她只有十八岁！她发育得那么好，那么……丰满，看上去像二十五岁的姑娘！我就是在这上面弄错了。"他叹了口气。"你妈妈没有一点豆蔻少女的特征，没有丝毫含苞待放的花儿的样子，她已经成熟……艾娃·加德纳，没错，比她有过之而无不及。"

妈妈年轻时像艾娃·加德纳。此刻，躺在医院的病床上，她像拉美西斯[②]的木乃伊。凹陷的脸，头发稀疏，细长的脖子，瘦得像鸟儿，肝功能的不断恶化使她面带棕色，这是埃及木乃伊特有的老羊皮纸的颜色。由于口腔黏膜严重脱水引起口腔干燥，她便张着嘴，任牙齿和牙龈裸露在外。她身上没有一点肉和水分，眼睛也是干涩的，况且她总是紧闭着双眼。看见床上这个僵化的躯体，她那瘦骨嶙峋的肩膀，干巴巴的棕褐色的脸，面颊上的皮肤绷得太紧以至于嘴唇向外翻起，牙齿一览无遗地暴露在外，我真以为自己见到了三千年前死去的一个法老的遗体。然而，妈妈活着。苟延残喘。备受痛苦的煎熬。她的意识尚未泯灭，她有着铁一般的坚强意志，她想要活下去。

---

① Ava Gardner(1922—1990)，好莱坞影星，诠释海明威作品的首选女主角，主要作品有《杀人者》、《乞力马扎罗的雪》、《卡桑德拉大桥》等。

② 公元前十四至十一世纪埃及的许多位国王的名字。

在父亲说那番动情的话之前很久，当我还是孩子的时候，我就知道母亲很美。天造的尤物。她总是穿着紧身裙，羊毛袜，还穿袒胸露肩的衣服。她是个瘦高个，身材苗条。她走在大街上，男人们都向她吹口哨……但我从未见过她的裸体。我甚至不记得看见过她穿内衣或泳装的样子。因为早晨我们起床的时候她已经穿好衣服，晚上她总是等我们上床睡觉后才卸妆。

直到一年半以前，我才得以看见她的身体，那时她已经不能独立行动，略施脂粉都不行，更不用说穿上衣或睡衣了。我把目光投向母亲赤裸的身体。投向那个必须用肥皂清洗的松弛的肚子。投向光秃秃的阴部和下垂的乳房，乳房与胸贴得太紧，乳头下始终湿乎乎的。皮肤已经轻度发炎，开始脱皮，肉暴露在外，应该撒点爽身粉。我掀起乳房，给她搽粉……我起了恻隐之心。我感到惭愧。

"啊，我们刚刚才发现你母亲是位'女士'!"一个年轻的护理女工昨天跟我说。

妈妈现在瘦得皮包骨头，从远处看，我感到自己很难分辨她是女人还是男人。这个护工怎么知道她是"女士"？我惊讶地问："你从哪儿看出的？"小姑娘回答："从她的手。"

母亲的手确实非常细嫩，跟那些从不动手干活的人一样！很久以前她就不再"使用"这双手了，而从前它们是那么灵巧，她之所以不再使用自己的手，是因为有人"服侍"她，从梳洗开始，我们帮她做所有的事情……我妹妹索尼娅是专业美容师，每周都用柔和型乳液为她做按摩，母亲的手很漂亮，瘦小但柔软光滑。她的指甲也保养得很好，她早就不让人给她剪指甲了；不过，索尼娅常给她磨指甲。指甲跟鸳鸯的一样长，仿佛手一动指甲就会折断……索尼娅每月给她涂一次指甲油；一次就够了，因为她的手不做任何事情，指甲油不会剥落，永远都不会剥落。

有时，母亲那油光鲜红的指甲让我感到恐惧。

不过，如果她此刻睁开眼睛看见这双贵妇人的手，也许会高兴的。“对一个乡下小姑娘（我父亲总是这么称呼她）来说”，她算是很有品位的了，我“从前的妈妈”情趣高雅，时尚。“孩子们，这只花了三块六毛钱！”在很长一段时间里，她都是自己裁剪缝制衣服（这得益于她十四岁时上的缝纫班），她把一些神奇的东西带回家，如镀金的顶针、能把掉进地板槽里的别针吸出来的磁铁，她还说一些我们听不懂的神秘的词，如套袖、滚边带、罗缎带、斜裁。她把一些布料——双绉、上等细布、平绒——拼接起来做成衣服，这些布料如今在商店里已经看不到了。她还会配色，把米灰和珠光色，橘红和深棕色搭配在一起，这些都是她的发明创造。外省人简直赞叹不绝：她说着古老的语言，做着新潮服装，“年轻的勒盖莱克夫人真是不可思议！”

上帝对她特别惠顾，年轻时显成熟，十八岁像二十五岁，而到了老年风韵犹存，六十岁的她看上去只有四十岁。过了三十岁还像个青年人，这种状态一直保持到她生命终结，即六个月前她知道或者证实自己患了不治之症的时候。

生病之前，她一直梳着短发（三十五岁时，她剪去长发，理成小混混的发型，有点像加夫罗什或纪姬·雅梅①），穿着皮裙、斯宾塞式上衣，头戴鲜艳的黄色贝雷帽或鸭舌帽，脚上是奇形怪状的靴子。每次来巴黎，她总要带我去商店买衣服：“你不能总穿那套黑西装参加晚会！你

---

① 加夫罗什是雨果的《悲惨世界》里的人物；纪姬·雅梅是法国舞蹈家，上世纪五十年代因演出芭蕾舞剧《卡门》而一举成名。两人都是短发。

也没有合适的鞋子!”为了给我选衣服，她把衣服陈列架上那些既难看又可笑的裙子都取下，从中挑选出“非常高级”的套装，她钻进我的试衣间，不满意地摇摇头，然后去柜台找一件稍长一些的能遮住我的小肚子的短上衣。(“亲爱的，”她说，“你这个年龄露出小肚子实属不雅。”)她还教商场里那个根据试衣要求修改服装的人如何修改衣服(“裙子的腰身应该收两公分，髋部的针线要松些，肩上应该加垫子，后背齐肩胛骨的地方和臀部要放宽一些，这样，即便她扣上纽扣，也不会觉得衣服紧裹在身上”)。每当这时候，售货员都无一例外地以为我们是姐妹俩。她们说的不是奉承话，绝对不是！况且是我付钱，哪有顾客乐意听别人说自己比母亲还老呢?

而且，售货员给我提建议的时候态度很真诚:“你应该听取你妹妹的建议，她说得很有道理。”为了挽回一点面子，我结账的时候悄悄对售货员说:“我姐姐确实非常有眼力!”即使别人把我和母亲当成姐妹，我希望他们至少认为她是我姐姐……

现在，我占了上风:人们一定以为她是我曾祖母。

我从未见过这么老、这么瘦、体质这么虚弱的人。你看战后的照片，从集中营死里逃生的人也不像她现在这么惨不忍睹。当然，她跟他们一样，脸也是瘦削的，眼眶凹陷，肋骨突出，关节比四肢还粗。只是，非洲的饥饿使我们看惯了这类景象，我们的感觉已经麻木了。

帮她梳洗的时候，我惊讶地发现她已经完全没有臀部了，也就是词典上说的“骨盆区多肉的部位”，我感到极不舒服。同样，肛门不是隐藏在下面，而是裸露在外面，像一粒纽扣那么明显。

我这才明白为什么西方的媒体只从正面向我们展现不幸，那样才不至于让我们彻底气馁。

癌细胞已向各处转移。她的体内出现了三个“增长点”。死神无法控制其扩展速度。肝、肺和肠上的癌细胞近日展开了激烈的竞争。谁将占上风？终点标志在哪里？最后那条直线在哪里？

以前，死亡是短距离赛跑。现在成了长跑。我们都已精疲力竭。

莉 萨

讷伊，路易-巴斯德医院，十二月十四日下午两点。

莉萨站在**家属休息室**里唯一的一个窗户前，额头贴着玻璃窗朝外看：夜幕已降临……然而，对她来说，夜晚已结束，尚未开始就已经结束；悉尼现在是凌晨三点，她回到巴黎才两天，还没适应这儿的时间。一年半以来，她好像一直在倒时差。此外还在调整季节的差距：她工作的城市此刻是夏季，而同死亡搏斗的母亲所在的城市已是冬季。不管怎样，必须坚持到底；正常情况下，这不会拖得太久，她们的母亲再坚强也斗不过死神……

她感到一阵恶心，浑身难受，于是打开窗子。冷空气对她有好处。医院里到处是次氯酸钠消毒液、酒精、优碘的气味，既呛人又索然无味。在病房里，她感到一阵眩晕，觉得自己就要倒下了。她再也不知道自己在哪里。她恍惚觉得自己躺在床上，年轻的母亲坐在她身旁："一切都很好，亲爱的，手术很顺利，没有后遗症……"薇拉发现妹妹脸色苍白，便问道："莉萨，不舒服吗？出去休息一下！你累坏了，去休息室吧；在沙发上躺一会儿……这里有很多人守着妈妈呢！"

何止是多，简直是太多了：薇拉和小儿子热雷米，卡蒂娅和儿子马克，等等。外祖母住院后，卡蒂娅最小的孩子拉斐尔就安排家人轮流值班。从早上八点到晚上十点。

“你们姊妹如此悉心照顾母亲，这固然好，”护士长对莉萨说，“不过你们别抱任何幻想，病人很可能选择你们不在病房的那一瞬间离世。常常在两次探视之间的某个时刻。或者在深夜，当家人离去时……”

我明白了：死神就像圣诞老人，总是在孩子们睡着的时候来。

天黑了，莉萨关上窗，她没开灯。尽管橙红色的墙壁显得喜气洋洋，她还是觉得房间阴森可怖。印着橘黄色大花的长沙发，棕色人造革扶手椅，挂满滑雪运动衫和风雪大衣的衣架，堆在锻铁桌子上的旧杂志，一切都让她感到忧伤。不过，护理人员想方设法让气氛变得轻松愉快：到处都是旅游广告，土耳其的泻湖，热带地区的茅舍，椰子树，这些都是无需超验性便可升入的天堂，人人都能抵达的彼岸世界。索尼娅事先在电话里就跟她说过：“医院里条件不错，但我觉得医护人员有点神经不正常，你会看到，候诊厅简直就像一个‘新国界’旅行社，鼓动你出发去旅游，去陌生的地方！”

莉萨喜欢待在暗处。她坐在长沙发上，头靠在沙发背上，心想：刚才那阵恶心和难受难道是由于偏头痛的缘故？真是倒霉透顶！卡蒂娅为她在格勒内勒大街的明星旅馆预定了房间，可她根本没法休息。她感到像是睡在大街上，床褥跟跑道一样柔软，汽车从你肚子上开过，地铁在你头上行驶！父亲也住在这家旅馆，这是卡蒂娅的安排。中午，莉萨曾问父亲：“你睡着了吗？”“睡着了。怎么啦?”母亲便说:“你爸爸是个高枕无忧的人!”她抱怨起来,说他睡得香,胃口还特别好:“他吃,不停地吃,真让我讨厌!”她甚至厌恶他呼出的气息,对他怨声载道,只因为他比她活得久。她要让他当着众人的面受尽各种侮辱,为**多活**和多享受的那几年的时光付出代价。去年,为了狠狠地惩罚他,她还为他的未来作了安排,她说:“你父亲失聪(这是真的),还有些痴呆(这不是真的)。我‘走’后,你们就把他送进养老院……”她气急败坏。恼羞成怒。难道她准备如此怨愤地生活,直到生命终结?就这么带着蔑视和憎恨声嘶力竭,指手画脚,龇牙咧嘴地过日子?母亲已判若两人。莉萨坐三十个小时的飞机不是来看这张面孔的。

光线。**橙红色的家属休息室**里,光线强烈而忧伤。热雷米打开天花板的灯,刚走到门口便停住了脚步:“噢,对不起,莉萨姨妈,我不知道你在屋里……我是来拿大衣的。你怎么啦?不舒服吗?”“没什么,有点**恶心**……我想可能是偏头痛犯了。你认为我什么时候可以去见我母亲?”“现在就行!我要把我妈送回努瓦西勒格朗(薇拉住在那里的朋友家里),马克已经走了。只剩下卡蒂娅。不过有三把椅子。你知道她只坐一把。你还可以选择……”这就是薇拉的儿子们的冷幽默。

莉萨急忙拿起自己的衣物;最好别让卡蒂娅一人陪母亲太久:卡蒂娅确实不适合守在一个临终病人的身边。她有许多美好的愿望,但是都行不通。一遇到现实,她就变得很尴尬。母亲曾这样评价她:“没有应变能力”,“草率行事”,“笨手笨脚”,“遇到一点小事就手足无措”。外祖母则亲切地叫她“不明事理的玛丽”。不明事理的玛丽居然养育了四个孩子，真不可思议！她总是脱离现实：不买手机，绝不接受电子邮件。可现在是二十一世纪！反正她不像二十一世纪的人那样生活，总是滋生怀旧情绪。最终，她义无反顾地置身于昔日的时光中。她擅长写乡土小说，在布里沃的学校读书时就创作过这类体裁的作品。她回到现实世界，仅仅是给一家大出版社写古籍评论，内容涉及回忆录和一些被遗忘的书信，都是些旧书，卷首卷尾还有小花饰、带衬垫的裙子，满篇尽是陈旧的客套话，简直就是骷髅之间的对话。她还是“死神舞”专家，为此写过一篇论文：《十六、十七世纪欧洲文学中的**死亡艺术**》。卡蒂娅不热爱生活。她总是躲在一堆堆词语后面。谁之过？是莉萨的错吗？

小时候，莉萨是喜欢卡蒂娅的。卡蒂娅痴迷于昆虫，在米沙的蜂箱前一待就是几个钟头。莉萨跟她说话她从来听不进去，甚至连看都不看她一眼：“去，跟索尼娅玩去！”

有一年，在离厨房只有两步远的椴树下，出现了一个巨大的蚂蚁窝。吃过午饭，卡蒂娅总是走到树旁抖桌布，让面包屑洒落在饥饿的蚂蚁身上。一放学，她就去那儿，把自己的那份下午点心揉碎了喂蚂蚁，她成了蚂蚁的大姐姐。

莉萨从厨房看见卡蒂娅两眼直盯着蚂蚁。她起了个怪念头……一天，她拿起母亲放在炉灶边的马口铁水壶走下台阶（那时他们还没有得到那个俄国式茶炊，也没有安装热水器），把开水倒向一排排正在爬行的工蚁，还往地洞和蚁巢里灌开水，蚁卵也未幸免。不到十秒钟，一切被摧毁，沟壕和墙洞被水淹没，蚂蚁被烫熟，蚁宝宝泡在开水里。地上形成细细的水流，黑色的小尸体顺水流淌，破裂的蚁卵源源不断地紧跟其后。能听见地下深处吸水的汩汩声。

莉萨被深深吸引。她注视着这幅世界末日的景象。突然，卡蒂娅向她扑来："蚂蚁被沸水烫死了，你知道吗？坏女人！你是个恶毒的女人！"耳光一个接一个向她飞来。莉萨大声呼叫。母亲急忙赶来，见姐姐欺负妹妹，便打姐姐："你想打死你妹妹吗？说呀！"巴掌像雨点一样落到她身上："滚到你房间去！听见我的话了吗，卡蒂娅？下午不许吃点心！"

晚餐有水果蛋糕。莉萨已经平息了怒火，于是吞吞吐吐地跟母亲解释下午发生的事情——打架前她如何对蚂蚁下的毒手……母亲却说："这些小虫子该杀死，否则会爬进家里，遍及各个角落，甚至钻进糖罐！莉萨，谢谢你杀死这些害虫。要是等到明年，就轮不到你干这活了，卡蒂娅会亲自在阶梯、石子路和所有小径上撒杀虫剂……我不希望自家屋子周围有蚂蚁，一只都不能有！"

昆虫学家的志向破灭后，卡蒂娅的兴趣转向了死神舞……是莉萨的错吗？死亡，也是她的错吗？

"亲爱的妈妈，是我，莉萨。"探视者进屋都要通报自己的姓名，因为母亲不再睁开眼睛。莉萨朝母亲一动不动的身体弯下腰，吻了吻她的前额，把手伸到母亲抽搐的手指下，费力地将这只手抬起几公分，亲吻了许久，直到感到母亲整个手臂放松为止。"怎么样？昨天晚上还好吗？"她愉快地问道。母亲长叹了一口气。莉萨感到卡蒂娅向她投去羡慕的目光：母亲居然回答她的问题了！见她俩如此默契，卡蒂娅放心了，准备趁机离开，她系上长围巾说："我吃过晚饭再来。”

只剩下莉萨，刚才的谈话开头不错，于是她接着说：“热雷米跟我说，他让你喝了点葡萄汁，感觉怎么样？”没有反应。她换了个话题：“索尼娅接到你表妹德妮丝的一个电话。你记得吧，德妮丝，布尔加纳夫家的……她现在在巴黎。你愿意她来看你吗？”母亲没有叹气也没有咬牙。没有任何表示。为了保持镇定，莉萨给花换水，掖了掖被子：“你不冷吗？”她突然想起来：垂死者讨厌别人向他们提问！尤其是诸如此类的问题：“你渴吗？”“你不舒服吗？”“要不要我帮你把枕头往上挪一些？”“你不热吗？”

我们不是在跟垂死者说话，莉萨心想，我们是在逼问他们，骚扰他们。不过话说回来，他们也一点都不配合我们，总是沉默不语，我们简直要疯了。我们需要他们说一些温柔体贴的话。可他们只说“是”或“不是”。还不经常说！说的时候也漫不经心！只是想清静点。如同别处忙得不可开交的人们。我们则像小孩子，大人们在谈严肃的事情，我们却老是打搅他们。

莉萨小时候和她的姐姐们一样，是个乖巧的小女孩，现在她依然不愿“烦扰”母亲。她甚至不敢将嘴唇贴近她那瘦削凹陷的面颊，不敢吻她僵直的手……为什么非要把些没有生命的时间和日子强加于生命？

她冒雨走在格勒内勒大街上。每走一步，她的头脑都发出鸣响：剧烈的偏头痛在作怪！她甚至没等卡蒂娅来就走了。她在“联络簿”上留了几句话：“头痛得厉害。对不起。我回旅馆吃药。”为便利交班，她们特意在病房放了个本子。

这都是气味引起的。很久以前她就闻不了医院的气味了。来到母亲住的医院后，这种感觉更加明显。母亲没说话，她却听见她说："亲爱的，我在这里。别动，我的小宝贝。外科医生很满意。没有发生意外的不幸。手术结束了。没有后遗症。绝对没有。"偏头痛会引起视幻觉，这她知道；还能导致听幻觉，这是新鲜事。

她感到脑门被钢钳夹住了，她忍痛往前走，其实这个时候应该停下来闭上眼睛。特别是闭上眼睛……她继续前进。商铺的铁卷帘门已经放下，上面画着图饰。建筑物的底层也涂满了字画。天黑了，下着雨。人行道上尽是狗屎，她只好绕着走。属于"城市公用设施"的垃圾箱被透明塑料袋取代，能看见里面的垃圾。"诚价"超市门前的废纸被风吹散。她讨厌这个肮脏的城市，简直跟外省差不多。没办法，因为她既不能把母亲转移到澳大利亚，克勒兹又没有**姑息治疗**中心。这种医疗机构在法国很少，生病前就得预定位子，或者走后门，母亲能住进巴斯德医院，全仗着卡蒂娅有个熟人在那里。莉萨住在该城明星旅馆一个带浴室的房间里，她将在那儿陪伴母亲度过她生命中最后的日子。

见莉萨对选择明星旅馆态度有些犹豫，卡蒂娅似乎很惊讶："这可是在市中心啊，从旅馆到医院只需换一次地铁，几乎是直达。""你看房间了吗？太阴森了！""听我说，莉萨，我是从交通便捷和价格的角度选择这家旅馆的。如果你不喜欢，我可以找一家更好更近的，比如马约门附近的孔科尔德·拉法叶特旅馆，你觉得怎样？"姐姐很清楚，最近两年来，因为母亲的缘故，莉萨不仅老在倒时差，还在银行欠着钱，巴黎—悉尼的无数次往返使得她囊空如洗。所以她只能住明星旅馆，尽管窗帘积满灰尘，床罩的质量有问题，洗脸池没有底座，水龙头滴着水。而对于头痛患者，没有比滴水的龙头更让人难以忍受的了！

连薇拉也不理解她的苦衷："多想想好的方面，比如你可以和爸爸住在同一家旅馆，这可是千载难逢的机会哦！你们可以相互了解！……"莉萨在澳大利亚生活了十五年，父亲从未给她打过电话。一次都没有。即便现在母亲病了，他尽力表现得好些，也还是没有打过。索尼娅替他找借口，说海员没有打电话的习惯。也许……莉萨则认为他不知道她的电话号码；她小的时候，父亲就一直不知道她几岁。

她走在格勒内勒大街上。感到不舒服，还有点冷。此时的悉尼已是早晨，她的房间和办公室都朝向大海。明天，威廉给她打电话最后一定会问她，她是否很快就能回家，她是否真的认为，这回她母亲确实要死了。她会说："是的，她来这儿就是为了这个。"

4.

今天是母亲住院的第五天。早上，女医生试图安慰我，因为实施了姑息治疗后，母亲洗漱时依然大声喊叫。“夫人，您别担心，不要紧的……跟我来。”她把我带到**家属休息室**。

护理人员宁愿在休息室同家属聊天，也不愿在病房陪伴临终者。他们声称，病人快死的时候病人的家属需要他们。其实是他们需要病人家属。需要活人。为什么撒谎？

“是这样，”女医生坐在大皮椅上说，“刚才，您听见您母亲喊叫好像很激动……”

“昨天，她呻吟了一夜……”

“有可能。但她不痛苦。真的不痛苦。她只是有点……有点不舒服。”

啊，说得真好！说到措辞委婉，赞扬姑息疗法的人要算得上一流了：“临终的人感觉有些不适，因而需要寻找有恒心的陪伴者作为他们最后的感情寄托。”喊叫？哦，没关系，那是因为你妈妈觉得床单没有铺平整，您应该知道，快死的人都是反复无常的！

女医生一定觉得我疑神疑鬼。为了让我平静下来，她想表现得更有人情味。她拉住我的胳膊(又一个“触觉沟通”[1]的技巧),小声说:“我知道,对您和您妹妹来说,这很痛苦,即便到了您这个年龄,成为孤儿也是一件难以接受的事……”“孤儿?不过,医生,我们早就是孤儿了!”

女医生被我搞糊涂了。她愣了一会儿,接着摆出一副心领神会的样子,按住我的胳膊说:“我知道,从某种程度上说,对你们而言,您母亲已经死了。我们的朋友卡罗勒(玫瑰科室的心理疗法专家)把您前天同她讲的那番话跟我们全体医护人员复述了一遍,说你们没办法跟母亲交流,你们想拥抱她、吻她,都遭到她的拒绝。这种行为很常见,不像你们想象的那样。”接着,她像上一堂心理学课那样讲起了**方法论**。可我并没有说我们是失去母亲的孤儿,我是说我们是没有父亲的孤儿!

“孤儿”,上小学的时候,同学们就这么称呼我们了。我是到了九、十岁时才意识到这件事。因为在这以前,我只知道别人叫我和薇拉“双胞胎”。

我们同一年进入保罗·贝尔学校,那时我俩还住在磨坊外祖父母的家,这之前我们已经在克莱拉克上过学了,我在学前班,薇拉在幼儿园大班。上学的第一周,我们在操场上就受到几个小泼妇的纠缠:“你妹妹怎么没跟你在一个班啊?对一对孪生姐妹来说,这不正常!”孪生姐妹?是呀,我们难道不是一般高吗?我们不总是穿着一样的衣服吗?“可是,”我胆怯地说,“我妹妹跟我并不像:她的眼睛是蓝色的……”“那有什么呀?有的孪生姐妹是异卵双胞胎,眼睛的颜色就不一样。你是个异卵姐姐,你妹妹是个痴呆儿!”“对呀,”其他人附和道,“你们是异卵

---

① Haptonomie,一门由德国理疗法专家法兰斯·维德曼提出、在荷兰被广泛应用的“情感科学”,认为准父母通过一系列触觉活动可以达到与胎儿的沟通。

双胞胎！所以跟别的双胞胎不一样！”一阵傻笑和嘲弄声……

为了向那些取笑我们的女孩子证明她们是错的，我只好求助于最后的权威。放学的时候，母亲迎上去对她们说，尽管我和薇拉长得相像，但我们的年纪不一样大，我是单独生的，薇拉也是单卵的。可是，因为她总是用同样的布料给我们做裙子，围裙和风帽也都是成双成对地买，同学们都习惯性地把我们与其他两个妹妹分别对待，称她们“小勒盖莱克”，叫我们“双胞胎”。

至于称呼我们“孤儿”，我是后来才知道的。一天，一个女孩带着她的表妹来我家玩，她家住在克莱拉克另一端，父亲是经营廉价瓷器的商人。当她看见放在我床头柜上的一张明信片时，她停住了：“那是什么？”“自由女神像……在努约[①]，”我有点冒充高雅地说。据说，我三岁的时候，经常回答外祖父母提的一些很有趣的问题，譬如，“你爸爸现在在哪儿？”“在努约，他在外面挣钱。”瓷器商的女儿地理知识贫乏，对纽约发表不出任何见解。但她又总想探究别人的秘密，于是贸然问道：“给你寄明信片的人是谁啊？”“是我爸爸。”

是的，一年中，父亲总要往家里寄三四次明信片，是给我们所有人的，抬头是“勒盖莱克小姐们”，内容简洁而且从来没有变过：“致以深情的问候。勒盖莱克。”光看这些图片，我们对他到过的那些国家的情况还是知道得不太多。他特别在意那些具有普遍意义的象征物，比如，他会从里约热内卢给我们寄一张面包山或科尔科瓦杜山的照片，由于他到过圣弗兰西斯科、雅典、马赛，于是我们有了金门、先贤寺和加德圣母

① 她把纽约念成了努约。

院的照片，而他每次到纽约总是给我们寄自由女神像。我们没有埃菲尔铁塔的明信片，因为他们的轮船不走塞纳河……

这些明信片很普通，可以说没有什么特色，却激起了纯血统的利穆赞姑娘们的嫉妒，她们那些正专心玩皮克牌牌戏的父亲也突然停止了游戏。我意识到了这点。这时，瓷器商的女儿大声说："你撒谎！你的明信片不是你爸爸寄给你的，因为你爸爸已经死了，你们是……"她停顿了片刻，"……是'孤儿'！"为了强调自己对虚音h的蔑视，她把"孤儿"开头的h也发了音。是一些不怀好意的人制造谣言说我妈妈是寡妇吗？不过，就算是流言蜚语，种种表面现象也给它增加了几分真实感：在学校，同学们见到的总是我外祖父（父亲只是偶尔送我们上学），许多人都听说过他的大名：俄罗斯士兵米沙，在家里，同学们也只见到我母亲，她总是随时准备放下手里的炒菜锅来帮我们藏身，把煮衣服的桶的盖子借给我们当盾牌使，或者给我们一个漏锅当头盔。要是来得巧，他们还能见到我外祖母，她总是蜷缩着身子躲在角落里，鼻梁上架着眼睛，手里织着毛线。而父亲呢，根本见不到！连影子都没有！我们是"寡妇"的女儿。

不过，这个船老大，确切地说是"船长"——他说在船上大伙都这么叫他——时常路过克莱拉克而往返于两个港口，但他从来不在家耽搁时间。即便是假期回"妈妈家"度假，他也整天不着家。夏天，他去磨坊的池塘钓鱼，那池塘很大，有十公顷，深十米，跟一个湖不相上下，产权属于我的外祖父母。如果是冬天，他就去打猎，去弗拉蒙塔涅或圣奥拉杜附近的森林里打麅和野猪。而且，他一年到头都要探望"朋友"。去布尔日、蒂勒、蒙吕松①。我简直无法相信一个海员在陆地上居然有这

---

① 布尔日为谢尔省首府，蒙吕松为阿列省首府。

么多朋友。而且他还不是本地人！总之，他一年在家里只出现一两次，并且露一面就消失了。我想，除了对面的邻居路易丝，克莱拉克没有人会相信这位远洋轮船船长还活着，路易丝曾经是红磨坊的引座员，因为婚姻而落户到克勒兹的一个小镇上，并且成了妈妈最要好的朋友。

妈妈独自一人把我们抚养成人。并且是按她的方式。

我们是四姐妹。我们是奥尔嘉的女儿。没有父亲的女孩。没有男人的女人。

不过，我们也别太夸张了：我们有过男人。而且还不少！但是我们没有留住他们。我们不需要。

薇拉结过两次婚。也离过两次婚。当然是她向法院递交的离婚申请。她跟第一个丈夫生了三个孩子。她对他有好感，他也喜欢她，两人关系非常好，真是一对模范夫妻。而第二个丈夫，她很快就厌倦了他并且不断地欺骗他。但很谨慎。考虑到夫妻关系，加上职业的原因（会计师应该是**令人尊敬**的），她从来不在本地与情人约会。她就地取材，然后打发他们去别处爱她。与第二个丈夫离婚后，她依旧将自己的激情固定在火车时刻表上。可惜只有一条线路，她得避开布里沃，因为很多利穆赞人去那儿做生意，她只能北上。去沙托鲁与情人会面。有时甚至去大一点的城市如维耶尔宗。在维耶尔宗，她不用冒任何风险，因为谁也不会去那儿，除了维耶尔宗人。

我则没有这些顾虑：我是寡妇。一个有四个孩子的寡妇，跟妈妈一样。不过我正式申报了自己的身份，这有好处。我的婚姻是个灾难，丧偶却给我带来了幸福。老天拯救了我。这是个小写的天，因为救我的是一次飞机失事。我丈夫是“国际”商人。整天旅行。经常在国内航线上穿梭，去一些不发达地区。从统计来看，飞机的事故率极低，但就商人的职业来说，坐飞机旅行具有不可忽略的风险，当然，他没有忽略它，为自己上足了保险。从经济角度看，飞机失事比汽车事故更为可取。而且要好许许多多！

然而，当时，这个不幸的消息使我震惊。被公公和婆婆以及孩子们的悲痛所感染。我忘记了“消失者”（用“消失者”指死去的人，这对他再合适不过，因为他飞散在空中，连尸体都找不到，最新式的死亡方式）曾经使我遭受的痛苦，我感到可以原谅他的一切。接着，在他的上装口袋里，我发现了一些令我欣慰的东西……

我至今仍然不解的是，目睹了父母的悲惨生活后，我为什么还选择嫁给一个四海为家的人，还是个职业旅行家，以旅行为天职的人。这种人很少回家，我应该知道的！

莉萨很晚才跟一个在澳大利亚定居的英国人结婚。她踌躇了很久，是害怕婚姻还是不想去澳大利亚定居？她三十二岁才步入婚姻的殿堂。他们的生活简朴而和谐。

索尼娅则是个顽固的独身主义者。我们四姐妹中，只有她把我父亲的姓传给了她的私生子法布里斯，她生他的时候年纪还很小。妈妈帮她抚养了好几年孩子，她还恶毒地对我们说：“姑娘们，如果有人问法布里斯的父亲是谁，你们就说是‘好几位先生，而您不认识他们’……”母亲对索尼娅放荡不羁的感情生活十分不满：同时有无数情人，大多是一夜情。“没错，”索尼娅闪动着蓝绿色的眼睛（此时的她可爱极了），张着樱桃小嘴说，“说得对，清晨，这些男人离开后，我才发现我还不知道他们叫什么名字呢……”应该说，那时候，一过午夜，她的神志就不太清楚了。妈妈不想接纳她，可是，索尼娅跟米沙一样，她要是当咖啡馆老板，准会耗尽家产。

即便是今天，当我们姐妹私下聊天时，索尼娅依然直言不讳地承认她有“酒精问题”，说的时候一点都不害臊（不害臊是因为“这是一种病”）。由于她与酒精之间有一定的问题，她与雇主之间也存在着问题。由于她与雇主之间有一定的问题，她与钱之间也存在着问题。索尼娅有“酒精问题”。由于她与酒精之间有问题，她与自己的腰围之间也存在着问题。由于她与腰围之间有问题，她与男人之间也存在着一定的问题。等等。可不可以反过来说，由于她与情人、与老板、与银行之间有问题，因而她与酒精之间存在着问题？我不知道。我们从来不想刨根问底搞清楚。妈妈不知道，也不想了解此事。我们也不说。

然而，每次回“故乡”采风（外祖父母去世后，我继承了拉罗什磨坊，包括池塘和树林），我喜欢和索尼娅一起去利摩日或克莱蒙购物。有时还去奥比松！妈妈始终很诧异，我住在巴黎却到奥比松买套裙，而她比我讲究，总是去巴黎买衣服。她特别不能理解的是，逛商店的时候，我不问薇拉，而是征求索尼娅的意见。她说：“薇拉总是穿得很漂亮，比你时尚！只有她能告诉你该怎么打扮。这样的话，你就跟她一样漂亮了！”

说得对。但是，在试衣间里，索尼娅更让我感到自信。由于她颜色黯淡的头发和“大块头”的缘故，我顿时觉得自己身材苗条，面容娇艳。我的代价只是花十欧元给索尼娅买一件中国产的特大号的体恤或衬衫。她有些不好意思，但自己又买不起，只好接受礼物。再说，从小时候起，妈妈就一直让她穿别人的旧衣服，作为老三，她的任务就是“把衣服穿坏”。

我愿意给小索尼娅穿上丝一般光滑的新衣，让她拥有世间所有的长毛绒狗熊；我要对她体贴入微……随着时光的流逝，她变得越来越温柔。“她优柔寡断，典型的法国西部人!”薇拉说。是的，她很温柔。像一块用旧的破布那么柔软。我们四姐妹中，她最有女人味，最柔媚，最脆弱。因此也是最无助的，因为我们的父母不喜欢女孩。

5.

我们的父母不喜欢女孩，并且毫不掩饰他们的态度。尤其是爸爸。我们是这么理解的：当女人作为个体时，他是能忍受她们的。他吻她们，像一个勇敢的海员那样。他甚至还会爱上她们，前天在医院说的那番心里话，还有七月十四日的舞会上追求妈妈的举动，就是很好的证明。所以说，他会为女人神魂颠倒……可是当女人作为一个群体时，他讨厌她们。

更可恶的是，他蔑视女人。一些女人讨他的欢喜，**女人**则令他反感。女人身上的一切都是令人恶心的。还是从人人皆知的女人的体味开始吧……啊，真遗憾，他那么多情，却不会像亨利四世给加布里埃尔·戴斯特雷[①]那样写信："我就来。你别洗澡。"我小的时候，每次爸爸"回我们家"度假，都受不了女人身上散发出的气味，比如，如果他觉得闻到厨房里有一股死鱼的氨水味，就会说："什么东西这么难闻？臭死了！令人作呕！不修边幅的少女身上才有这气味！"不管遇到一点什么小事，"不修边幅的少女"的形象都会涌入他的脑海，带着化粪池的臭

① 法国波旁王朝的创建者亨利四世的情妇。

气……此外，女人制造的一切，包括文学作品（他读书），都有一种恶臭，他直率地说："科莱特[1]？她写的书都带着手臂内侧的气味！"

为什么女人这么难闻？首先是因为她们与尿有着不可分割的密切关系，女孩在口语中常被称为"老是撒尿的人"。爸爸向来都这么称呼我们，当然是满怀深情地。有时，他开着那辆老麦卡车带我们出去兜风，他说："上路喽，pisseuses[2]！"

女人的身体是潮湿的，不但湿，还很柔软。男人是干巴巴的，女人则是水性的，身上各处都流着水。爸爸讨厌我们落泪："哎呀，瞧你们一副哭丧婆的样子！"他甚至还运用连通器的理论为女人发泄悲痛找到某种依据："哭吧，这样你的尿就会少些！"至于我身上其他断断续续的液体的流出，我都是背着他偷偷进行的，因为他那一代的男人肯定会对此大加嘲笑的。在克勒兹，婚礼和宴会结束后是吃半球形冰激凌和喝小杯烧酒的时间，男人们只要稍微喝点酒，就会当着妇女的面公然影射她们周期性的溢出——女孩们便害羞地低下头。有时，他们感到急需放松一下——这是理所当然的，因为他们干活累了——便大声指着一个局促不安的女人说她正在"漏水"……

女人的身体往外渗水，一边滴水一边散发出令人恶心的气味。

虽然女人的气味以及她们身上所有的排水管让我父亲感到极不舒服，然而，他很注重女人的思想。至少看上去是这样。他希望我们有出息。他让我们拥有扎实可靠的知识，鼓励我们参加各种男孩子的考试。难道他认为对数和方程式、希腊语和拉丁语这些知识能收集我们身上

---

① Colette（1873—1954），法国女作家，一九四四年当选为龚古尔学会主席，主要作品有小说《西多》、《流浪的女人》、《亲爱的》等。

② 法语"pisseuse"在口语中的意思是"老是撒尿的人"，也是"小姑娘"的同义词。

的流水，吸干我们身上溢出的液体吗？从小学到中学，我的功课向来是“优秀”，二十岁时我完全配得上当他的长子了。

后来，我成了法国最年轻的持有教师资格证的人，而我的“双胞胎妹妹”为摆脱我的影响选择了数学，成了第一个女会计师。两张证书，分别是玫瑰色和蓝色，同我们以前帽子和斗篷的颜色一模一样。可是家人从未以香槟酒庆贺过我们的成就，因为爸爸不在家，妈妈对文凭不屑一顾。或者更确切地说，她认为成功，任何成功，本身就是对你所做的事情的奖励。一个完美无缺的教育家。

不过，妈妈倒是开过一瓶香槟，那是我们的“小妹”莉萨在利摩日登记当律师，第一次穿上律师服的那天：日子长了，即便是在最好的机构，行为规则也会变得软弱无力，道德原则也会因年久而衰败……

至于索尼娅，她从来没有被学校抓住任何把柄要她留级，她上“补习班”，终于在十九岁时获得中学毕业文凭，之后她进大学学文学，没等到二月份模拟考试，她就退学了，因为她发现自己怀孕了。

妈妈没有把这事看得很严重，她可能回忆起了什么……再说，米沙刚过世，只要能填补空缺，什么都行。一个宝宝，有什么不好？母亲和女儿筹划起来；妈妈收下了孩子，索尼娅参加了一个美容培训班。如今，她是我们四姐妹中唯一从事“女性职业”的人，整天跟小瓶子、护肤霜、香水打交道，跟人聊天。爸爸对此没说过一句赞赏的话，没给我妹妹一个真正的存在理由：“你以为给海员‘脱毛’会让我高兴吗？”果然，她不仅没有把自家的“屋子”收拾干净，甚至这些年也没有把自己打扮得漂亮一些。而索尼娅一旦不开心就会重染恶习……

以前，监督两个小妹妹的学习都是我和薇拉共同分担的，她负责莉萨，我负责索尼娅。索尼娅十二岁就成了个令人头痛的孩子：在学校不听话，在家无所事事，但是依然很可爱！我辅导她学习，帮她备考，我自己先学习课文，再逐字逐句地一遍遍讲给她听，试图让她把这点预先经过人工消化的稀糊一点点吸收。她总算把我跟她反复唠叨的那些内容重述了一遍，尽管她不知其所以然。她也根本不想弄懂它们！只要我稍微偏离“背诵”，她就抬起头惊讶地看着我。我毫不让步。走投无路的她失魂落魄。她定定地坐在那儿，神思恍惚，眼神痴呆。为了让她恢复到清醒状态，有时，我会给她几巴掌，像面对一个晕倒的女人那样。她不喊也不哭。渐渐地，她恢复了理智，这个时候，她变得更加温柔，完全是一个乖巧听话的金发小姑娘。她从来不求救，不像莉萨，动不动就喊：“妈妈，姐姐们欺负我了！”她也从不埋怨我对她态度过于严厉，她知道我对她的惩罚都是她应得的，所以她总是原谅我的行为，并且为自己的其他错误寻找借口……后来我因为参加重点院校考前预备班而不得不离开她，她的成绩便一落千丈。

“你以为我喜欢做清洁皮肤的活吗？而且是给老太婆的皮肤除垢！一天到晚不是谈论天气，就是比较 Botox① 和维生素 A 谁的功效大。”我知道。我深表同情。特别是如今她是三个妹妹中最有修养最有艺术家气质的人。心情好的时候，她还画画。雪景，枯树，黑，白……她会找门路办画展，上门推销自己的画吗？“肯定不会的！”薇拉在电话里大声说。“因为她惰性太深，懒死了。外加胸无大志！她做什么事都没有恒心。你知道她现在连匿名酗酒者俱乐部的活动都不参加了吗？这事怎么了结，你说说看？此外，她又要失去刚找到的那份工作了！因为她居然起

① 一种用于美容的肉毒杆菌素，据说可以瞬间消除皱纹。

了个怪念头，穿运动鞋去美容店上班！你想想：上身穿娇艳的粉红色罩衫，下身是牛仔裤和一双破鞋！老板娘给了她一次警告……她怎么会变成这样？一副落拓不羁的样子，十三岁就他妈的成了一个真正的洛莉塔①。你还记得她嘟小嘴巴的模样吗？已经是地地道道的女人了……”

至少，妈妈在这点上与爸爸是一致的：她也不喜欢女孩，认为女孩爱搬弄是非，胆小，还喜欢装腔作势！她原指望生一群小米沙。我本该叫伊万，她曾无数次这么呼唤我。薇拉应该叫塞尔日，这是因为奥尔嘉的曾祖父米哈伊尔·塞尔吉耶维奇的缘故，塞尔日是他的小名，关于他的事，我们知道得很少……唉，应当说我们太让母亲失望了！她并不隐瞒自己的沮丧：“索尼娅出生的时候我哭了，我很伤心，你们肯定听说了！我怀她的时候，助产士对我说：‘宝宝很大，这回肯定是个儿子。’”……

我还记得我刚生下第一个孩子的时候她去产院的情景。她满脸笑容，把婴儿抱在怀里，摇他，刚放下又抱起来：“啊！我太幸福了！为你感到幸福，你生了个男孩！你以后会理解的，我敢肯定，对一位母亲来说，没有比这更好的了：儿子的小拳头，和善的面孔，坦诚的眼神，他的温存！女孩嘛，那是另外一回事……你生了个儿子，多幸运啊！真是太幸福了！”见她如此激动，我真不忍心扫她的兴，告诉她是在对自己的女儿说这番赞美儿子的话。

再说，我相信她的四个“孤女”十分理解她的心情，所以我们都只给她生男孩。

---

① 美国作家纳博科夫的小说《洛丽塔》的主人公的名字，后用来形容极度富有诱惑力的早熟女孩。

6.

我们的母亲当外祖母了，而今天，那些奔波于商界的女人在这个年龄才刚生下她们的第一个孩子。

索尼娅的儿子出世后，母亲给克莱拉克的房子配备了一些家具，以迎接第二个家庭的诞生，并为孩子的各个成长阶段做了充分准备：她把以前堆放杂物的小屋改造成了一个儿童室，放了个婴儿折叠小床，一个手提式自动电唱机，一张裹襁褓的桌子；楼上是六至十二岁孩子的房间，里面有双人床，玩具箱；顶楼是大孩子的宿舍。假期一到，我在巴黎的两个儿子就去找薇拉和索尼娅的儿子玩，他们两家就住在附近，孩子们周三和周末通常都是在外婆家度过的。有几个甚至常年住在那里，每当一个小家伙遇到困难，母亲就来接替女儿，和孩子共同度过困境。

我曾把小儿子拉斐尔托付给母亲照看，他六个月大就被确诊患有哮喘病。一年后母亲把他交给我时，他的病居然痊愈了。索尼娅的儿子法布里斯是她一手拉扯大的，一直带到十二岁。起初是因为索尼娅没有完成学业，后来是因为她跟一个专一的情人去了马德里，再后来是因为她总是工作到很晚，下班后还要去夜总会消磨些时间再回家。

母亲曾为薇拉的小儿子热雷米做过一件令人难以置信的事。那时热雷米十八岁，在斯特拉斯堡学习欧洲法律。从利摩日到斯特拉斯堡没有直达车。学法律枯燥，加上他居住条件差，就是那种“带气窗的佣人住的小房间”，热雷米一点都不开心。雪上加霜，他的女朋友此时又抛弃了他！电话里，我的外甥哭得像个孩子。

妈妈背上行李出发了，直到学年结束，她在一间只有十平米的值班室里住了七个月。屋里只有一张床，她不愿占用外孙的床，每天晚上就在地上铺上日本床垫，六十五岁的她在地板上睡了整整七个月。

白天，我外甥去学校上课，她就在斯特拉斯堡城里溜达，她说：“我真幸运，这是个美丽的城市，我待在那儿一点都不觉得闷。”她精心布置他们的小房间，买了一些自粘镜，把从气窗透进的阳光反射回去；她还细心缝制了床罩，并买来小灯，小垫子（她特别喜欢小垫子），甚至还种了一棵棕榈树：“这样，我外孙会觉得自己住在花园里！”周末，她带热雷米去乡间散步：“他需要出去透透气，消耗一点体力……”“那你呢，妈妈？”“哦，我走多了膝盖就疼，活该！我有些力不从心了！背疼得最厉害……不过，如果莉萨给你打电话，千万别告诉她我睡在地上！她总是为我担心。再说，你知道，她没有孩子，哪知道这个年龄的孩子会做什么蠢事！”

晚上，热雷米从学校回来，她领他去餐馆吃晚饭，甚至还提议看一场电影，施瓦辛格或汤姆·汉克斯主演的影片，其实她最讨厌美国电影了！热雷米坐在屋里唯一的一把椅子上复习功课，她一声不响，躺在床上织毛衣。“他能感觉到我的存在，你知道，这会让他安心的。然后我提议他喝一小杯俄罗斯茶，吃点松甜圆面包。还有从克莱拉克带来的自制的果酱……我给他买了个烤面包机，还买了个东西，你无论如何也想不到的，微波炉！一个可怕的玩意儿！不过，在一间只有十平米的房间里，我别无选择，至少孩子能吃上热乎的……前天，你猜我做什么来着？我把楼道里的公共浴室和卫生间都打扫了一遍！这是应该的。我们这层楼的房客都来向我道谢。我因此认识了住在对面屋里的一个年轻的葡萄牙姑娘。周六，我请她吃了一顿便饭：鲑鱼夹饼。”第一学年各门考试都结束后，热雷米失恋的伤痛也在那个葡萄牙姑娘的怀里得到了抚慰，我们的母亲这才返回克莱拉克。真是一箭双雕：新的爱情还使外孙的居住面积增加了一倍，这正是外祖母所期望的。

巴布什卡曾经是个感情丰富的女人，但是表达方式很传统，就像乡下人说的，慷慨大方，乐于助人，却不善于用语言表达。她精力充沛，随时准备帮助他人，却从不浪费时间说甜言蜜语，也不当面批评人，她只是努力使自己成为有用的人。因此，当她不能走动，当疾病使她无法行动，当她再也不能用动作表达自己的爱的时候，她当然变得吞吞吐吐了。接下来便是日渐衰弱，呼吸困难，最终走向死亡。

近一年来，她不再与任何人有感情上的交流。她默不作声，闭着眼睛，只是叹息。连她最喜欢的外孙马克、法布里斯、拉斐尔和热雷米都无法与她沟通。我记得她对索尼娅的态度非常冷酷。初夏的时候，索尼娅不顾工作繁忙，每天来克莱拉克为她做足部按摩，一天两次。我们都很紧张，生怕索尼娅弄疼她脚跟上的褥疮（我用“我们”、“紧张”这些词，因为那段时间我们的生活与妈妈的生命密切相关，一切都围绕着妈妈骨瘦如柴、正在腐烂的身体运转）。一天，索尼娅完成了每天两次的十分钟按摩后，跪在面无表情的女皇面前满怀希望地问她：“你感觉好点没?""呸!"女皇轻蔑地说,耸耸肩。我把这类不近人情的事讲给薇拉听,她却辩解道:"不管怎样,她不是对所有人都那么冷酷!不是的,她不是对所有人都那样!"言下之意是:"她对我就不同,因为我知道怎么爱她。"也可以这么理解:对于那些懂得爱的人,妈妈还是爱他们的……薇拉深爱着母亲,所以相信自己从她那儿也会得到无限的爱……

7.

路易-巴斯德医院的病房里，又到了晚上洗漱和护理的时刻，时间越来越长，病人越来越痛苦。医护人员叫我出去在走廊里等。尽管这样，我仍然能听见母亲的喊叫。可是今天她的声音被对面房间里一个快死的人的喊叫声淹没了。我熟悉那个男人的嗓音，是那么深沉。昨天晚上，我还听见他跟一个来探视他的人说话，简直是歌剧《唐·乔凡尼》里那个扮演骑士的歌手的嗓音……可是今天，他不再唱歌，而是吼叫。而且只有一个音。许久我才辨别出他说的是“灯”。

他要求给他开灯。难道这个钟点他屋里的灯就已熄灭了？不可能。再说，跟本科室的所有病人一样，他手头也有个电铃按钮，一天二十四小时开着，无论护理人员在哪里，随时都可以呼叫他们。我发现只有一个房间的电铃按钮亮着，其他房间的都关着。这是怎么回事？为了弄个明白，我把走廊的灯关了，发现一缕光线从他的房门底下透出。我放心了，原来这是一个在吗啡的作用下说胡话的病人。在这里，这再平常不过了。

我坐下，拿起一份报纸。喊叫声持续不断，间隔的时间越来越长，声音也越来越可怕。我按捺不住，把这事通报了护士：“有位先生，就在对面……他要求给他开灯。可我发现他房间的灯是亮着的。”护理人员立即朝他的房间跑去，我听见他们跟他说话，接着是一阵忙乱，然后是“嘘嘘”的呼吸声，他们给他接上了氧气管。没错，是氧气。他要灯光，其实他需要的是氧气，他呼吸困难，不用说，这是个肺癌患者。而且肯定是“晚期”。

他向医生求救，想说“空气”，嘴里说出的却是“灯”。漫漫黑夜里，所有美好的东西都可用“光明”[①]来替代，我应该知道这点。

第二天早上，他房间的门微微打开，有几公分宽，护理人员一定意识到他再也按不动电铃按钮了。透过门缝，我听见呼吸机有规律地响着，我想到了管子、短颈大腹瓶，他没法说话了。

第三天，他房间的门大开着，床上铺上了新床单，他走了。

“我给你妈放点音乐，她会喜欢吗？”问我话的护士是新来的，也许玫瑰色房间太寂静，她感到压抑。姑息治疗科室的所有病房都配备了收音机和CD播放机。大厅亦如此。我刚在那儿听了《幻想交响曲》的一段《震怒之日》[②]，音量开得很大，没错，是《震怒之日》。不管怎么说，这是一部优秀的音乐作品。不过，病人只要稍微懂得一点音乐，他是不会因为这段乐曲而精神振奋的！

护士又来问：“您要是没带光盘，我可以给她调到古典音乐台……”不巧的是，古典音乐不是妈妈所喜欢的类型。我倒是喜欢收听古典音乐台。在生命的最后时刻听听音乐，我喜欢。不过，这只是我的想法。既然音乐不是噪音，一个垂死的人怎么会讨厌它呢？我觉得，无论什么音

① 法语的 lumière 既指“灯”、“灯光”，也有“光明”的意思。

② 又译《最后审判日》，歌词相传为意大利僧侣希拉诺所作，后世作为安魂曲的一章，其音乐主题常被近代作曲家采用，如柏辽兹的《幻想交响曲》，李斯特的《但丁交响曲》，圣桑的《死之舞蹈》。

乐——宗教音乐、世俗音乐、钢琴曲、吉他、协奏曲、帕萨卡里亚舞曲、妈祖卡舞曲、各种弥撒曲，甚至安魂曲——对我都是有益的！不过，也许我搞错了，因为最近几个月来妈妈不再感到需要音乐。原来，身体健康的人临终时才需要，比如被判死刑的人。通常在枪决前还会给他最后一支烟。而对于既没有力气也没有胃口，因劳累和患癌症而精神委顿，躺在床上等死的人，没有必要给他们烟抽或让他们听交响乐，因为他们很久以前就不再能感受到生活的乐趣了，也不再享受具有非凡想象力的艺术作品了。

尽管如此，我还是对护士说，我母亲喜欢摇滚乐。白衣护士没再提要给我母亲放音乐，因为无论是疯狂的《大钟周围的岩石》（我的上帝，妈妈太喜欢这支曲子了！），还是查克贝瑞[①]或者比尔·海利[②]的某首歌，只要放上一段，本楼层的所有邻居保准都不得安宁。

那么，怎么才能打破沉默呢？我听见这儿的精神病科医生说："您为什么非要打破沉默呢？你们可以通过手势、皮肤接触来互相交流啊。"也许，可是，母亲不许我抚摸她！她不让我拉她的手！为什么善良的老人、可怜的病人都有这个通病？说白了，这是因为临终者都愤恨不平！

妈妈发泄其不满情绪的方式还是很有分寸的，她只是闭着眼，耸耸肩，还有就是推开我的手。我有个女友，她母亲可没这么温柔，她狠命地拧孩子，用这种方式与他们"交流"。

再说，妈妈不许我碰她肯定是有道理的。我的动作太猛，我敢说我碰她的皮肤，简直就像发射子弹！我总是来去匆忙，转火车，跑书店，奔

---

① Chuck Berry（1926— ），早期黑人摇滚乐的代表人物。他将节奏和布鲁斯音乐发展为摇滚乐的标志性特征。他的吉他独奏和舞台风格对后来摇滚乐的发展有很大影响。

② Bill Haley（1925—1981），美国最早的摇滚巨星之一，凭借他的乐队"Bill Haley & His Comets"和歌曲"Rock Around the Clock"在上世纪五十年代将摇滚乐这一音乐形式推向了更广阔的天地。

波于各种会场……我的生活正如我的孩子们形容的那样："节奏快"，"紧张"。而重病患者的动作都极其缓慢！

薇拉则更沉着，这是公认的，她总是不紧不慢的，举止稳重，说话一字一板。至于莉萨，二十年来，她每次回家探亲对妈妈而言都是盛大的节日……

我想找点什么能让母亲高兴的事做。但是我没找到。

当然，我识字。我真想读点什么给她听，她听到我的声音，知道自己不是孤独的，就会感到安心。也许她还能感受到词语的音乐性，甚至如果她不是十分疲惫的话，她还能领会词语的意义。我要给她读诗。没有意味的诗。平庸的、好听的、轻快的诗。就像拉罗什磨坊那瀑布似的向下倾泻的小溪发出的流水声，我的池塘那持续不断的涓涓的溢水声：水流动着，不分白天黑夜，无论冬季还是夏季……或者给她念《圣经》。几个片断。没有一点说教的味道，比如《雅歌》，"真福八端"①。

啊，不，我什么都不给她念。妈妈不喜欢书。很长一段时间里，我都认为妈妈只是不喜欢读书，不喜欢认字。于是我送她有声读物，我挑选短小而扣人心弦的故事，并且都是一些名家朗读的。她却连CD的玻璃纸都没撕开过。她不指望从小说、回忆录、通信集中得到什么。过了一段时间，我才屈服于事实：我母亲根本不需要书……

我默默守候在她的床头，思忖着妈妈喜欢什么，也就是说，对于创造、接受和馈赠，她有什么独特的方式。答案与前面说的一样，妈妈喜欢的都是我讨厌的：烹饪、裁剪。

她在烹饪上的确有天分。她不看菜谱，尤其是她从来不买书，她讨

① 指的是《新约·马太福音》第五章中耶稣所说的八种真道。

厌那些装满干巴巴的纸张的长方形盒子！她家里没有这类东西，这可是原则问题！没有书，于是她就创造，根据手头的厨具、壁柜里的各种调味品以及必须用完的剩余材料进行创造。“为这道菜欢呼吧，”她把双耳盖锅端上桌，“你们一定要为这道菜喝彩，因为你们吃不到第二回了！”她笑着，却说不出里面放了哪些配料，量是多少。这和她母亲一样，开咖啡馆那阵子，她也是凭直觉做饭做菜。配料，撒盐，打鸡蛋，拌菜，在食物上浇以烧酒后用火点燃，等等，啊，热闹极了！而我们去饭馆吃饭却是另一回事，每次她都说：“低级小餐馆，这位先生也算得上厨师？太差劲了！所有菜都是用鲜奶勾的芡！我不敢说他的肉菜是使用了不同的调料做的，因为都是一个味道！”

即使后来我挣钱多了，请她去二星级饭店吃饭，用餐时她也总是对菜肴进行分析和评论。某些音乐家的耳朵与众不同，妈妈的味觉器官则特别灵敏：“龙蒿叶放得太多了……大蒜少点就好了……加汁水不等于泡在汁水里……”突然，她停住了：“一颗籽！我发现了一颗籽！这是雄蕊，放在菜里干吗？啊（她举手，示意大家别说话），这个倒是不错（她另舀了一勺调味汁，闭上眼睛），他们在出锅前加了少许阿马尼亚克烧酒。等等，还有别的（她又尝了一口），我知道了（她露出笑容）！他们的胡椒沙司是用醋栗子汁调制的！太聪明了。你没吃出来吗？”没有，我什么都没吃出来，但是我相信妈妈的判断。

在缝纫方面，她也是个天才。“衣服好看不好看关键在于裁剪，”她肯定地说，“而我知道怎么下手。”她一只手按住布料，另一只手拿剪刀在柔滑的布料上疾驰，动作像熟练的外科医生那么果断。衣服粗缝好后，她让孩子们身穿缀着白线的衣服在她面前走台步：“很合身，不是吗？你们必须承认，这件衣服的样式很好看。啊，你们的母亲凭她那双巧手做裁缝一定成就非凡！……这件衣服的边料成本加起来才六块五毛钱，我的宝贝！”一米米棱纹织物打着皱泡在缝纫机台板上源源不断地向前涌去，我们挨着缝纫机生活，好像住在画家的画室里：在一幅尚未完成的绘画作品的空白处。我们的艺术家母亲有两个引以为傲的伟大主题：她的舞蹈裙总是别具一格，还有就是用经典图案面料做的幔帘。制作一个“有特色”的幔帘是海格力斯①的第十三个苦力活。她说：“做窗帘、床罩很枯燥但活儿简单。尤其是用无纹饰的单色布做。而我做幔帘就费工夫了！你瞧这些月牙形花边，波浪形皱褶，白边，绒球，饰带！换了地毯商，肯定要你付大价钱买的！我的女儿，如今人们都说一个家庭得有第二份收入，我要是允许你们的父亲在幔帘上节省点，我的第二份收入就很不菲薄了！”

妈妈是个魔法师，是车间里的仙女，厨房里的巫婆。这么能干的母亲生出的女儿却连一只扣子都不会钉，连一块鸡肉都烤不熟！我十二岁的时候还让妈妈帮我做学校布置的“缝纫作业”，比如带褶饰的裙子，绣花女帽……

我四十岁还带着感激之心接受妈妈在家自制的一瓶瓶“真正的浓汤”，“真正的果泥”，或者“真正的果酱”，她把这些东西用旅行箱装着送到拉罗什（有时还送到巴黎！），然后再把它们放进我的冰箱，瓶盖上还贴着食用方法。因为如果没有详细的文字说明，她的大女儿会愚蠢到不知道好的果泥应该吃热的，或者焖肉冻必须隔水加热等等。“喂，卡蒂娅！你在听我说吗？卡蒂娅，你明白了吗？”可怜的母亲，她希望某个女儿喜欢富有想象力的话语胜过人间食粮，而她连这点都得不到！

---

① 古希腊神话中的英雄，以非凡的力气和勇武著称。

薇 拉

路易-巴斯德医院，五楼，"康乃馨"病室，十二月十五日。

今天早上，薇拉精心打扮了一番，"为了让妈妈高兴"。万一母亲睁开眼，看到的是一幅令人失望的情景，薇拉会后悔的。妈妈爱美，喜欢穿得很漂亮，甚至有些不合时宜。在她即将离世，最后看一眼这个世界的时候，至少应该让她带走一幅美丽的景象：女儿守候在她身边，像卡地亚[1]的售货员一样，可爱而有教养。

努瓦西勒格朗的朋友家的浴室里，薇拉在梳头，梳了许久，然后用指头捋了捋刘海。发型很快就出来了。她很少用定型发胶。她喜欢柔顺的头发，喜欢平齐式发型，任头发在脸旁飘动。她有一头漂亮的头发，还像小时候那么柔软，那时母亲喜欢给她编两个不对称的小辫儿，或者出于好玩，把头发绕在指头上做成长鬈发。现在，她的头发甚至比以前还厚，却少了光泽。羊毛般浓密的金发变成了亚麻色。里面夹杂着白发，并且越来越多。

母亲似乎睡得很沉，为了不吵醒她，薇拉踮着脚尖小心翼翼走

---

① 法国著名珠宝、钟表品牌。

进玫瑰科室玫瑰色病房的玫瑰色卫生间，她站在镜子前，撩起一两绺头发，毫不留情地注视着额边的发根。从前，她们上学前，母亲给她们洗脸时总爱让她的三个“俄罗斯小姑娘”，三个“金发姑娘”（卡蒂娅是棕发，活该！），并排站到她面前，她一边欣赏她们各有千秋的金发，一边说：“哈，我什么颜色的头发都有了。”现在，紧闭双眼的母亲至少用不着看她的金发姑娘一个个变成灰黄色头发的女人了。因为莉萨的头发也暗淡了，以前她的头发是淡黄色的，如今也灰白了。她们小的时候，母亲总是说：“呵，为了生出这个金发的孩子，我做菜时在调料里加了柠檬汁！”柠檬汁，彻底消失了。有时，在灯光下，我们以为莉萨的头上撒了淀粉呢。

只有索尼娅的头发依然保持着原来的颜色。那是一种鲁本斯黄[①]，更热烈。母亲解释说：“我把她放进烤炉里烤了很久，出炉时，我突然想到给她上一层色，于是我用五十克黄油、六十克炒得焦黄的面粉和半升原汁清汤制成一种作料浇在她身上，注意，姑娘们，要把黄油放在平底锅里加热熔化，但不能烧糊，面粉一变成橙黄色就往里掺水！我的索尼娅做得恰到好处……”

她们喜欢听这类故事。跟母亲在一起，一切都与“填饱肚子”相关，以吃开始，又以吃结束。

薇拉还记得小时候在克莱拉克，每次一推开门进屋就被一股温热的蒸汽所包围。玻璃窗蒙着水蒸气，必定是厨房里在炖肉，要不就是妈妈在创造什么复杂的菜式。那是绿叶菜汤、蜂蜡和橙花

① Peter Paul Rubens(1577—1640)，弗兰德斯天才画家，其作品气势恢宏，色彩鲜明饱满，画中人物富有生命感。

混在一起的味道。她被夹杂着各种气味的微湿的空气包裹着，轻轻地走在厚厚的地毯上，朝“最神圣”的地方走去：西门子脉冲点火烤炉和比萨石，那个烤炉的怠速阀是“带气孔的”。

为了驱散弥漫在整个屋子里的卷心菜和洋葱难闻的气味，母亲点燃了香烛，琥珀色的光线下，暗处的一把扶手椅变得很显眼，这是屋里仅有的一件木雕制品，是她从私人旧货集市偶然淘来的众多藏品中的一件小玩意儿，其他的还有俄罗斯小盒子、老式鼻烟盒、彩蛋。到处是沙浆做的花盆套，种着吉祥的花：牡丹，郁金香，茶花，都如她所愿，营养充足，油光滋润。

门厅、走廊、客厅里还整齐地摆放着植物，像个苗圃。母亲把女儿家遭受病害的植物都包养起来，就像从前照顾她们生病的孩子那样。外孙们一过出水痘的年龄，她就全心全意照料起了这些苍白的榕属植物和贫血的花叶万年青。她精于园艺，蕨和橡胶榕把一楼变成了有热带风情的暖房。窗户和幔帘消失在一排排安祖花①后面。

薇拉一点都不喜欢玻璃花房，也不喜欢廉价饰物（她家里的东西都很简朴并且都是浅褐色的，因为她信奉“简约之美”，倡导直线、原木和瑞典家具），但她喜欢，以前也一直喜欢母亲的家，四十岁还每周日都回“娘家”吃“妈妈做的小菜”。如果儿子们周末去她前夫的家，她还要在妈妈的床上睡一觉。

“瞧这株喜林芋，”母亲说，“热雷米非说它死了，我上了一点肥，让它见了见阳光，就又回到原来的样子了！我不停地换盆，可

① 天南星科植物，原产地为哥伦比亚。

是现在它变得太肥壮了,我'留'不住了,让你儿子来拿走吧,快点来拿走!再看这常春藤,全黄了。索尼娅原想扔了它,我勉强把它救活了!我施了一把灌木叶腐蚀土,四勺'棕金',你瞧,藤儿开始爬了,往上爬了,一定会爬上天花板的!啊,可以这么说,你妹妹的常春藤在这里过得很惬意。"植物喜欢母亲的家,那里既滋养又快乐,植物喜欢享受母亲的爱……

然而,一切同时衰落了:母亲,她的爱,她的植物,还有容纳这一切的屋子。薇拉就住在附近的圣莱奥纳-德诺波拉,因而对这场变故比其他姐妹看得更真切。她眼睁睁地看着母亲和这个家渐渐走向灭亡,以极慢的速度。

首先,气味消失了。炉膛里不再有火。母亲不再烹饪。父亲习惯了货轮上的粗劣饭菜,平日只用电水壶和电炉。再也不需要用阿拉伯香料掩盖食物的特殊气味,如加酒和洋葱烹饪的水手鱼块或用红酒洋葱烧的野味,也不必在走廊里点燃几枝茉莉花或乳香的香棍。屋子里不再有任何气味。

不过,现在,来访者都直接从厨房进入屋子,父亲封死了大门和门前的大花园,老栅栏上既没有内部对讲机也没有电锁横头。父亲不在家的时候,母亲连穿越草坪的力气都没有,更不可能给谁开门。再说,他们害怕遭人袭击。父亲最终在花园的大栅栏门上安了一道铁闩,于是花园与街道隔开了,父亲在大门上半部的玻璃门上加了好几道保险销,于是房子与花园也隔开了。从此,我们从房子后面——即车库和一个阴森的小院子——进到屋里,院子对面是一家暖气设备专营店的仓库。

"妈妈的家"不但失去了气味和花园,还失去了光线。船长大部分时间都是一个人待在一楼的厨房里，不开客厅和餐厅的护窗板。楼上的病人也不许我们打开她卧室的百叶窗……晚上，所有灯打开都不足以让这些死气沉沉的房间变得暖和些。母亲喜欢间接照明。父亲则只开天花板上的灯，跟大多数男人一样，他只在需要时开灯。他还是个"抵制浪费的人"，分枝吊灯向来只开一半，一百瓦只亮四十瓦。淡灰色的微光下，那些小摆设看上去布满灰尘。植物也因为缺乏光线而萎蔫了。

我们安排病人每天在固定的时间稍稍活动一下，就在摆放电视的角落。为方便她的行动，父亲决定把电视机前的地毯撤走。现在是他说了算！家里的事都由他做主！有段时间，薇拉很烦躁，总想跟他作对。后来，她卷起印有红花瓣的比萨拉比亚[①]"百花"被子住到了顶楼，还把那些大约属于凯鲁万[②]和波斯风格的东西都搬了上去。地板重新出现在人们眼前，简直不堪入目。客厅的家具也作了"调整"：带流苏的扶手椅不见了，取而代之的是一个金属躺椅；长沙发依旧罩着布套；路易-菲利浦椅子上的罩布破成一块一块的，拖在地上；一边靠墙的那张一九〇〇年的蜗形脚桌上，纸盒包装的各种"营养辅助品"取代了原先的花束和彩盒。

二楼的情景更糟糕。妈妈那间屋子原先被她布置得温暖舒适，摆满花边状和色彩淡而柔和的东西，现在已面目全非。旧镶木地板上无任何遮盖物，为防止病人滑倒，已经不再打蜡，上面醒目地摆着一张医疗床，锈迹斑斑。为了不妨碍病人行动，四周的扶手

① 欧洲东南部的一片区域，包括现在的摩尔多瓦共和国和乌克兰的部分地区。
② 突尼斯的一个省。

椅和独脚小圆桌都被搬走了，只剩下一个硬叶松木五斗柜，上面摆满了小药瓶、纸巾、药匣子和小勺。

母亲生病的六年间，家里没有主妇，墙上的油漆呈鳞片状剥落，墙纸也变黄了。屋里很冷，阴森森的，没有食物可吃，很凄凉。夏天，透过封死的玻璃门，薇拉注视着花园，一个进不去的花园，没有花儿的花园，一个废园。

莉萨在这屋里出生，四个女儿在这屋里长大，她们的孩子来这儿度假，疗伤，从前，这个家是那么幸福，向所有人敞开大门，如今却只是一个没有灵魂的躯体。

尽管这是个空洞的躯体，薇拉依然爱它。她还不顾一切地爱母亲那形销骨立、渐趋消失的躯体，那个像果实包含核仁一样容纳着死神的躯体。不过，这是个干果，没有果肉的干壳，最终变成了苦巴旦杏。

8.

母亲生病前的几年，有一天，她对我说："我老在想，你父亲去世后我该怎么办（她认为自己肯定比父亲活得长，因为她小他五岁），我不打算继续住这个大破房子了。他走后，我只有半份养老金，你知道，这个凌乱不堪的房子，暖气费我都付不起！更不用说搬运木柴的费用了，锅炉每天要烧一百五十公斤木柴呢。你瞧，我不是正在往炉灶里加木柴吗，这已经是第八十根了。再说，万一路易丝离开克莱拉克，跟女儿去南方，我一个人就会很寂寞。我喜欢有人陪着！""可是，妈妈，"我按捺不住内心的激动，大声说，"我可以带你去巴黎，去磨坊。""啊，不，这不可能！我宁愿去薇拉家，至少她乐观，精力充沛……"

那天，我想我真不该自作多情。

小时候，我和薇拉总是手拉手。无论是上学还是出去买东西，我总拉着妹妹的手，一直到九、十岁都这样，生怕她在路上出事或者一个坏蛋扑过来把她抢走。我们去新朋友家玩或者米沙带我们去高原探望那些从未见过面的表兄，我俩也寸步不离。我们手拉手一起穿越农庄的河流、牲畜棚，从脱粒机的皮带下钻过去，我们总是共同对付陌生人。

也许是这个原因，基础班[1]的班长都以为我俩是双胞胎。错了，我们是形影不离的两个人。

我这个如影相随的妹妹对患病的妈妈体贴入微，那么周到以至于我有时甚至想，她这么做是出于孝心还是为了赎罪，她想补偿什么呢？不管怎样，她把我们都拖进了她赎罪的善举中，相亲相爱的姐妹竞争起来没有限度。五年来，我们竭尽全力照顾妈妈，没有请一个佣人。只有我们四姐妹，因为侍奉妈妈是"头等大事"，只能由自己的亲骨肉来完成这一使命，这是母亲与女儿的事，死神与女儿的事。

薇拉也许还记得妈妈是怎么照顾外祖父母的，他们相继在我们母亲的怀抱里过世。不过，我有时竟然强词夺理，说我们的境况与她不可比较，妈妈负担其父母时，她的年纪很轻，身体比我们强壮。再说，她那时不工作，而我们都全天候上班，这还没说我一年有八个月住在巴黎，莉萨在澳大利亚生活！"你来不来随你！"薇拉说，"反正我要照顾妈妈。"于是，我也跟她一样。莉萨不甘落后，索尼娅也毫不逊色。终于，我们都累倒了。

"我年纪大了，"一天，我说，"我五十二岁了！""我也五十二啊，"薇拉说（那年我俩同时过生日，我真不走运！），"你瞧，我身体还不错，还能照顾你母亲。"

啊，这个人称代名词的所有格用得真好！每次我惹急了她，她都对我说"你母亲"。她常在电话里对我说（电话里，她的声音跟妈妈的一样，但是我不会搞错，因为妈妈不再跟我说话了）："你母亲不吃维生素

① 即小学二、三年级。

原。你最好还是出趟门去巴黎的药店转转有什么别的!”“你母亲周四可能一人在家,爸爸要去勒阿弗尔。你看怎么办?”她说“你母亲”的时候总是带着审计员的口气。

我也毫不示弱,跟她争论。可是,每次我提出某个可能会减轻我们负担的设想时,薇拉都会大叫起来,说我们还没有到这个地步。而当她最终同意我的建议时,我们已经不再需要那么做了。一张医疗床?“哦,太恐怖了,我们还没到这个地步!”当我们都累得直不起腰时,却不得不接受医院的那种床。但是还没有想到晚上把床系在窗挺上。“别胡思乱想了,我们还没到这个地步……”当妈妈从床上跌到地上时,我们才不得不那样做。在她屋里放一把开洞的椅子?太丢人了,再说我们还没到这地步。保姆?不需要,我们忙得过来。夜间护工?要他干嘛?我们可以轮班。于是,我周五晚上出发,周一早上返回巴黎,这样可以陪妈妈三个晚上。莉萨从对跖地远道而来,旅费昂贵,通常来一次就待一个星期。父亲(他非常明智地回到家,“与孩子们一起生活,度过余生”)把跌倒在地的妈妈抱起时,一只肩膀脱臼了。过分,太过分了!我们这么折腾自己为了什么?为了挽回我们的记忆?我们童年美丽的假象?为了保存我们的幻想?垂死的母亲的幻想?这是一场徒劳的战斗,要结束就必须接受我们不愿承认的事实,这就是,我们的母亲必须换床,坐开洞的椅子,让陌生人来家里,先是保姆,然后是夜间护工。尽管如此,我们还是未能避免让她回到医院,她将在那里面对着一堵玫瑰色的墙壁——一种唤不起她丝毫记忆的雷宝林①漆——离开人世。

不过,薇拉不是那种念念不忘往事的人。也不想继续玩滑铁卢之

① 法国一个生产墙面涂料的著名品牌。

战的游戏再赢一场。薇拉疲于奔波，难道是为了维持病人的生命从而保存这个家？这个母亲并不喜欢的徒有虚名的夫妻生活的居所？她是想保存还是想遗忘？她犯了什么罪，想以此得到别人的原谅？她做了什么我们不知晓的错事，希望以这种方式赎罪？她自己知道吗？她感到自己罪孽深重而无法自拔，也许她认为审计规则同样适用于临终状态，垂死的人也希望活人给他们造一份感情负债表。

9.

我们失去了妈妈，就在那一天，我们在妹妹的压力下要求她正视死亡的时候。从那一刻起，她不再看我们，也不再听我们说话。她的眼睛只盯着一个人，是我们请来的一位女士，她成了我们的中间人。

我们以新的医学道德的名义要求她正视死亡，怎么会导致这样的后果？既然不许家人用善意的谎言作护身符，那只能说实话。可是，病人呢，他没有权利欺骗自己吗？必须像法兰西新闻台那样反复播送一条新闻吗？

妈妈在维勒瑞弗被施行紧急手术时，她害怕的不是医生的定论，而是麻醉术。那是她第一次做手术，平生第一次，手术室令人狼狈的异国情调、输液，以及随之而来的失去知觉，这些都比“化验结果”更让她感到不安。因此，她醒来的时候又惊又喜。

然而，手术结束后，抽样活检的结果与外科医生的悲观态度相吻合，必须毫不犹豫地将结果通知病人。科室主任亲自上阵。诊断很明确：肝癌早期，肝严重癌变，但癌细胞还没怎么转移或者根本没转移。有的地方好，有的地方很糟糕……科室主任看望我母亲的第二天，尚未离开急救室的母亲却对我们说医生说不准她哪儿有病，这些医生，全是蠢驴！

我那几个妹妹担忧起来，她们深信医生没有跟她说清楚她得的是什么病。她们委托我给医生打个电话，代表全家人请他再跟我们的母亲说一遍。我照着做了，很无奈，因为真理是一杆只带一发子弹的枪。不过，主任还是来了，为了"给病人致命的一击"。他向我汇报了第二次执行任务的情况，同第一次一样，他如实讲了疾病的名称并详细谈到，如果手术不能控制癌细胞扩散，可能会采取一些治疗措施，比如直接对肝部进行化疗，对病人的器官作局部冷冻或加热，等等。不，其实并没有什么"等等"。这样说只是为了让她相信我们还没有陷入绝境。

接下来的日子里，妈妈说了"肿瘤"这个词：她的身上有个肿瘤，但是这个瘤子既不是良性的也不是恶性的，是"非典型性"的。非典型性，这个形容词她喜欢，她动不动就重复这个词。

她住进了康复医院，她接受的肿瘤切除术无非是好好打扫一下半个肝脏、胆囊和相邻的几个附件，而这需要细心的跟踪治疗。在这个地处昂巴拉克树林的疗养院里，她似乎对生活又产生了兴趣。她又有了胃口，开始走路。我们在公园里散步，她对外科医生很满意，说他"能干"，并对医学采取宽容态度。医学很无知，不是吗？居然连她的肿瘤都界定不了："非典型性！我得了非典型性疾病，一种他们从未见过的病！他们既不知道我是怎么得这种病的，也不知道这病会发展成什么样子！啊，你们千万别跟我谈什么医学进步！"她讥讽道："莫里哀！莫里哀！'听着，我说的是肺！'啊呀，我呢，我是肝有问题。他们的诊断只到此为止！"

她是在安慰我们还是试图无视自己的疾病？这有什么关系，真相不至于昂贵到需要用幸福来换取。

我必须返回巴黎，飞往蒙特利尔参加图书展览会。莉萨回到了澳大利亚。爸爸只是偶然回家，他经常收到紧急通知，去塞文山脉和波旁地区等地参加“海员画家之友”的活动，他担任该协会负责人已有多年。索尼娅和薇拉分别住在利摩日和附近，轮流照顾康复期的病人。薇拉给母亲带来廉价的小首饰，还有巴西手镯，据说可以避邪。索尼娅带着各种各样的护肤霜和指甲油，扮演理发师和指甲修剪师的角色。恢复期，一切都很顺利。

“不，”一天晚上，薇拉在电话中对我说，“事情不容乐观，妈妈根本不知道她得的是癌症。”

“医生跟她说得很清楚。”

“那个医生骗了你！母亲不知晓自己的病情，这很显然，因为她跟我们说什么细菌感染、非典型性肿块来着……”

“随她怎么说吧。”

“不行，必须让她知道真相！我不想欺骗她。”

“谁要求你这么做的？”

“你怎么这样！那你告诉我，怎么做才能既向她隐瞒真相却又不背上撒谎的罪名？”

“还是从头开始吧：什么是真相？”

薇拉完全可以说我是彼拉多①，但她没有说，她是克勒兹高原的女儿，自由思想的第四代继承者，她没有读过《福音书》。

“好吧，”她恼火地说，“我们别斗嘴了，其实你跟我一样知道妈妈对我

① 古罗马派驻耶路撒冷的总督，《新约·马太福音》中说他将耶稣交与犹太祭司长与长老处置，之后在众人面前洗手，表示自己在此事上无罪。

们说的并且经常重复的那句话:假如某天她得了重病,她希望知道实情。”

“她是这么说过,没错,不过那是在她身体健康的时候……”

她在电话里沉默了许久。(我对这种沉默已习以为常,它表明争论终止,“简直是浪费时间!”)

“听着,”**女执行官**终于说,“你怎么做随你,但是我们(‘我们’指我的妹妹们,不包括我)决定由我来跟妈妈谈这件事。索尼娅陪我一起去说。我们要对她的病情作些更正……连敌人是谁都不知道,怎么跟他斗争啊!”

“你们的恐怖突击队什么时候发动袭击?”

“明天早上。”

这还是头一回,我面对既成事实处于被动的地位,“全体人”让薇拉以口头形式把他们做出的决定转告我。一个家庭就是一个民主制社会,薇拉不过是汇集了大多数人的意见后再来到我面前,我立即就明白了……”

我找到我的一个妹夫,他叫亨利,薇拉的第一任丈夫,对她一直很有影响力,他听说母亲生病很难过,对我说:“我认为你妹妹说得对,你母亲不愿你们对她有所隐瞒。”确实是这样,妈妈经常教育我们不要找借口,不要撒谎,甚至不要隐瞒什么,因此,绝对不能欺骗她。可是,她现在已经不再是那个谆谆教导我们的女人,她愿意听谎言。“我不敢说维勒瑞弗的医生隐瞒事实,”亨利接着说,“我绝没有这个意思,但是他肯定说了某些你母亲听不懂的词语……”“你为什么这样想?妈妈以前要求听真话,现在她是在回避事实,这令你们惊讶吗?你和薇拉觉得难以理解吗?你们关注过人类的生活吗?你们了解他们内心深处的真实感情吗?求你们了,不要逼她把一切看得太透……”

第二天，凌晨四点钟，我被电话吵醒，薇拉在电话里暴跳如雷，大声说："听你的意思，好像我这人没什么人情味？这是可能的，你知道，很有可能。我不仅要拖住两个丈夫，还得养育三个小孩，我工作之外的生活不像拉辛[1]或萨略特笔下的主人公，更确切地说，只是做饭，洗衣，上超市，带孩子看病，探望父母，买学习用品。我是厨师，管钳工，还要带孩子去种牛痘，'把你的房间收拾一下'，去 Darty[2] 购物，领孩子的中学毕业证书，打扫地毯。然后又是做饭，带孩子去滑雪站学滑雪，修电器，清理粪便，'妈妈，吉尔把红汞打翻在沙发上了！'还有打耳光，吃饭，亲嘴，哎呀，多着呢。我是个家庭妇女，没有时间去思考人类的命运！你有闲工夫想这些，再好不过了！"她怎么会这么想？我也一样，我曾经在二十年里只是做饭，打耳光，发脾气！目前薇拉正处在这个时期，还是不跟她计较为好……

下午，我正在做饭，索尼娅来电话。她比薇拉温柔，也更腼腆，说话的声音又细又柔。她很少使用带辅音的字。利摩日此刻是晚上十点，她肯定去了一两家酒吧才回家。也许没去，因为自从她儿子走后，家里应有尽有。

"小宝贝，"她说（她叫我"小宝贝"，薇拉也称呼我"小妹妹"，莉萨则喊我"小卡蒂娅"，不知从什么时候起，我这个大姐成了她们的小妹），"我认真思考了你对亨利说的话。薇拉跟我说的时候，我思想很混乱。我现在在想你的话里哪些是对的……不过我又读了西蒙娜·德·波伏娃[3]的

---

① Jean Racine(1639—1699)，法国剧作家，诗人。

② 法国著名的电器连锁店，创建于一九五七年，销售手机、电视、多媒体、音响、家用电器等，以一流的售后服务著称。

③ Simone de Beauvoir(1908—1986)，法国女作家，女权运动者，萨特的终身伴侣，写有《第二性》、《名士风流》、《女宾客》等。

书(这有可能,因为她现在很喜欢读书,妈妈说:'读得太多了,可你知道她是怎么持家的吗?'),一本关于她母亲晚年生活的书:《悄然离去》。这是本好书,也许是她写得最成功的书……波伏娃和医生一起欺骗了她生病的母亲,直到她死。可是,后来,她很后悔。她在书中写道:'我们窃取了她的死亡……'"

"如果有人窃取我的生命,哪怕是我的戒指,我都会很气愤,可是如果他偷走的是我的死亡,坦率地说,我不会在意的! 让他拿去好了!"

"好了,卡蒂娅,或许这个问题值得你认真研究……此刻,我又累又困,你能再听我讲五分钟吗? 在这本书里,波伏娃说谎言使老太太与身边的人产生了一定的隔阂,从而使交流变成不可能的事,你明白吗? 谎言还让垂死的人无法发挥其潜在的能力。怎么说呢? 就是无法让垂死的人表现得更伟大,主宰自己的命运……"

"哦,是吗? 如果医生正式通知她年迈的妈妈她得的是什么病,她妈妈因此一蹶不振,你亲爱的波伏娃会怎么想呢? 这是可能发生的事,不是吗? 再说,所谓真话,如果让人看不到一丝希望,只会让人陷入孤独中!"

"唔……我看不出其中的道理。再说,我们会想尽一切办法让妈妈感到有希望。"

她主意已定。有还是没有波伏娃都无所谓。我不想跟她解释说"你快死了"与"我将死去"完全不是一回事。死这个动词根据人们用第一人称还是第二人称具有显然不同的意义。

不过,争论又有何用? 索尼娅出于礼貌给我打电话,其实大局已定。

由她们三姐妹组建的家庭代表团想方设法让病人了解自己的病

情，“癌症”这个词会让她感到恐惧吗？她害怕那些治疗方案吗？我的妹妹们满怀温情却也毫不犹豫地切断了她的所有退路。

从那天起，妈妈患上了轻微的抑郁症。她的胃口反复无常，很快就进入厌食状态。仿佛以厌食回应道义上的强行灌输和过分真诚。接着，临终前的那一年，她闭上了眼睛，她的孩子们曾三次强迫她睁开眼，看清自己的健康状况。

10.

她立刻就觉得自己患肝癌实在没有道理。得癌症已经不可思议，还是肝癌，她不喝酒，只买“农家”鸡，最早吃“绿色产品”，不买速冻食品，也不使用微波炉（“你们相信这些放射线电器是安全的吗?”）。

自从得知自己患了癌症后，妈妈坚信食物——甚至所有食物——都是有毒的。尽管她的病凶多吉少，她的器官还在运行，然而她已经进入一种无食欲状态，厌食的程度越来越严重，比癌细胞扩散的速度还快。她拒绝吃任何东西，说牛肉是疯牛的肉，鸡蛋的胆固醇高，猪肉富含抗菌素，家禽是吃面粉长大的，蛙鱼是“围养”的，淡水鱼刺多，水果导致胃酸，糖吃了易患糖尿病，牛奶不好消化，土豆含有大量农药，玉米从遗传学的角度看已经变种，面包的面粉有问题（“你知道他们是怎么加工处理麦子的吗?”），西红柿“没有味道”！面条“真的是用麦子做的吗”？葡萄酒掺了假，糖浆稀释的饮料含有色素，水被污染了，巧克力对肝脏不好，等等。生病的头三年，她还喝“家常”汤（一种蔬菜汤，蔬菜是从她认识的一个菜农那儿买来的），吃甜瓜（她认为厚厚的瓜皮能使瓜肉免遭农药的侵害），喝依云矿泉水和卡梯奈蜂蜜。每天，我都在脑子里计算她吸收了多少卡路里，如果数字达到一千，我就很高兴，因为虽然她摄入的蛋白质极少，但是热量也很重要，是她这个年龄的人生存下去必不可少的东西。

然而就在这时，我们突然遇到了有关卡梯奈蜂蜜的大麻烦。一种专用于葵花种植的品牌杀虫剂——Gaucho 杀虫剂——毒死了所有蜜蜂，没有遭受杀虫剂毒害的蜜蜂也失去了控制，四处乱窜，它们的蜜也受到污染，媒体列出了受害最严重的地区，其中有拉麦克养蜂场出产的卡梯奈蜂蜜。妈妈立即将蜂蜜从她简单得不能再简单的食谱中划掉了。我们花了好几个星期才在上拉马泽那边利穆赞的深山老林里找到一家小养蜂场，他们出产的“欧石南蜂蜜”肯定不含 Gaucho 农药，因为周围几千公顷的土地没有种植任何庄稼。妈妈对我们提供的证据进行审查后同意继续吃蜂蜜，但有个条件，每天只吃两勺，放在水杯里用柠檬汁调制给她喝。

我们每次交接班都互相交换地址、食谱，告诉对方一些“行得通”的小窍门。但是也只是暂时“行得通”：“她吃油桃了”，或者，“她不吃甜瓜，但你可以用食品搅拌器削成薄片给她吃，她大口地喝果汁呢”，或者，“你想不到吧，我居然让她吃白奶酪了！是零脂肪的小干酪，不过请注意：不含明胶，绝对不能含明胶！而且只吃 Supralait 这个牌子的”。那段时间，她还要求检验包装、商标并仔细阅读食物的成分表。吃饭成了长时间的谈判：“今天早上，我在市场给你买了意大利葡萄，你瞧多漂亮！”“你应该知道我不吃葡萄的，我咽不下葡萄籽。它不往下滑……”

“我给你做了一点开心果奶油汤，你就当晚饭吧……”

“我不爱吃开心果。而且我也不想吃晚饭。”

“那就来点桂皮果泥。妈妈，这可是我用自家花园里的苹果——磨坊的苹果——做的！你一向喜欢吃我自制的果泥……”“啊，果泥，又是你的果泥！你总是给我送果泥，我都吃腻了！”

有时，我们在某家糕点铺发现一种妈妈可能爱吃的甜面包（也就是说她会吃三口），接着在另一家看到一块妈妈愿意品尝的巴旦杏蛋糕或者**杏仁长蛋糕**（“只吃半块！啊！这太多了，卡蒂娅，这会让我作呕的！”）我们随兴而买的糕点向来持续不了几天或几周，这些特别准备的小食物很快就从病人的日常食谱中被删除了，食谱经过不断的净化，现在已趋于空白。她渐渐消瘦，不再上桌。爸爸向我们求救：“你们回来吧！她现在只喝三勺汤和小半盒酸奶！”

很早的时候，至少在她住进“玫瑰色病室”的前三年，我们就担负起了所有事情。那时，妈妈还不是很依赖人，根本不依赖我们！但是我们每天都要来喂她吃饭，要不就定期把她领回各自的家里疗养一段时间。薇拉的家位于利摩日和克莱拉克之间，她利用会计室会议中间休息的分分秒秒奔波于各个市场，寻找稀有水果和灵丹妙药。她给她做好吃的菜，还要想方设法让她接受并吃进肚里，这最后阶段向来都不顺利，妈妈常常在反复咀嚼后把食物吐在餐盘的一角，要不就把蛋糕藏在花盆后面，我们还以为她已经把它“消化”了呢……她从来没吐过，尽管她经常以此威胁我们；她得的是癌症，但并没有受明显的肠胃紊乱之苦。再说，每次我们在利摩日聚会，过圣诞节或者参加婚礼、生日会，我们又说又笑，顾不上盯着她的餐盘看，而且她一直在吃，从不挑食！甚至还吃巧克力烘掼奶油和肥肝！

她日渐消瘦，于是披着双层披肩遮瘦。她的戒指从瘦削的手指上滑落。为了不让我们知道，她请人把戒指圈缩小了，可是，只过了半年就露馅了：她的订婚钻石戒指掉在浴室里，我们还在厨房里捡到她的海蓝宝石结婚戒指。

薇拉一直打网球，练瑜伽，参加抵制工业污染、保护野生鳟鱼的斗争，并为阿富汗妇女的权益而呼吁，而为了有充足的时间照顾妈妈的饮食，她渐渐退出了与职业无关的一切活动。作为本地区最大的会计协会的老会员，她对大家的信任表示感谢，推辞了该协会的主席职位。当她宣布这个决定时，我感到她是在断送自己的前程，因为对一个自由职业者来说，到她这个年龄不可能“东山再起”。如果这是一场自我牺牲的冠军赛，那么，如此巨大的付出已经使她处于不可战胜的地位。当然，我不再常见到儿子，为了妈妈，我也舍弃了一切娱乐，舍弃了假期和周末时间，但是我没有放弃阅读，也没有中断写作。索尼娅依旧喝着威士忌-可乐……

妈妈对我们的牺牲无动于衷，不久便宣布她不愿咀嚼任何食物。咀嚼让她感到累。于是我们把所有食物都制成泥酱，给她吃婴儿的小罐食品和各种蛋白质辅助品。普通科医生（妈妈经常换主治医生，说他们都是“蠢驴”）告诫我们：“她每天必须吃两盒蛋白质辅助品。两盒，一点都不能少！服用起来很方便，是口服液……”我们发现那些医生并不了解他们的病人。（再说她也不给他们时间了解她！）服用起来很方便？也许，因为四肢瘫痪的人都能喝，用一根吸管，像喝果汁那样。可是妈妈宣布这种混合型辅助品极难喝，她宁可死也不要喝！我们把药店里的所有蛋白质辅助品都买来让她统统尝一遍，有草莓、巧克力、香草等各种口味，我们还寻找体积小、卡路里含量高的名牌蛋白质辅助品……但是，这一切努力都是徒劳，我们从早晨战斗到晚上才往她的胃里灌进了半盒辅助品。

我尝了尝这饮剂，没觉得有什么怪味，既不好喝也不难喝，有点像浓缩牛奶，淡而无味。母亲临终前的那一年，我们没有花费许多心思去药店的仓库寻找某种她可能喜欢的新口味，而是果断地选择最没有滋味的产品进行伪装：我把买来的蛋白质口服液加热后，往里加几勺烧开的很浓的花茶，轻轻搅动。早上五点钟，我把配制好的饮剂端给她，外加一块饼干。拿它当早餐，这在很长一段时间内成了母亲最喜欢的饮食方式。难道厌食者同肥胖病人一样会产生错觉，认为不上桌，非正式地用餐就不吸收食物的营养？趁她吃小羊角面包块、四分之一甜面包、半块长形蛋糕、牛奶、糖和蜂蜜的时候，我们终于用欺骗的手段往她饥饿的体内多加进了三四百卡路里的热量。我继续偷偷实施这项计划，用俄罗斯茶调制她的蛋白质辅助品，让它闻起来具有茶香。下午茶结束后是《冠军答题》①的时间，这会断断续续吸引她的注意力，我便乘机让她喝下最后几口。

然而，“闭上眼睛”的时刻最终还是来到了，那段时间，屋里的电视关着，汤，甚至清汤都遭到她的拒绝。我们只好用勺子喂她，交涉了半天她才张开嘴，然后再张开（她又是叹气又是耸肩），然后第三次……把汤碗连续加热十次，这是常有的事。

终于，喂妈妈吃饭的时间超出了全家人能自由支配的时间。我们可以为母亲牺牲自己的配偶，自己的孩子和职业，但是在失业期，我们没法把老板献给她，妈妈不愿吃饭，而我们得挣钱养家。

爸爸终于宣布退出比赛，一个护工接替我们拿起了饭碗和勺子。这是个可爱的喀麦隆胖女人。非常胖。食量极大。我们傻乎乎地继续给母亲做冷盘、烤肉和蛋糕，穆盖特·格洛里厄斯（这是她的名字）几分

---

① 法国电视三台的一个电视游戏节目，创建于一九八八年。规则为：四名选手参加连续三局的文化知识问答竞赛，每局中成绩最差的被淘汰，最后剩下的就是赢家。

钟内便将这些食物一扫而光。而且，对于喂养这个生命危在旦夕的老妇人，她一点都不尽心尽职，她只是亲切地建议她吃点东西，把食物装在托盘里放在她伸手可及的地方，然后听其自然！电视机开着……当我们中的一个人下午茶点或晚饭时间来到妈妈家，看见一瓶瓶营养辅助品依然是满满的而感到惊讶时，穆盖特便以悦耳的嗓音说："唉，她不想吃，我总不能强迫她吃吧？"

穆盖特的冷漠无情在家里引起了争议。她没有同情心，这是肯定的。可是，她的麻木不仁中确实存在着某种形式的理性，一种古人的明智。我感到这是对老人的尊敬（即便穆盖特不知道癌症使这位"夫人"三年内老了三十岁），是对自然进程的理性顺从，因而死——尤其他人的死——并不会让这个爱笑的喀麦隆女人惊恐万分。

在非洲和别处，某天，老人回到家，躺下，不再吃任何东西，这难道不是极其自然的事吗？他受尽磨难，劳碌了一生！他有权躺下，有权不再说话，有权拒绝水和黍。我们不能违背老人的意志行事，更不能强行往他嘴里灌东西。否则他哪里还有尊严？

我们强迫妈妈吃东西是不是错了？面对穆盖特懒惰却又合乎情理的行为，我向自己提出这个问题。可是穆盖特只照顾了我妈妈三个月，她临终前的三个月。即使我们不知不觉从照顾危在旦夕的病人转入善意的、明知其不可为而为之的硬性救治，起初我们的所作所为也并没有违背母亲的意愿，因为她并不想"结束生命"。如果她想自杀，她的药匣子里有的是致命的药物——大量的安眠药和积攒下来的吗啡。她不进食并非是想死去，是想控制我们：把我们聚集在她身边，使唤我们，监禁我们。她的活动范围越来越狭窄，她的王国也变得越来越小。她只剩下躯体，那个曾经活蹦乱跳的身体，爱吃饭爱睡觉的身体，有欲望的身体……她的意志坚强，她强烈希望自己的身体也坚不可摧。

真是一箭双雕：她通过控制自己的身体来控制我们。有些时候我觉得，要是她能把自己生下的所有孩子包括外孙都收回她饱受痛苦的肚子里的话，她一定会带我们去旅行……这就是她想要的，却又“没有表达”的。

莉 萨

十六号，星期四。路易－巴斯德医院。十四点三十分。

和往常一样，面对母亲，莉萨觉得自己是有罪的。因为被太过溺爱而有罪。因为失去了这爱而有罪。因为用太过高昂的代价重新赎回了这爱而有罪。因为直到现在还在为自己付出的高昂代价自我谴责而有罪。但是母亲也是有罪的。很多理由让她感觉到自己有罪而且必须付出双倍的爱才能求得宽恕。她们两人用羞愧和罪恶为自己编织了一面紧密的网，一面隐秘的网。

对她的姐妹，莉萨的感觉更简单：一种单向的罪恶感。莉萨为自己是最“受宠爱”的女儿而自责，至少到十二、三岁薇拉接她的班之前，她都是妈妈的最爱。而且，结婚后，她又夺回了这个宝座。她尤其为自己住在澳大利亚，为自己五年来没有同家人一起每天向死亡挺进而自责。莉萨觉得她把本该给母亲的那些时间都窃为己有了。她不只偷走了垂死者的时间，还偷走了索尼娅、薇拉、卡蒂娅的时间。她生怕她们累垮。莉萨为把本属于生者的东西从死者那里夺走而自责。以至于如果她的母亲像中国的皇帝那样把四个女儿一起带进坟墓，她也不会惊讶，更不会反抗，甚至会有一种如释重负的感觉……

她感到自己罪孽深重，因而没有“利用”自己的偏头痛。没有利用它作为逃脱陪伴病人的借口。只允许自己休息了一个上午，而且还是在“医生的指示下”。急救中心的医生来了两次。她疼得直流泪，医生便给她打了两针。她可以像在上小学时那样，交一张请假条……

“你好，妈妈。我是莉萨。”她感到母亲涂着鲜红指甲油的手动了动。她拥抱了卡蒂娅，卡蒂娅除了每天值早班，中午十二点到两点还来接替莉萨，让她利用这段时间恢复健康。莉萨继续和母亲说话：“我是来换卡蒂娅的，她要去上班了。她晚上再来，爸爸也来，在你吃过晚饭后（她已经不吃晚餐了！）。这期间，你会看到（而她早就不睁眼了！）你的外孙法布里斯和拉斐尔。威廉给我打电话了，询问你的近况。你记得威廉吗？”这是一个问题，可她曾发誓不再提任何问题；还是一个愚蠢的问题！母亲当然记得自己的女婿！尤其那是她剩下的唯一一个女婿了！她快死了，但她还没有糊涂！她要用动作来证明，于是，她那只像个蜘蛛一样趴在雪白的床单上的手不耐烦地动了一下。蜘蛛想急忙走开……莉萨也是。

幸而，卡蒂娅回来了，她忘了拿雨伞。外面在下雨，还有一点融化了的雪。自从莉萨的脚踏上法国的土地，雨就没停过。柏油路又湿又滑，路人在人行道上直打滑，地铁站里散发着淋湿了的狗的气味，巴黎人都钻进屋里，新落的叶子在阴沟里腐烂，人们再也看不见天空。**天气恶劣，我们让死人上桌吃饭**，这是莉萨犯偏头痛的时候苦苦寻觅的歌词，她已经寻找了三天了。一首华尔兹舞曲，一段萦绕在她脑际的间奏曲，几个词，一小段副歌：**人们难道就这样生活吗？**她刚刚想起了那段主歌，但不是华尔兹调子：**我们让死人上桌吃饭**。音乐想把她带到那些歌词面前，曲调熟悉这首歌，这首关于她母亲的挽歌。

但是她不会请母亲上“桌”吃饭，因为“联络簿”里写着一个护士刚让她母亲当着卡蒂娅的面吃下了四勺果泥；昨天晚上，热雷米让她吃了半盒达能巧克力烘惯奶油，母亲居然能吃巧克力烘惯奶油？她一定很喜欢热雷米！莉萨决定不劝她吃任何东西，首先因为必须提问(“你想不想要点……”)而她不愿再提任何问题。其次，坦白地说，她不知道执意“让她活下去”是不是一件好事。一天晚上，她向索尼娅透露了这个想法。索尼娅是个爱读书的人，差点当面嘲笑她：“一个人，只要摄入足够的水合物，四十五天不吃不喝都不会死。因此……”

莉萨把手伸向母亲消瘦的手腕；为了接近悬挂在手腕末端那个五条腿的蜘蛛，她开口说话，她小声说：“还是莉萨，妈。你的孩子，你的小女儿。我回来了，我在这里。”见那只手并没有往回缩，眼睛虽然紧闭着，脸上的肌肉并没有绷紧，莉萨的手指便像手镯那样轻轻扣住她的手腕。没有使劲握。只是时不时地让拇指在她温热的肌肤上滑动，短暂的抚摸，小小的情感召唤。没有过分的动作，没有夸张的词藻。不过，从第一次抚摸开始，她就喃喃低语“我爱你”，这句话是发自内心的。但她没有说“我原谅了你”，因为这么说言不由衷。她的母亲从不说谎并以此为荣，她也从不说谎。她跟母亲只提及过一次往事，目的是想了结所有怨恨，那是半年前的一个晚上，轮到她守护病人。她让母亲躺在**医疗**床上，然后她打开小收音机，选择母亲以前喜欢的一个节目：畅销唱片排行榜；屋里只开了一盏小夜灯。当蓝色时刻[1]突然转变成漆黑的夜晚的时候，她知道该进入主题了。她带着轻松的语气说："你知道，关于我年轻时犯的错误……即便有时你还会想起这事，也不要怨恨。"她对每个词都精挑细选，像个审慎的法学家："也不要怨恨"并不代表"我原谅了你"，而是，"我希望你原谅你自己。"在这一点上，莉萨是真诚的，而且她怀着侥幸的心理，希望一个神志不太清楚的人对这两种表达方式不加区分。"我知道，你那么做都是为我好。没有人能预见……但是现在我已经不再想它了。威廉是一个出色的男人，我的生活也过得很有意义。千万不要为我担心。"濒临死亡的人似乎都期待亲人说些什么，一个承诺，一个解释，一个许可……她终于了却了一桩心事。今天她用拇指抚摸母亲消瘦的手腕时，只是重复这一句话："我爱你，妈妈，我一直是爱你的。"她是不是应当承认："那时我就知道，我是你最喜欢的女儿"？不行，因为还必须加上一句："我接受了你曾经为我做的安排。尽管当初我很不情愿。"

母亲呼吸平稳，嘴张开着。她看起来已经睡着了。莉萨松开手，因为她的胳膊一阵痉挛，疼了起来。她松开手指的时候有一种感觉，好像给母亲打开了手铐，让她获得了自由。她觉得抚摸她其实就是囚禁她。

她的两只手平放在扶手椅的扶手上，身子贴着椅背，试着使自

---

① 指黄昏的某一时刻，垂幕的天光透出蓝色，此时也是花儿最芬芳的时刻，常用来指称一战前的巴黎，恐怖还没有到来的时光。

己的呼吸跟上母亲呼吸的节奏，她也想睡去……但是偏头痛像潮水般袭来，冲击着她的太阳穴。她知道，只要还住在明星旅馆，就无法摆脱这病痛。

她想去卡蒂娅家里住。她喜欢卡蒂娅的房子。尤其是拉罗什磨坊，那是她们的外祖父母死后，母亲留给长女的，理由是，她当时是四个女儿当中唯一结了婚、做了母亲并且有一份固定工作的人。从那以后，其他几个女儿没有一个比她更有出息。姐姐在泰内大街的公寓也很可爱。有壁炉——炉膛里总燃着火，有蜡烛台，年轻女孩石膏像，干花，精装书籍，卡蒂娅擅长把过时货变成美妙的东西，屋里还有一个因年代久远而褪了色的拐角长沙发，因为卡蒂娅正在写一本有关十九世纪的乡村的书，还要虚构一些人家。人们一定以为萨洛夫和勒盖莱克家几代人都相继生活在那里，而且在他们死后，他们的后代像英国公爵那样没有移动一件家具，以便身临其境地感受那时的生活。在这个静止的、被时间遗忘的地方，莉萨感到很安全。

无论如何，她只能直截了当地提出这个问题："卡蒂娅，我在明星旅馆很不舒服。我能去你家住吗？"卡蒂娅不好拒绝；当然，她曾拒绝薇拉住到她家，薇拉只好去努瓦西勒格朗的朋友家住了（讷伊可不近！），不过索尼娅周末都在她家，因为她刚找到一份工作，还不能辞退她。至于莉萨，卡蒂娅肯定会对她说："亲爱的，你当然可以来我家住！虽然挤一点，但是可以将就着住。我的书房里有一个长沙发。嗯，没问题……不过，问题是，爸爸……目前这种情况下，把爸爸孤零零地丢在旅馆里，有点不合适吧？"莉萨会说："是的，那当然啦。"其实她一点都不在乎：他不是经常撇下她们不管吗？他去哪儿度的假？现在他退休了，为什么还要参加这么多的阿弗勒或土伦的商船船长聚会，那么多汉堡或鹿特丹的船长会议，还没说“海员画家之友”呢？他在中央高原为那些海员画家怎么个忙乎，我们不知道，但可以肯定这是个苦差事！他再也没有一分钟属于他自己，这个船长！……

听到卡蒂娅对父亲的种种担忧，莉萨会反驳道：“我有办法了！你把爸爸也接到你那里去住，让他睡在你书房的沙发上。我呢，周一到周五，我睡在索尼娅的床上，索尼娅周末回来，我就拿个枕头睡在充气床垫上。一个小枕头就行了。我和索尼娅可以睡在一间屋里。就像我们小时候那样。熄灯后我们窃窃私语，然后闻着对方的气味安然睡去……”

在这段臆想的对话的末尾，莉萨使用了条件式，因为她清楚地知道自己不可能把这样一个噩梦强加于卡蒂娅。一想到要搬走铺满沙发（其实就是被她用来堆放垃圾的桌子）的文件和书，此外，还得把两个箱子里的东西塞进衣橱里，把三个旅行梳洗包和一个电动刮胡刀塞进浴室，卡蒂娅就手忙脚乱了（且不说还要提供床单和毛巾，给气床充气，“充气筒在哪儿呢？喂，是马克吗？喂，是达米安吗？”）。很快，她就控制不了局面了！一触及现实问题她就傻了眼！应当给这位文学史家一点时间，让她从百年战争回到……

“大姐”逃了，我们根本追不上她。威廉也知道如何巧妙地摆脱困境。如果有人以前对莉萨说，她将来会嫁给一个古生物学家，一个生活在距今一亿六千万年的侏罗纪的男人，她一定会哈哈大笑。她，女实干家，多边核力量的前积极分子，绿色和平组织和大赦国际[1]的指定律师，怎么会爱上这么一个男人，他居然认为可以说已经绝种的雷龙就生活在近代！威廉专门研究“岩龙”，一种有羽毛和嵴突的普通霸王龙，三米五长，比被好莱坞捧为明星的巨兽霸王龙还早九千万年。威廉游遍了中国、哈萨克斯坦、蒙古、塔斯马尼亚、吉布森沙漠，四处寻找他的侏罗纪鸵鸟遗落的骨头。地球，对他来说，就是一片广阔的墓地。他很难对当代的种种不幸萌发兴趣，既然恐龙已经灭绝了，为什么还要担心鲸的命运呢？甚至为什么还要担心人类的命运呢？人类是个新物种，其不稳定性似乎已经表明它在不久的将来必定灭绝。人类，不过是世界历史长河里的一毫微秒。或者，如果你想保持乐观的话，链条上的一个小环节……

在人生的长链中……我们的运气不佳：这是一首歌曲。它的主歌缺歌词，副歌呢？在莉萨的童年时光里，母亲爱唱歌，并且总是边唱边跳。像寓言里的蝉。她教会了莉萨唱“和声”，她发现小女儿唱歌音很准，比薇拉唱得还好。她们一边笑，一边合唱：**是你，我的小傻瓜；是你，我的小傻瓜，我的一点怪念头**。母亲主唱，莉萨伴唱，三个大女儿站在后面“扮演三个钟”，这是她们的母亲开玩笑说的话。“三个钟”负责给旋律伴奏，就像为埃迪特·琵雅芙的钟楼故事伴唱的人那样，当埃迪特·琵雅芙唱到“**钟敲响了，敲响了，它为让-弗朗索瓦·尼科而响**”时，他们要发出“铛，铛”的声音。

与《我的小傻瓜》相比，《在人生的长链中》这首歌听起来不那

[1] 总部设在英国伦敦的一个国际性组织，自称专事“调查各国政府侵犯人权的行为”及“争取释放因政治、宗教原因而被关押者”。

么奇怪，这是肯定的。甚至是忧伤的，她敢打赌说。如今，莉萨只记得忧伤的歌曲……

天使的声音，灿烂的笑容，火热的个性，钢铁的意志，这些描述仿佛是形容她母亲的。然而，有那么几天，在这间母亲濒临死亡的房间里，莉萨只想到了铁。

11.

无论是在她的克莱拉克的家，还是在我的磨坊，都是由我照顾妈妈的起居。由于她的两只手总是紧紧抓住洗手池不放，刷牙成了最困难的一件事，站在对面为另一个人刷牙实在是别扭。

每天晚上，我帮她穿上睡衣，由于她的两只胳膊抬不起来，很难将胳膊从身体旁边挪开，因而给她套袖子需要万分的小心谨慎。抓住她那消瘦的手腕，把她的前臂往上提起一点，仅这个小动作，就让她痛得直哼哼。

然后，我把防褥疮充气床垫的压气机插上电源，它有规律地间歇性地充气放气，接着，我给她拿来药片，对她来说，每吞一片药都要付出巨大的努力，药片最终被“吞下”需要好几分钟的时间；每做一次吞咽的动作，她都要皱眉，摇头，叹气。

吃完药，我扶她躺下。我轻轻把她朝一对枕头翻倒过去，然后抬起她的双腿并尽力让腿伸直。之后，我回到床头，不移动她，一个一个地抽走垫在她背后让她保持坐姿的枕头，她的身体一点点平躺下来。我按她的要求给电热靠垫插上电源（甚至在八月份），并把靠垫放在她肚子上。遵她的指示，我还要为她的夜间活动“布置”她的床头柜，在上面放一杯蜂蜜水(即使她连最轻的玻璃杯都抓不住),一块喷洒着**薰衣草-铃兰**香味的科隆香水的手帕,一个小化妆包(透明唇膏和睫毛膏,其实她已不再使用这些东西),还有她家房门的钥匙,一个小夜灯。我把米沙的手杖靠在桌子旁,前几个月她还用过,现在每天晚上她依然相信第二天还可以用到它:"你想着我的手杖了吗?"她焦急地问道,眼睛仍懒得睁开。

最后,我在羽绒被下面,她身体周围,离她的癌细胞最近的地方摆上"帮助睡眠的工具"。自从她病情加重以来,这些东西成为使她进入睡眠的必不可少的工具:她的半导体收音机(她从不打开),一个粉红色面料的零钱包(里面装着别针和剪刀),以及扇子。啊,扇子!临终前的一年,她把全部注意力和情感都转移到了她那些扇子上。或者更确切地说,**她的那把扇子**,是我们把这个珍贵的护身符变成了复数,目的是避免扇子反复失踪造成的悲剧,因为我们实在受不了一天二十次翻来覆去地翻长沙发的靠垫找扇子,于是在一家中国杂货铺里买了一打类似的扇子。

要这么多扇子做什么用呢?在她患病的头两三年里,简单地说就是扇风用的。她说,她感到面部一阵阵发热,很难受,也许是焦虑?她热得透不过气来。她发病的那些日子里,扇扇子能够减轻她的痛苦。由于经常操纵这种工具,她的手像西班牙老妇人的手那么灵巧,即便她衰弱的身体已经全面罢工,她的右手腕在很长一段时间里依然保持着一种神奇的力量,一股巨大的热情。她闭上双眼坐在安乐椅里,使劲摇动扇子,愤怒地,狂热地……后来,动作的幅度越来越小,没过多久,她连打开扇面让"蝴蝶"张开翅膀的力气也没有了。从功能上来说,折起的扇子具有过渡性,它能帮助她从一个地方到另一个地方。(一天晚上，我们三人搀扶着她上楼去她的卧室，她突然害怕起来，双手紧紧抓住楼梯的铁栏杆，喃喃自语道："我必须拿着扇子。"）从卧室到浴室，从清晨醒来到晚上睡觉，从生到死，从已知到未知，所有这些旅程唯有扇子能使她安心，她紧紧抓住扇子就像其他人紧紧抓住带耶稣像的十字架。

一天晚上，结束了这些冗长的睡前仪式后，我在她的身边待了一会儿，一边闲谈一边等着安眠药发挥效力。说了两句闲话（人们对垂死的人要讲多少废话啊！），我大胆地问她，到了她现在这个年龄（我想到了她的"身体状况"），如果她的外孙们问她生活的意义所在，她会如何回答："总而言之，妈妈，最重要的是什么？"她双眼紧闭，面无表情，装作没有听见我的问题。不过，我觉得我能预见她的答案，她会对我说"家庭"，"我们所建造并流传下来的东西"……她一声不吭，而我紧追不舍："嗯？生活中最重要的是什么呢？""生命……"

词语轻轻滑出，她的嘴唇几乎没有动，听见她的答复我一下子垮了。生活中最重要的东西是生命？如此短暂的生命？而她从不曾对我说过"要珍惜美好的时光"。尽管如此，我还是明白了！最重要的是"生命"，除了生命再无其他，不论是什么样的人生，也不论要付出怎样的代价。就像她现在的生活，疼痛和吗啡，呼吸困难，恶心，瘫痪，无自理能力，冷漠，情感空虚。一种又瞎又哑的生活，唯有痛苦还能让她不时地有所感觉。更可悲的是：如果生活除了继续活下去就再无其他目标，如果人们只是为了活着而活着，那她将一无所有！

面对她巨大的不幸和让我感到意外的答复，我惊呆了。我一直认为活着不是目的而是一种方式，认为我的生命和她的生命都属于一个系统和一项计划，认为我们的生命因为只是通道而变得高尚起来，如果这些通道通向的是一个不那么丑陋的世界的话。我一直认为一个人的生命会因为其他人的未来而变得强大。我还以为是我的母亲和米沙让我懂得这些……而她的话否定了我，否定了她自己，啊，我受不了了！

过了一会儿，为了重新接上话题，我努力说服自己是我理解错了，因为晚上到了这个时候，我已太疲倦，无法探讨问题，也无法进行思考，而妈妈的头脑被止痛药和安眠药弄得一团糟，当然也没有听懂我的问题。“生活中最重要的东西是什么？”为了不让我继续烦她，她机械地重复着那个单词：“生命……”

“生命中最重要的东西是什么？”

“生命……”

这不是答案，是回声。

即使在医院里，她的身边也离不开“帮助睡眠的工具”，其中还有一件白色的女式上衣，这件上衣是路易丝织的，她是她的邻居，她的同谋，她最亲密的朋友。这位密友已经去世，这件毛衣也磨旧了。有时，我们不得不让她脱下，送去修补或者清洗，这样她一整天都穿不上。妈妈又是叹息又是皱眉，要求归还她的毛衣，一刻都等不及。

我终于想起来，二十年前，路易丝也送了一件女式上衣给我。和送我母亲的一样，大小也差不多。我不时地用我的那件作替代品。要点小花招是需要的，因为妈妈开始的时候只是把这件毛衣当“睡衣”穿，后来早晨也不愿意脱下来。是恋衣癖？还是为了纪念她深爱的朋友？

然而，当路易丝在土伦她的一个女儿家中突然死去，人们把她的尸体运回克莱拉克安葬的时候，妈妈已经生病了，她只是“有分寸地”表达了她的情感：她不顾病痛一直走到墓地，但是没有哭。而且，在接下来的几个月甚至几年里，她从未提起过这位女友——也是她一生中唯一的女朋友——的名字。然而对这件毛衣，她依然保持着近乎偏执的迷恋，其实我们已经无法给她穿上它，只能像盖毯子那样把它放在她的胸脯上。开始的时候(一年前)，由于感觉不到羊毛摩擦后背，她便继续索求："我的上衣！我的上衣在哪？"有时候，因为疲劳产生口误，她说成了"我的扇子"或者"我的玻璃杯"。如果我们纠正她，她便唉声叹气，意思是我们应该明白她到底想要什么。

那时，我还以为那件针织上衣跟蜂蜜水、手杖和扇子一样与路易丝无关了。她已经不再想念路易丝了。然而我错了。最近，在克莱拉克收拾屋子——那间爸爸和穆盖特·格洛里厄斯从不打扫、积满灰尘的屋子——的时候，索尼娅在一大堆药方下面发现了几首小诗，是一只不灵活的手写下的，字迹歪歪斜斜。妈妈躺倒的时候还试着写东西，而那时她已经连铅笔都握不住了。她从我们放在床头柜上用来记录她的"命令"的本子上撕下几页纸，在上面胡乱写了五六首诗，这些处女作写的是路易丝的美丽，路易丝的笑容，路易丝的死亡。

她想用她所知道的最庄严的方式——诗歌——来表达她的爱和忧伤。但是她再也写不下去了，也不知道如何作诗。于是，这些半途而废的爱的献词被她遗忘在了一堆肮脏的手帕和空盒子中间。

在家里，整理她的床铺的时候，我们还发现了一些吮吸了一半的、褪了色的药丸。这些都是前一天的药，被她吐在了床单里。当着我们的面，她总是喝掉玻璃杯里的水，假装咽下了药片，但实际上她把药藏在舌头下面，等我们相信她睡着了于是离去后，再吐出药片。这种小伎俩太天真了，被我们一眼识破，却把我带回到了那个我如此深爱的年轻的妈妈面前：那时她还很年轻，也是一年中的春天，她喜欢吮吸樱桃的果核，能把樱桃核藏在嘴里的某个角落含一整天。她能继续吃喝，还能说话，却从不遗失嘴里的果核。如果碰巧在那个时候，我们的父亲在消失了三个月之后回到家里，她便急忙冲过去拥抱他，就在他们激情相吻的时候，把那颗含了很久的果核“塞进”了他的嘴里！多情的船长愤怒极了，淘气的女孩笑个不停！

现在，她试着在我们身上玩她那套陈旧的把戏，但这还是游戏吗？很久以前她就不再放声大笑了。连微笑都没有。“玩”不吃药的游戏，她到底想干什么？她想快点死去吗？或者正相反，她害怕我们毒死她，因为她三四年前曾要求我们让她死去？

那时，她总是大声喊道：“为什么不让我死去？”她向所有来探视的人发动进攻，无论是老邻居，还是圣莱奥纳或者丰特纳伊善良的女人，连上门服务的小理发师也不放过：“请你找个人来帮帮我。药剂师或护士都行……帮帮我！”每天晚上打电话，都是老调重弹：“我应该向谁请求？”“病人想死，你们为什么不承认他有死的权利？”“我要到一家安乐死机构注册！”可是，最近几个月来，她的身体越来越差，她不再爱生活中的任何东西：家人，朋友，家，面包，风，阳光，她担心我们会超剂量给她使用吗啡，为了满足她曾经表达过的心愿……

她想死。她感到乏力，精疲力竭。她想死。想明天就死去。她想死。最好马上死去。她想死。很想。有一点。有一点想死。但不是很想。

莉　萨

直到生命的最后一刻，她们的母亲都还像从前一样是个实习护士，对将军无礼却对国旗忠诚的小战士。她不相信医生，但也不曾对江湖医生表示过信任。不喝贝连斯基药水，不吃人参药丸。甚至当索尼娅绝望之极准备以天价为她提供一些幻觉的时候。

“你知道贝连斯基吗?”索尼娅曾经问莉萨。

“知道。一种骗术。”

“不过，有人跟我举了一些病例。说很有疗效。”

“得了，索尼娅！你倒是说说看，贝连斯基发明了具有全能疗效的抗癌药方，他自己怎么还死于癌症呢？他是不是将利他主义发挥到了极致，竟然不为自己‘挪用’哪怕一小剂自己的神药？如此看来，他不仅是个被埋没的天才，还是圣人和殉道者！喂，索尼娅，你稍微动脑筋想想……还记得我们小时候人们常谈论的一个名叫索洛米德的行医者吧，他专门给富豪看病。自从有了索洛米德，富豪们便不再受癌症的折磨……当然啰！”

“三女儿”忍不住还是和母亲提了这件事，母亲拒绝受骗上当。另外两个女儿和莉萨听了都特别高兴，她们为母亲感到骄傲。索尼娅则一如既往地在另一些陷阱里继续受骗：自然疗法，阴阳平衡法，或者心理治疗。

其实，索尼娅自己就是心理咨询师。一种在**姑息疗法**的沃土上繁荣起来的宗教信仰。心理咨询师认为，人在无所寄托时才会死去，他们广泛传播这个令人惊讶的想法并使其深入人心。证明是：进入绝症晚期的人，如果他是基督徒的话，绝不会在圣诞节死去；犹太人一定会避开赎罪日离开人间；伊斯兰教徒会一直坚持到斋月结束才死去；而且所有人都会因为自己的生日、女儿的婚礼，或者长孙的出世"硬撑"着。然后，就像十八世纪一位伟大的女士曾经说过的那样，他们能享受到"片刻欢愉的时光"，卡蒂娅已经出版了这位女士的书信集。

莉萨刚读完一篇美国人写的论文，该文认为这些传说站不住脚，文中明确指出，**得了绝症的人**，不论他们的宗教信仰或家庭状况如何，在一年当中的任何一天死去的可能性都是相同的。死神无视家族庆典也不休假。那些没有偏见的神灵也自认为早就发现了这一点！但美国人的研究成果并没有动摇这些"**玫瑰色墙壁**的治疗部门"的信念，这些部门的人坚信人是不会死去的，除非他自己实在不想活了，所以，如果病人愿意配合的话……

"你们的母亲觉得自己的生命已经停止了却还活着，这是为什么？"**五楼**那位女医生问莉萨。为什么？莉萨对此没有任何想法！母亲不愿死去，她到底在期待什么？现在她已经到了腿上放一条被单都承受不起的地步，因为褥疮太多，脓肿太多，于是我们用柳枝在她的床上架起一个拱形的支架，把床单放在支架上。喝水呢？且不说吃饭，喝水呢？她也做不到了，用带嘴的杯子也不行。必须借助于管子，把灌满水的注射器插入她的嘴里，再轻轻推动活塞让她把水吞下，还要小心别让她噎着；无论怎么小心，她还是会噎着，两次中就有一次会出问题。我的上帝，这要到何年何月！“我的上帝”？啊，莉萨如果是教徒，她一定会找上帝算账：“如果一定要我们死，好心的上帝啊，可不可以只为我们每人预先设定一种疾病，如心脏病发作或者动脉瘤破裂？”

为死而受折磨，为了被弄死而被人折磨，多么荒谬啊！这就是为什么人们坚信必定存在一个有理性的创造者……如果我们排除这个先入之见，一切都统一了：她母亲的痛苦就不比恐龙灭绝还令人张皇失措，也不比星球陨落和宇宙的巨变——如灾难、意外事故——还令人困惑。没有什么是荒谬的，一切纯属偶然。没有什么是空虚的，只有满得往外溢。没有寻常的事物，到处是奇迹。“太不可思议了！”这是威廉说的话，他是无神论者却并不感到不幸。没有意义的生活，不可预测的事物，破碎的命运，短路，绝境，无意义，不公正，偶然性，蠢事，这些都是他喜欢的。或许这是因为他的大部分时光是与中侏罗纪一个头脑迟钝的鸵鸟共同度过的缘故。

卡蒂娅也喜欢荒唐和可笑的事情，因而可算作历史方法之有效性的一个活生生的证人，作为死神舞博士和描述一个已经消失的乡村社会的小说家，她把一切都相对化了。你要是跟她谈论艾滋病、埃德拉热病①、“急性呼吸系统综合症”，或者禽流感，她会跟

---

① 由感染 Edola 病毒造成，以非洲刚果民主共和国（前扎伊尔）的河命名，在那里它第一次被发现。

你说一三四八、薄伽丘、黑死病："欧洲大部分国家的人口四五年间都被肃清了，谁敢说自己的国家比别人的好？法国需要四百年才能恢复到病菌流行前的人口水平。所以，孩子们，你们知道……"她甚至没意识到，把"过去"这个大盾牌安插在当今的事件和由此引发的种种情绪之间，这种做法让她的朋友十分恼火。郊区的种族暴力事件，面纱问题，或者，多配偶制？啊，对此她能容忍，她看见哥特人、西哥特人、阿勒曼尼人相继进入君士坦丁堡，"而且，开始的时候，其方式比我们认为的还要和平"。对于薇拉就同化问题所发表的长篇大论，她像对待索尼娅的文化多元论一样，以一个古罗马老贵族懒懒的微笑来反驳。她站在自己的象牙塔上看着所有文明崩溃。

在人生的长链中……我们的运气不佳……只有莉萨和薇拉继承了这个家庭专断和抵抗的传统。她们是米沙和母亲当之无愧的女儿：组织社团活动，参加诉讼，在当地任职，积极应战，打入敌人内部……她们英勇战斗，从不放弃。Struggle for life![①] 为人权而战！为妇女权益而战！解放我们的同志！

莉萨还有力气战斗吗？她又感到一阵恶心。差点呕吐。她是不是病了？"生活是一种致命的疾病。"这是母亲的好友路易丝说的话。致命的。莉萨已经做不了年轻时候做的事情了吗？她老了吗？怎么知道？衰老在开始的时候跟恶心一样，是间歇性的。

如果不是母亲快死了，她会问她的，还要跟她讲自己的种种恐

---

① 英文：为生活而斗争！

惧。每当她只身孤零零地待在悉尼的家中(威廉躲开她，带着他的老秃鹫去中国或蒙古偏远的地方了)，她就给克莱拉克家中打电话，一聊就是半天。不过，同母亲的谈话并非总是令人振奋的。特别是当有人向她承认自己缺乏活力、感到"空虚"的时候，母亲就会直截了当地说："你这是更年期。"从卡蒂娅四十岁起，母亲动不动就对她们用"更年期"这个词。无论是沮丧，还是面颊发热，都是更年期，"你真的没有绝经?"早在十年前，八月的一天，她们与路易丝及其三个女儿在克莱拉克的绿树棚下吃午饭，精神抖擞的索尼娅(她刚买了一辆低座小摩托车)顶撞了母亲。她直喊太热，母亲没有警告就直接说她到了更年期(这么说不太恰当，特别是索尼娅的脸热与威士忌-可乐有关，而不是荷尔蒙生物钟)。

"要知道吗，妈妈，你总爱说什么更年期，我们都讨厌死你了!(勒盖莱克家没有一个女儿敢用'讨厌'这样的词顶撞父母! 尤其是索尼娅，平时那么乖! 她一定是喝了开胃酒壮胆来着。)真的，你让我讨厌。我才四十二岁，我还没有绝经。你听了一定会感到遗憾的，我真的没有绝经!"

"你外婆索朗日四十岁就绝经了，"母亲冷冷地反驳道。

"我并不感到惊讶! 索朗日外婆是个特例! 甚至是个病例! 至少从荷尔蒙的角度看是这样，所以她后来患了不育症。如今在法国，平均绝经年龄是五十二岁，你想想! 还没说那些'代用'药物……所以，让你失望了，我感到很抱歉，不过你应该耐心点!"

索尼娅不寻常的激烈言词使周围的气氛冷却下来……幸好，到了吃点心的时间，路易丝想了个好主意，建议大家跟她回屋里跳一曲摇滚舞："就跳《善良的老约翰尼》吧，你们小时候就爱跳这个曲子。"两个女人一起跳了起来，其他人用手打拍子，接着，薇拉与母亲做了个漂亮的造型。跟往常一样，母亲领舞，薇拉扮演"小姑娘"。两人的滑步动作和强调节奏的方式都一样，配合得天衣无缝。她们把乙烯基树脂唱片、精彩绝伦的埃尔维斯①、妙不可言的雷·查尔斯②完美地串联在一起……薇拉先喊累了："发发慈悲吧，我累得喘不过气来了！我的心跳每分钟一千下了！"她们的母亲有些得意："啊，要知道，我六十多岁了，还不想歇呢……来吧，路易丝，咱俩跳一曲，让她们见识一下什么是真正的伦巴舞！"

莉萨回到花园。走到"蚂蚁墓地"旁，她发现卡蒂娅和索尼娅正在地上画跳房子游戏里的飞机方格，还一边画一边把碎石子往旁边扒拉。

"啊！爸爸要是在这儿，你们肯定要挨骂，他讨厌别人把小路上的砾石耙干净！"

"是啊，我们也怕，"卡蒂娅说。"我们怕得要命！令人欣慰的是，他从来不来这儿……"

"当心，我的小鸡，"索尼娅提醒她说。"莉萨爱打小报告！（她笑了）真的，我说的没错！她会去告密的。把所有事情都告诉妈妈，甚至我们偷饰带的事！"

她们噗嗤一声笑了出来，这两个疯子。她们跑回屋里，到阁

---

① Elvis Presley(1935—1977)，美国摇滚歌手、演员，绰号"猫王"，将乡村音乐、布鲁斯音乐以及山地摇滚乐融会贯通，形成了具有鲜明个性的独特曲风。他是流行音乐历史上最著名的艺人之一。

② Ray Charles(1931—2004)，美国歌手、词曲作者，将福音音乐的灵性与布鲁斯音乐结合起来，首开"灵乐"先河，被尊为"灵乐之父"。

楼的大箱子里找粉红色饰带，这些箱子成了“记忆博物馆”，里面有妈妈为每个人保存的一些儿童用品，如围嘴、小帽子、格子围裙。俩人把饰带系在脖子上和蓬松的头发上。身穿齐腿肚小裤腿牛仔裤的索尼娅来回转动她的双腿，卡蒂娅开始一格一格地跳房子，还唱着：**我五岁，四十多年过去了，我依然五岁**……“你们怎么啦？简直疯了！”“妈妈希望我们跟她像姐妹一样，”索尼娅说。“所以，我们要装小，这可不容易，因为妈妈对我们来说太年轻了！”于是，她也唱了起来：**我两岁，请你告诉妈妈我两岁**。两个疯子！

莉萨突然也想跟她们一起疯狂一回。她脱掉厚底鞋和紧身裙，穿着小短裤跟在姐姐后面单脚跳了起来：**我两岁，请你告诉妈妈我两岁**……

一个年轻护士悄悄推开门，见病人似乎睡着了，便向莉萨送去一个会意而甜蜜的微笑，还把一个指头放到娇艳的嘴唇上：“嘘！”

这些小护士对勒盖莱克家的四个女儿会怎么想呢？她们如何看待她们？认为她们是成熟的女士，这是肯定的，成熟女士在照看一个年纪更大的女士，一个分不出性别和年龄的人。卡蒂娅已经“发福”了（这是索朗日外婆常用的一个词），太胖了些，浑身都是脂肪。她穿着那身有点老气横秋的西式裙套装，看上去像英国女王。薇拉更有女王的风度。不过，她保养得好，不显老。她喜欢运动，越老越硬朗，越晒越黑。钢蓝色的眼睛，被紫外线晒得黝黑的皮肤，肌肉紧绷绷的，雕像似的优美体形。“这位女士年轻时一定是个美女，”这些二十五岁的护士私下都这么说。

索尼娅呢？穿着短筒靴和派克大衣的索尼娅呢？米其林老好人的形象！Bibendum[①]。这个拉丁词对她很合适，轮胎人“必须喝酒”并且“戒不掉”。每当索尼娅走进一间屋子，她的四周便飘荡着一股咖啡香味或薄荷的清香。她整天嚼咖啡豆，吃薄荷糖。太天真了！掩饰口气恰恰暴露了她是个有经验的酒鬼，谁还会搞错她属于哪个世界！护士判断出来了吗？而且她的面颊上还有一些淡紫色的小静脉，在美容商店上班的那段日子，她总是打上厚厚的粉底，多少能遮住些。可怜的人，再遮也没有用，别指望她为哪家美容厅招徕顾客！除非只看她的眼睛。她的眼睛茫茫无边，邀你去畅游，这双眼睛既不蓝也不灰，既不灰也不绿，是绿宝石海岸的布列塔尼大海，是席凡宁根[②]的浪花，卡马尔格[③]的池塘中的倒影……“既不灰也不绿”，瞧，还是一首歌，经常被用来表达忧伤的情绪：既不灰也不绿，就像在奥斯坦德和世界各地。如果有人问是否有必要，还问是否值得，是否值得放纵一生……

母亲醒来。半闭着嘴，没有抬眼皮。她清清嗓子，或者试图清清嗓子。头在枕头上稍稍动了一下。“我在这儿，妈妈。是莉萨。”母亲有些激动。想把干巴巴的嘴唇复原到暴露在外的牙齿上，却怎么都合不拢嘴唇，想说话却只发出了几个含糊不清的音：“谢

① 一八九八年，米其林第一个“轮胎人”诞生，海报上配着一句宣传口号：“Nunc est bibendum!”这句话是拉丁语，来自古罗马诗人贺拉斯的一句颂歌，意为“现在是举杯的时候了”。从此，人们就把这个轮胎人叫做“Bibendum”。

② 荷兰最著名的海滨度假胜地。从海牙市中心到席凡宁根海岸，只要十分钟的电车车程，便能尽情享受阳光、海水、沙滩。

③ 位于法国南部的罗纳河三角洲，多沼泽和草地，因其独特的生态环境，形成了湿地、牧草地、沙丘与盐田，随处可见天鹅、火烈鸟、公牛。

谢。”莉萨一把抓住母亲瘦得皮包骨头的手，一边吻一边啜泣着说：“我爱你，妈妈……”

另一个护士探头进来（换班?），迅速往房间里扫了一眼，见屋里有人便退了回去。络绎不绝的探视者，无处不在的家属，他们妨碍医务人员的工作，莉萨深知这点。

她悄悄擦了擦鼻涕，不想让母亲感觉到她在流泪。星期天晚上，姑息治疗部门的心理医生对索尼娅说：“让你妈妈走吧。”是世俗的临终涂油礼吗？是又不是：“很简单，告诉她她已经圆满完成了任务，现在可以休息了。让她对你们的未来放心（都是五十来岁的人了，还有什么未来！），告诉她，即使她不在，你们也能摆脱困境……”

索尼娅把心理医生的这些话向莉萨和薇拉转达后，薇拉说：“总之，我们应当把她当一个迟迟不愿离开的客人对待，得这么跟她说：‘亲爱的朋友，我们在一起度过了一段愉快的时光，我还有些事情要做，就不留你了！’总而言之，就是赶她走！唉，我可不愿这么跟她说！”“你希望她继续痛苦吗?”“不，”薇拉转过脸说。“我们需要跟卡蒂娅商量吗?”索尼娅问。薇拉耸耸肩，意思是大姐喜欢把事情复杂化，总是用“如果”、“可是”反驳别人，说话喜欢用关系从句或状语从句，认为历史是“永恒的”，还引用一些无人知晓的作家的话，简而言之，是普鲁斯特的崇拜者！于是，她们三人决定由莉萨负责给垂死的母亲**放假**，因为她是母亲“最宠爱的女儿”……

必须趁屋里没人且病人意识非常清楚的时候跟妈妈谈。这个时刻就在眼前。也许以后永远都不会再出现。因为如果真的按贴在墙上的安排表行事的话，一群外孙马上就要骑着摩托车赶到了……于是，莉萨谈到了死亡，她跪在床边，脸颊贴近母亲那只可爱的手，在她的手背上轻轻移动，从母亲还活着的而且还是温热的肌肤得到安慰，像小猫那样知足。她说该离别了。责任已尽："你为我们做了你能做的一切。我们也为你尽了我们最大的努力。"她保证一旦痛苦结束，她便可获得安宁。

躺在床上的母亲叹了口气，双脚动了动，嘴里发出微弱的声音，试图把手从莉萨的面颊上抽回，她聚集起全部力量，终于以一种几乎是坚定的语气说："万一我的外孙……万一我的外孙需要我的话，怎么办呢？万一……他们病倒了呢？"

薇　拉

路易-巴斯德医院。内科大楼。残疾病人和临时探视者自助餐厅。

薇拉端着餐盘来到酒吧的小桌子旁，与莉萨面对面坐下。她午餐要的是芹菜萝卜、新鲜鳕鱼配面条和一些橘子；莉萨的餐盘里是芹菜萝卜、新鲜鳕鱼配土豆泥和一些橘子。“我给你拿一瓶依云矿泉水？还是巴杜瓦？这里还论杯卖博若莱葡萄酒。可以提提神……”

“对身材可没好处！”

她们离开玫瑰色病室，里面被外孙们挤得水泄不通，孩子们午饭时间才得空来探望外婆，她俩准备下楼吃点东西，然后，薇拉要返回努瓦西，莉萨得回病房照看母亲，等卡蒂娅来接班，她正同一位作家共进午餐。

“我感到纳闷，”薇拉说，“卡蒂娅怎么可能跟她的作者一起吃饭呢，她主编的那套历史丛书的作者早就过世了！”

“那天天气恶劣，我们让死者上桌吃饭……”莉萨低声唱道。

“跟作者吃饭，当然是真的啦。卡蒂娅与一个死者共进午餐，然后他们去拉雪兹公墓跳舞，跳一小段死神舞……给，这是你的依云矿泉水。”

莉萨伸手抓住瓶子，她指甲留得很短，肉都翻出来了，很可笑，与她身上的波士[1]套装不配，与她那看似零乱却很时尚的金黄色刘海也不协调。

“别告诉我说你又开始咬指甲了！”

“啊，不会的！（莉萨脸红了。）随着年龄的增长，指甲越来越硬。你知道，指甲跟心一样，人越老心肠越硬……我把指甲剪得很短只是为了整齐，前天，我的两个指甲连根断了。都是被这个旅馆那些该死的衣柜弄的，指甲卡在衣柜里了……”

“说到愚蠢的习惯性动作，你还记得索尼娅开始皱鼻子的时候，爸爸是怎么治她的吗？那时她大约八岁或十岁，吃饭的时候总爱皱鼻子，没有任何理由，好像很讨厌吃饭，不过很显然她不是故意这么做的，你还记得这事吗？”

那次，父亲回来探亲，住了两三个星期，索尼娅新染上的这个坏习惯让他很恼火。他认为一个健康的孩子应该笔直地往上长，“像一个正直的小伙子那样”，不软弱，没有怪癖，不扭捏作态。因此，每次吃饭他都要三女儿坐在自己右边，在他“伸手可及”的地方，并用眼角监视她的一举一动。索尼娅的小脸一出现挛缩，他就给她一巴掌……假期结束，他去温哥华（或者巴士拉[2]，薇拉记不清了）的时候，索尼娅已经改掉了这个坏毛病。父亲善于创造一种

---

① Hugo Boss，德国时尚品牌，起先以生产男装为主，后拓展至男女时装、皮具、香水等领域，是目前世界上最为知名的西装生产和销售商。

② 伊拉克最大的港口城市。

条件反射，从此不再有人皱鼻子。如今，容易受骗上当的人花大价钱去接受这种治疗，还给这玩意儿冠名为“行为疗法”并且对其疗效惊叹不已。

“索尼娅挨耳光的时候连眼睛都不眨……呸，这个医院的饭真难吃，我敢打赌鳕鱼是用甲醛保鲜的！……所以，可能是因为那些耳光的缘故，索尼娅变得很坚强，你是了解她的。而真正感到痛苦的是卡蒂娅。父亲每打一巴掌，她都吓得浑身直抖。一天，她甚至擅自离开了餐桌！那天正好吃白汁小牛肉呢！可以说那顿饭很不愉快！妈妈要求我们对她做的加调味汁的肉表示一种宗教的敬意，你还记得吗？父亲不常与我们见面，不愿在他偶尔回家时受到大家的‘质疑’。那个年代，家长是可以用脚踢孩子屁股的！这甚至是他们唯一的教育方针。每当一个孩子表现不好，诊断书就下来了：‘他就是欠揍！’我们的父亲则说：‘我觉得男孩必须严加管教，扭捏作态的女孩就免了吧！’啊，仔细想来，他不打我们，因为我们是女孩……管他呢，我们不是很有教养嘛。”

薇拉一边说一边微笑着。尽管有个高高在上的母亲，还有个讲求实际的父亲，她还是喜欢开玩笑，并且总是“积极乐观”。莉萨饱了，吃不完她那份午餐。

“你不舒服吗？”薇拉问道。

“还是偏头痛……把你剩下的那点巴杜瓦矿泉水给我，小心起见，我还是吃两片拉吗啉为好。”

“那是什么药？”

“一种普通镇痛剂。”

“你不该吞下这么多废物！我敢说，你的许多不适都是这些脏东西引起的……抗抑郁的药，你还在服用吗？”

“嗯。”

“可你并不需要，真的！停药吧！否则你的结局会跟索尼娅一样，头脑越来越迟钝……抗焦虑药、止咳剂、镇痛药，什么抗这抗那的，我的妹妹，你们吃这些药等于在毁自己的身体！我也有苦恼啊，这就是生活，莉萨，应该斗争！你可不是认输的人，不是吗？也不是那种躲在小指头后面的人，想想吧，你以前曾竭力劝索尼娅放弃贝连斯基药方！你做得对……好了，振作起来吧，你要是住在利摩日，我马上就带你去参加反杀虫剂的示威游行。要不就为高速火车助威。随你选。这会给你的感情注入兴奋剂，使你的大脑清醒舒服！……你怎么不吃橘子啊？给我吧。我去给你要两份浓咖啡，咖啡因对治疗偏头痛非常有效。我猜想它对抑郁症也很灵验，咖啡因和爱情一样，不是吗？”

“不。”

真该问问莉萨，这个“不”有什么隐含的意思。莉萨回答的声音很大，薇拉却只当没听见。从前，她帮最小的妹妹穿衣，检查她的作业，带她做游戏，保护她……现在，她顾不上她了，她把全部的爱都给了母亲，母亲的死。

母亲直挺挺地躺着，像从前那样将两个姐妹分开，那是在克莱拉克父母的房间，莉萨睡在妈妈左边自己的柳条摇篮里，薇拉在右边，睡在妈妈的床上。这只是暂时现象，因为米沙正在粉刷第二间儿童室，很快就要完工了，这间屋子将成为两个最小的女儿的卧室。妈妈曾想过带大女儿睡，可是卡蒂娅睡觉老踢腿。妈妈于是让薇拉睡在她的印着粉红色牧羊女图案的棉布床罩下，因为她更安静。一天晚上，薇拉做了个噩梦，梦见许多狼，她突然惊醒了，但没有动。一声不吭静静地躺在床上的她听见了一种声音，不是老炉灶在呼呼作响，也不是妈妈那比酣睡的婴孩的呼吸还深沉的有规律的喘息声，而是断断续续的呼吸声，很低沉。是狼？一只在黑暗中喘气的狼？不是，是母亲在哭，女儿们睡着了，她却在暗自流泪。

怎么做才能安慰她？此后，每天晚上到了睡觉的时候，为了不再让妈妈哭泣，薇拉变着花样逗她开心：做怪相，唱歌，亲嘴……她肩负一项使命，除了她没有人知道，那就是抚慰妈妈。

12.

“医生疯了,”母亲刚生病的时候经常说,“要我吃两片迪安泰维克[①],你知道吗? 两片! 反正我是不会吃的,胃肯定受不了……两片药,他疯了,这家伙! 神经太不正常了!”“要知道,妈妈,如果是牙痛,哪怕痛得不厉害,至少也得服四片呢!”为了让她放心,我又说:“就拿我来说吧,每次骨关节炎发作,我都吃这药。而且一次两片,这样服用才有效果。我可以向你发誓,一点都不伤胃! 有时痛得厉害,我甚至……”她打断我的话,生气地说:“哦,那是你! 当然啦! ……”

仅仅为了两片迪安泰维克药片,她就如此训斥我,好像我根本不了解她。我记得小时候,有一次,我大胆地提出一个设想,说查理十世之前不一定就是查理九世,立刻遭到母亲的反驳,被迫住口。“哦,那是你,当然啦!”这一句话马上就让我回到自己的真正位置:靠边站。在她所保护的一群人之外。我总是惹母亲不高兴。我自出世起就不招她喜欢。她爱我,却说不出原因。

“你穿木鞋了吧,”最近几年,每次我上楼去她的房间向她问好,伺

① Di-Antalvic,一种近年来备受争议的合成镇痛药。

候她洗漱、穿衣，喂她吃饭，她总是这么说我。“你又穿木鞋了！我不明白你干吗踢踢踏踏地走路！”我坐四个钟头的火车赶到她家，这就是她对我说的第一句话。每次一见面她都这么对我说。“穿木鞋，即以一种罪恶的行为损害地面，蓄意惹人不愉快。”我之所以有罪，是因为我的脚步声打破了寂静，我走路不够灵巧使得我好像穿了一双木鞋似的，我“穿木鞋”，说得没错……我对妈妈用这句责备的话迎接我怕得要命，以至于每次一进门厅，我就等着她说这句话，而她还没开口我似乎已经听见。我试着踮起脚尖轻轻上楼。可是，我听见的既不是“早上好”也不是“晚上好”，甚至不是“喂，是你吗？”都不是，而是“你吵死我了！”

有时，我企图为自己辩解：“我穿的是高帮皮鞋”或者“我的鞋是方跟”。她耸耸肩。我小时候，她就觉得我脚步重，走路姿势不雅。随着时间的流逝，她终于习惯了，但始终难以忍受。当她不再睁眼，声音对她来说显得异常重要时，脚步声又开始烦扰她了，我的到来一点都不让她觉得开心。

我竭力从好的方面去想。我走路确实不如妹妹文雅，所以妈妈受不了。不过，由于她不再看我，也就无须承受我的发型和衣着带给她的不快，以前，她常叹息：

“我可怜的卡蒂娅，你的理发师确实没有水平！

“妈妈，二十年前你就这么说，而在这二十年里，我换了十个理发师，哪会这么巧，我遇到的理发师都是笨蛋呢！”

“我不知道……你瞧薇拉，她的发型真好看，总是那么时尚。”

“妈妈，我们的发质也不同啊，薇拉的头发柔软，浓密，我的头发硬直，稀薄。更何况我额头上的刘海那么难看！要我理成薇拉的头型，我倒是愿意，但是不可能啊，我可以向你保证（‘别发誓，卡蒂娅！’），我试过，但实在不行！”

“啧啧……你向来不知道找好的理发师。”

曾经有一段时间，夏天，我和母亲总是去圣莱奥纳的同一家理发店理发，我请为我们理发的那个年轻姑娘跟我妈解释，说即便一个有才气的专业人士遇到我的头发都会一筹莫展。姑娘十分乐意，特别是她由于无法执行我母亲给她下达的指令而感到不安，母亲每次去理发总要悄悄地对她说：“我女儿卡蒂娅来的话（她四十岁的女儿！），给她理个平齐式发型。左边开头路，旁边留一撮光滑的头发。额头不要刘海。跟我的二女儿薇拉一样，你认识她，就是那个受人尊敬的会计师，瞧，这是她最近的照片……”

自从我的母亲不再睁开眼睛，并且只是指责我走路声太响以来，我觉得自己的头发梳得好看多了。

“谁最漂亮？”这是莉萨发明的一项游戏。那时她大概六七岁，我十或十一岁。规则呢？“精心打扮”一番后，即头上打上发蜡，配上镀金长别针、苏格兰饰带，抹上罗莎唇膏和少许“胭脂”，我们挨个站到母亲面前。我们学电视里的野风信子女郎，一下子排成一行喊道：“谁最漂亮？”妈妈总是把莉萨搂进怀里说：“亲爱的，你最漂亮！”既然事先就知道答案，为什么还要玩这个游戏呢？“逗莉萨开心，”爱打扮的薇拉回答我。

而我觉得这种游戏太愚蠢了！许多年里，妈妈一直都是只喜欢不哭哭啼啼的女孩，喜欢不怕老鼠和糊状药剂的女孩，喜欢爱玩打仗游戏、玩球和弹子的女孩，还喜欢穿背带裤、夹克衫、运动短裤和靴子的女孩，然而，她突然改变了方向，我们一点心理准备都没有！莉萨做梦都想有漆皮皮鞋和羽毛饰品，所以对着魔镜娇滴滴地撒娇。像在《白雪公主》里那样！妈妈是一面坏镜子，不说实话，其实最漂亮的不是莉萨，而是索尼娅！

像小猫一样可爱的脸庞，淡绿色的眼睛，麦芽糖般粉红的脸色，这就是"老三"，她让我大为震惊。索尼娅不比莉萨大多少，她全身心地投入到这场弄虚作假的游戏中。"谁最漂亮?"她焦虑不安地思考这个问题，希望答案能偏向自己这边，于是把身上那件又破又旧的背心脱下，穿上了一件颜色淡雅的衬衣。她是玩"真格的"，每次都希望自己能赢，事后，我能从她那长毛垂耳猎狗的眼神里看出这点。要是妈妈在赞美小妹时向其他三个姐姐默契地眨个眼，意思是"姑娘们，别难过，莉萨还是个娃娃呢"，那该有多好啊！然而，她没有任何表示。索尼娅只好垂头丧气地走开了，双脚拖着那双鞋跟已穿坏的旧鞋。薇拉则毫不在乎，她纯粹是为了好玩而参加这游戏。至于我，我很清楚自己没有一丝赢的可能，造物主对我有些薄情，除了笑容，我没有一点迷人之处。我甚至觉得自己老了反而变好看了，每次看小时候的照片我都有这种感觉……

去年，我去克莱拉克照顾母亲，当我与爸爸一起翻阅一本老相册的时候，我惊讶地发现，爸爸居然对我们小时候的样子很熟悉。是的，我们的父亲认出了我们！千真万确！我们的相册里，我们的记忆里，都不曾留下他的痕迹；他在家只作短暂停留，竟然还保存着对我的"宝贝妹妹"(这是我对薇拉的称呼)确切的记忆。他告诉我她爱做什么游戏，开口说的第一句话是什么。"她知道怎么对付你妈妈(是的，她'很了不起'，我知道)，她终于赢得了你妈妈的爱。她是个脾气倔强的孩子，她搂住她的脖子，叫她'妈咪，哦，妈咪！'还把她的脸亲得湿乎乎的……"

母亲曾经非常喜欢这个精力充沛而泼辣的女孩，我理解。就像后来，她喜欢莉萨一样，这也是个美女。莉萨的确很美，过了四十岁，我才突然发现妈妈的眼力很准。说六岁、十二岁或十八岁的索尼娅天姿国色，那是因为她表情丰富，一副天真无邪的样子，金黄色的皮肤，嘴唇翘起，她身材很美，更重要的是，她的肌肤水嫩通透，全身从上到下焕发着青春的朝气。这一切使她看上去妩媚动人，尚未成熟却已经很性感了，不过，来得快也去得快，现在，她的肌肤已大不如从前，一些部位的肌肉已经松弛，别处的也都积满了脂肪。双下巴，脸颊下垂，眼皮耷拉着，这副样子如同花儿失去了花瓣……相反，小妹的美貌没有被岁月摧残，她身材苗条，匀称的体型一点没变，脸部肌肤紧绷绷的。简直就是葛丽泰·嘉宝[①]。她不迷人，金发莉萨从来没有把谁搞得神魂颠倒，然而她是个无可挑剔的美女。

至于风度，我们进入青春期后，妈妈就认定薇拉的体态最优雅。“老二”确实最苗条，她的腿又细又长，而且越来越长……所以，她“走路快”，索尼娅承认道，没有不高兴的样子。“该长哪儿长哪儿，”莉萨发表意见说，她像个八哥鸟，总是重复妈妈说的话。大约有十年的时间，“老四”失宠了。这只是暂时的，因为二十二岁的时候，她又回到自己的位置，并且获得了更多的赞美，如“靓女”，“明眸”，“女王般的仪态”，等等。特别是：“你妹妹比你认为的更脆弱，也比你想象的更温柔。”（我等着她说：“她的律师服里跳动着一颗心”……）“她也有苦恼。她什么都不说，可我能猜得出，就这么神奇！看到她我就想起我自己。我仿佛感到自

① Greta Garbo(1905—1990)，瑞典籍电影明星，电影史上最著名的女明星之一，主演过《克里斯蒂娜女皇》、《安娜·卡列尼娜》等影片。

已跟她一般大。我俩好像融为了一体。”“可你是棕发，不是吗？”

妈妈是独生女，不懂得如此不厌其烦地排名会给一家姐妹带来多大的伤害。在她看来，这不过是一个奖项，每年都应当更新。并非所有教育家都是心理学家，与本世纪的种种错误相比，谢天谢地，我们的母亲是有过之而无不及：弗洛伊德学说当中最起码的知识她都不懂，从不“倾听”别人的声音，把无意识打回其虚无缥缈之境，不让任何人摊开四肢躺在沙发上。她总是急于作出判断，并且以貌取人，所以，她要选出最喜欢的人，列出一二三等奖：“马克是我最好的外孙”，或者“热雷米最英俊”，或者“显而易见，我受不了纪尧姆”。对女婿，她显得公正一些，因为她一个都不喜欢。也许最小的女婿威廉除外，尽管她把她的“圣婴”带到了澳大利亚……

一天，我从巴黎赶来帮父亲的忙，喂她吃饭（“妈妈，吃一勺粗面糕点，好吗？还热着呢，皮很酥，我觉得这次做得很成功”），她毫不客气地对我说从此不再吃我做的食物，因为我连基本的烹饪知识都没有：“我可怜的女儿，你做的饭菜没法吃！知识分子懂得倒不少，就是动手能力太差！”我跑到浴室里痛哭了一场，我已经五十多岁了！父亲走到我身边，他是要来对我说我淌了这么多泪水，就会“尿得少”一些吗？我连忙擦干眼泪，抢先说：“真傻，当个作家就变得这么敏感！”“正因为你具有超常的感受性，才成为了作家，”他说。这是头一回，他跟我谈了许久。而且谈得很投机。

我知道，爱从来都不是公正的，母爱也不例外：“这是他，这是我……”我还知道，不管怎样，妈妈都是一个好母亲，当她用长柄大汤勺喂她最喜欢的孩子吃饭时，她总会在盆底留下足够的爱给饥饿的孩子……

总之，与个体教育相比，她也许更适合于从事集体教育。四个孩子（加上路易丝的三个孩子），八个外孙（还有他们那一大群朋友），同住在一所条件简陋的屋子里，还有年迈的父母，以及一个常年在外的丈夫，她在物质上和思想上都做好了管理一支大部队的充分准备，大家围坐在一张桌子旁吃饭，分担繁重的家务，分享节庆的欢乐。这是一种“均码”式的教育，但充满热情和创造性，一种快乐的教育。俄罗斯式的教育方法！她经常买面具、彩票、喷水枪，组织舞会跳圆圈舞、摇滚舞，举办煎饼派对，把被单对折铺使孩子们伸不直腿来捉弄他们，送意外的礼物，在电话里说笑话，野餐，模仿，演闹剧，猜谜，捉迷藏，狂笑，做傻事，总之，她所做的一切，我都不曾让我的孩子享受过。我是个个人主义者，爱孩子的方式也是个别的，孤独的，寂寞的，也许是忧伤的？

他们都叫我“亲爱的妈妈”。而我们却不曾这样称呼过我们的母亲。这不合她的口味……

如果妈妈不曾深深地爱过我，我怎么会活到今天？她是我的太阳。生命离不开阳光。而阳光会使人感到不舒服。我追寻她释放的热量，却又怕被她烧伤。

索尼娅

利摩日。栗园。十二月十八日，十一点。

索尼娅误了第一班火车，她没听见闹铃，可能是安眠药吃多了，要不就是不想起床……不知怎么搞的，她居然又迟到了，未赶上第二班火车。她通知卡蒂娅，说她不能及时赶到，要是薇拉知道会把她痛骂一顿的。她把乱七八糟丢在门厅的衣服拾起来，放进包里。又塞进三四本书，好在火车上打发时间。这几本书是从小偷那儿追回来的：《十二首禅宗诗》、《抗氧化革命》（封面广告：延缓衰老，预防疾病），以及《内心影像治疗大全》（封面广告：我们自身就拥有一个能拯救我们的世界；封底宣传词：这本书将教你推开你所迷恋的那个世界的所有大门，为你找回爱的能力）。急需要读的应该是抗氧化的书，索尼娅不再看自己的脚，可这并不能抹煞事实，她很清楚自己的腿上布满了大理石花纹般的紫色斑纹，斑纹变成静脉曲张，静脉曲张转变为溃疡，溃疡又发展成脓肿……她的双腿比半年前母亲的腿还老，还丑。那么她的脚呢？她的双脚变形，长了鸡眼和老茧，还没有说她足弓下新长出的硬皮呢。她的脚曾经是那么柔软：她的一个情人为之倾倒过……以前，如果男人对她说她很美，眼睛迷人，有一个为吻而生的小嘴，说她胸脯丰满，小屁股圆鼓鼓的，她根本不信。不过，说到她的脚，很奇怪，无论小伙子说什么，她都认为是真的。从那以后，她暗暗为自己的脚感到自豪……现在，一切都完了。要不是她已经又有了许多更令她哀伤的不幸的事，她真要为自己的双脚哭泣了。

好吧，就来一次抗氧化革命吧，为什么不呢？“您知道吗？”医生兼本书的作者问道，“您是否知道您呼吸的氧气是生命必不可少的，却也是对您造成最大危害的敌人？”简直是耸人听闻！这位医生还是某氧化应激生物临床调查中心的负责人，他毫不留情地接着说：“氧气损耗您的身体，使身体变得更加脆弱和衰老。”但是（有一个但是），“这个过程可以延缓”！喔唷！……借她这本书的人是美容品商店的一个女同事。两百页，不等到达奥茨特里兹火车站她就能看完。再说，她也付不起抗氧化疗法的费用，因此，火车一过奥尔良，她就可以读勒德吕-瓦瑟尔女士那本引人入胜的关于内心影像的书了。内心影像并不昂贵，只需把全部思想集中在脚上，专心回忆年轻时代的那双脚，同时努力放松精神，注意“呼吸停顿”，“别去想那个弱点”，那么，到巴黎奥茨特里兹火车站的时候，她足弓下的硬皮就会脱落两三毫米。肯定会的……

索尼娅知道自己看的都是蠢书。暂且说那些书是“遐想”吧。她不至于愚蠢到……不过这会儿，她……哦，不，她看无聊的书已有很长时间了，她一边发誓说不会受骗上当，一边用幻想欺骗自己。她一直特别喜欢读童话。普鲁斯特的问题：“在您看来最幸福的事是什么？”躺在床上看童话……是的，没错，她应当使自己镇静下来。“回到正常状态吧，”薇拉说；有时，薇拉说这话的时候，索尼娅听见她的嗓子哽咽着。“回到正常状态”,这意味着:“把你屋里的四面墙重新粉刷一下吧,索尼娅,四面墙哦!柠檬绿或者茴香绿都无所谓,不过得完成这活计!”还有,“把你的牛仔裤洗洗”,“把纸箱搬到楼下”,“把衬衣熨熨”,“给你儿子打个电话吧”,“给社会保险局写封信”,“该付税了”,总之,“把你的房间整理一下!”整理你的房间,否则……

她的行李已收拾好。只需拉到利摩日火车站便可,米沙每次同女婿辩论都声称没有哪个火车站比利摩日火车站的位置更好,它位于法国最中心城市的中央区,与所有大海相连接。“世上没有哪个地方比得上这里,让我的奥尔嘉与你的船离得这么近。”神圣的米沙!

啊,她差点忘了她的埃斯佩拉①,还在厨房的桌子上。这会儿,她不喝酒:她每天早上都服用埃斯佩拉,而且,每服一片药五天内都不能喝酒——这太痛苦,太危险了——她必须“挺着”。她要挺到母亲去世为止。然后,她就不在乎了。所有痛苦和安慰都来自母亲。还有所有判断。然后……

总之,也许没有必要带埃斯佩拉,既然药效能持续五天。而且,根据薇拉说的意思,五天后她们的母亲就不在人世了。假定今天她把她的埃斯佩拉留在厨房的桌子上,明天吃不上这药,那么,葬礼前她还可以重新开始喝酒:那时她需要喝酒,这是肯定的。她每天晚上都得喝酒壮胆,否则就熬不到第二天。那么,从现在起就忘掉埃斯佩拉难道不是明智的选择吗?

索尼娅急忙挎上旅行包,锁上房门。

---

① 一种用以治疗慢性酒精中毒的戒酒药片。

莉萨

明星旅馆，塞夫尔-勒古布地铁站。莉萨在洗脸池里刷碗，把碗放在搁架上，与电水壶、袋泡茶、不加奶油的干点心和小袋咖啡摆放在一起。旅馆不供应早餐，却在房间的一角为懒人和穷光蛋准备了必要的生活用品，这样，他们无需起床去对面的咖啡馆吃奶油羊角面包，坐在床边就可以喝到一杯速溶咖啡，吃一些面包干。

莉萨拖着长睡衣。今天早上，她有足够的时间，因为母亲有人陪伴。索尼娅从利摩日动身，应该到了，再说星期六，住在外省的外孙也都会去探望他们的“巴布”，并且带着各自当下的女朋友，她们当然求之不得啦。“我爱我的外祖母，你明白吗？我的姨妈说她快死了……我不信。她身体不好，这是真的，不过，目前她正在一家非常好的医院里进行救治。我有信心。”

纪尧姆开车和一位朋友去旅馆接外祖父并把他送到讷伊。莉萨每天要去讷伊两三次，只有一回，她的偏头痛犯了，半天没在医院陪母亲。与姐姐们相比，她需要弥补一些由于距离而耽搁的时间，因为大多数情况下，对于母亲在漫长的、没有尽头的病期中发生的种种突然的变故，她只能从远方表示关注。能说妈妈是“临死的人”吗？不能，没有人会整整五年处于临终状态。然而……

“妈妈患了抑郁症，妈妈接受治疗，妈妈动了两次手术，妈妈愤愤不平，妈妈开始厌食，妈妈残废了，妈妈患褥疮了，啊，够了，我实在受不了！如今我老了，我有骨关节炎，我的头发开始脱落，眼睛老花，我来日已不多，而妈妈正在加速我的死亡，她是在杀我啊！”这是两三个月前，卡蒂娅在电话里对薇拉说的话，为找一个保姆或生活帮手的事，她对薇拉大动肝火……莉萨明白，她这个“澳大利亚女人”负债累累。她欠了债。也欠着情。

她去讷伊，再从讷伊返回，每天两次。萨布隆地铁站，圣皮埃尔教堂，鲁尔大街。下着雨。人行道上，刚飘落的梧桐树叶还没有被风吹走，可现在已经是十二月中旬了！今年，秋天确实来得有些晚：有些树叶还是绿的，牢牢地悬挂在树枝上……谢齐街，城堡大道，下着雨，树叶大片大片地落下，她快步走着。她觉得要迟到了。可是她怕滑倒。她沿着医院的花园走，树叶被雨水带进了车行道，涌向排水沟。下着雨。早上，天亮得很晚，到了下午就又什么都看不见了。她的脚下，蓝色的树荫里，黄地毯一天比一天滑，它在腐烂，溶解，变成了糊状，像腹泻物。她眼睛不好受，感到恶心……难得有几次，一片树叶单独落在一旁，如同一片金黄色的纸飞落在黑黢黢的沥青路上。一个幸存者？不，一次美丽的死亡。断然地。孤独地。

莉萨掀起遮住窗户的那个发黄的纱窗帘。塞车，汽车喇叭声，雨伞。格勒内勒大街，旅馆前，遮阳帘积满了水，向行人身上倾泻下来。报亭的撑杆折起，偷偷摸摸的流动商贩躲进城铁车站里。

黑雨伞，棕色雨伞，像甲虫一样闪闪发亮，朝红灯方向挤去。焦躁不安，因为距圣诞节还有四星期，今天这个周六是购买礼物的时间。一个挥霍的周六。商店的玻璃橱窗光彩熠熠。

莉萨在空中搜寻着。现在，她最想念的是悉尼大片大片的云，从办公室能看见它们穿越悉尼海湾。羊群，山岳，悬崖，絮团，棉花糖。云团增大，滑行，变成细长条，散成丝缕。云呈现出色彩斑斓的景象：蓝中带白，白中带灰，灰中带玫瑰红；然后，云聚拢起来，堆积成一团，忽然又分散开来。她看呆了，也加入到了它们无休止的逃亡中。透过宽大的窗户，她的目光随着云移动，像在看一部电影，夹在两个椅背之间，被空中的景象深深吸引。比较一番之后，她发现这片天空是澳大利亚最美的景色。而且，无须离开海岸很远就能欣赏到这番美景！而内陆什么也没有：雨云比森林还少，天空始终是蓝的，大地始终是红的，有沙，矮丛林，石子。天空平淡无奇，地上光秃秃的：月亮没有了陨石坑。除非你是宇航员，否则你是不会“选择”澳大利亚的。

作为利穆赞山区的姑娘，她只爱树木和泉水，橡树和瀑布，湖和桦树。在沙漠，她只能等死！不过，有一段时期，她向往小岛，她需要小岛藏身。她遇见了威廉。

威廉是个被水包围的男人。一片内陆，但是与世隔绝。躺在他的怀里，你会觉得很安全：别人看不见你，碰不到你，也无法伤害你。莉萨决定把威廉当做爱人的时候，不知道他是一个“成直角”的岛：一个居住在澳大利亚的大不列颠公民……这有什么关系，防护越多越好：岛上有个湖，湖上有个悬岩，悬岩上还有个堡垒。

他们在一起只过了几天（几个夜晚），威廉就对她说他将是值得她永远信赖的人。显然，他借用了别人的话，是上世纪七十年代一个歌手写的一句歌词，此人后来以于佐夫·伊斯兰之名专门从事预言活动。这家伙没改名前叫凯特·斯特文，那时他还没找到上帝，经常写诗。伴随着钢琴有点刺耳的金属声，他为一个在黑夜迷路的姑娘而唱，一个不知为何哭泣的姑娘：**“莉萨，莉萨，忧伤的莉萨莉萨。”**威廉引用这句话难道只因为那女孩也叫莉萨？当他把莉萨搂在怀里轻轻哼着**“她低下头伏在我的身上哭了起来，她一定伤得很深”**的时候，莉萨觉得他是她的知己。他会使她走出阴影，快乐起来。她蜷缩在他胸口，当他轻声唱完最后一段歌词，她知道自己再也离不开他了。

应当说唱歌这件事很巧合，不能不说这是缘分！因为在法国，《忧伤的莉萨》的影响并不大，而且莉萨与威廉在八十年代相遇的时候，这首歌的词和曲跟于佐夫·伊斯兰本人一起都已经被人们遗忘。莉萨还是通过卡蒂娅知道这首歌的，姐姐买过这张唱片，一天到晚不停地放：“听着，莉萨，告诉你，这位女士穿着黑衣服，缝线都是黑色的。她家有一些带花边的小桌布，还有一架老钢琴，她从来不弹，倒是她妹妹以前常弹……天很冷。她孤独一人。你知道她什么样子了吧？”莉萨当然知道了。“总有一天，”卡蒂娅又说，“我会把她的故事写出来。”小说家都是大傻瓜，他们以为有时间把自己想象的所有故事都写出来！卡蒂娅已经这把年纪了，还没把她编造的第十个故事写出来呢。所以永远没有人知道“忧伤的莉萨”隐含的意思……

威廉依旧尽其所能善待莉萨。换了别的男人，肯定会离开她这样的女人！当他停下来，暂时不去追踪他那个插着羽毛的霸王龙，像走错路似的返回到自己的时代，便看见莉萨还待在他刚离开她的地方：置身于一大堆卷案中，阅读她那些民间组织的活动计划以及她将要为之辩论的诉讼案件的材料。他见她几乎未老，还那么漂亮，文静，头脑清楚，绝望；他把她拉进怀里，抚摸她的头发，轻轻摇晃着：莉萨，莉萨，忧伤的莉萨莉萨。

在这里，她挨着母亲，和姐姐们在一起，可是，无论是在明星旅馆还是在玫瑰色的病房里，无论面对的是父亲还是外甥，她都感到自己像被罩在玻璃杯里的一只苍蝇。出路在哪里？

在悉尼，一旦她无所事事或不再东奔西跑，她就知道自己要出问题了。要想不再陷入忧郁状态，她必须发泄。摔碎玻璃杯。

还是孩子的时候，她就亲身体会到自己是个粗暴的女人，在思想上接受这一事实则是过了很久以后。

起初，她只是砸东西。无论是在地窖还是在米沙的画室里，凡是能拿到的小玩意，她都砸。一天，外祖父一把抓住她的辫子："喂，破坏分子，这都是我收来的旧货，我修好送给你妈，她准高兴，是你常来这儿，把我的这些东西毁坏的吧？你给我听好了，我的小拉瓦绍尔①，我要是再看见你在我的工作台旁边转来转去，我就把你的耳朵吊起来！"

她对自己喜欢的东西都从来不手下留情，比如那个闭眼睡觉的漂亮的玩具娃娃，一个倔犟而脆弱的赛璐珞小男孩。一天，她不小心将小娃娃掉在花园里的一块石头上了，摔断了两个指头。她觉得自己倒霉透顶，竟然恨起他来，用脚后跟把她的"宝宝"跺得稀

① 法国无政府主义者，恐怖分子，一八九二年被处以绞刑。

巴烂，宝宝没有了手臂和腿，肚子也没有了，只剩下几块粉红色的塑料碎片深陷在泥土里……不过，娃娃的头还在，她不敢碰他的脸，他那双蓝玻璃大眼睛正忧伤地看着她。她拾起一根棍子，插进他的一只眼睛里，使劲捣，直到他的两眼脱落，消失在头颅里。她这才罢休。

母亲给“尼古拉”（这是莉萨给她的宝宝取的名字）织了一件婴儿长袖衫，麻烦由此开始了。“昨天，织完薇拉的毛衣后，我用剩下的毛线织了这件长袖衫。来，我们给你的赛璐珞娃娃穿上，肯定帅极了！”

可是，怎么都找不到尼古拉：“你把他弄丢了？忘在什么地方了？”莉萨不承认，一声不吭，但态度很坚决。“你最后一次是在什么地方跟他玩的？”“那里！”她指着摇篮，语气几乎是不容置疑的。她记不得事情是怎么发生的。并且因为没有留下任何犯罪迹象而觉得自己是无辜的：她的愤怒已经转变成忧伤，而且因为再也没有宝宝可摇了而越来越严重。她把碎瓷片埋在了路边紫藤脚下一块长满青苔的石头下面。是出于谨慎？还是出于尊敬？让尼古拉有个坟墓？不，只是为了抛弃不要的东西，掩盖混乱和肮脏。埋葬过去。抚平现在。母亲发动全家都没有找到尼古拉，赛璐珞娃娃真的“消失”了，这成了一件毋庸置疑的事，莉萨的眼睛里滚出了一大滴泪水——没有宝宝怎么活呢？

莉萨无语的悲伤坚定了母亲寻找赛璐珞娃娃的决心。第二天，趁四个女儿在学校，她对花园进行了全面的搜查，在紫藤旁边发现了一块粉红色的碎片：一小块跟指甲差不多大的赛璐珞……虽然她没想到掀开路边的石块，这个发现却让她想到尼古拉是被小偷谋杀的。动机呢？“女孩”的报复心理。小女孩。甚至是坏女孩。存心作恶想让莉萨难过。三个大的一放学回到家就受到严厉审讯，面前放着唯一的**物证**。大家矢口否认。

突然，莉萨恢复了对这件事的记忆，她哭了。不等母亲做出判决，她就跑到阁楼上躲了起来。母亲走到她身边，为缺乏证据而不得不释放犯人请求她的原谅，并向受到沉重打击的“受害者”许诺，下一个圣诞节她会在烟囱里发现一个比原先更漂亮的尼古拉，一个“长着尼龙头发”的最新潮的尼古拉，她可以用洗发水给他洗头呢。

尼古拉暴卒后，蚂蚁窝发生了水灾，也很突然。接着是小鸡事件。发生在磨坊，索朗日外婆养了几只鸡和兔子。莉萨喜欢隔着兔棚的栅栏喂兔子吃食，还喜欢追赶母鸡。要是母鸡带着小鸡，这游戏就更有趣了。因为追小鸡的时候，母鸡很惊慌，拍着翅膀，还咕哒咕哒叫，想把那群吵吵嚷嚷的鸡宝宝重新聚集起来，让他们回到正道上即她宽大的翅膀下，但这非常难。小家伙们分散开来，仓皇逃命，又飞不起来，最后跑不动了，只能用腹部在地上移动，打滚，可笑极了。最逗乐的办法是把小鸡分成几组，孤立最弱的或最笨的，追赶它们，让鸡妈妈声嘶力竭地喊叫，直到嗓子哑掉……

一天，莉萨用这方法把白母鸡芭芭·雅嘉——她下的蛋最大——与她的两个鸡宝宝分开，莉萨把小鸡往河边赶，想看它们是不是跟鸭子一样会游水。可是，这些胆小鬼见水就跑，沿着小溪叽叽喳喳地叫，声音凄惨极了，它们躲进浓密的荆棘丛里藏了起来。莉萨用棍棒把它们赶出来，又开始追：“给我游泳去，笨蛋，听见没有，游泳去！”她大声吼道，还对着矮树丛跺脚。小鸡开始感到疲劳，越跑越慢，也不喊叫了。莉萨气急败坏地说："游泳去，听见了吗?"两只小鸡走到木桥旁的一棵蕨树下停住了，它们紧紧靠在一起，又怕又冷，浑身发抖。莉萨脚跺得更响了。两只小鸡同时瘫倒在地。

她放下棍棒，歇了好一会才缓过气来，好像刚刚大哭了一场似的。然后，她朝两个胖乎乎的小黄绒球俯下身子，挨个把它们抓起来，小鸡还有热度，眼睛却闭上了。她从来没有见过闭着眼睛的小鸡，觉得它们的眼皮很可怕。凸起部分是粉红色的，有褶皱，没有毛；两个眼球一动不动，没有睫毛，覆盖着一层粗糙的皮……不过，其余部分还跟以前一样，柔软，很漂亮，就连它们缩成一团的小爪子也跟婴儿的手指一样可爱，使你忍不住想摸，亲吻它们……可是，它们光秃秃的眼皮太可怕了！她把小鸡扔进河里，让水冲走了。

后来，她经常做噩梦，梦见粉红色的眼皮。从那以后，她只杀腮角金龟、金龟子，开始咬指甲，撕指甲旁边的"倒刺"，直到流血为止，她还撞家具，往所有家具上撞，把自己弄伤。

对她来说，弄伤胳膊和手可以帮助她发泄心中的怒火，但无法使她摆脱忧伤：唉，她那变得丑陋不堪的身体的上方始终飘荡着妈妈无限的爱，这爱威胁着她，这爱因太过沉重而变得脆弱，因伸得太长而最终折断了。她强烈的爱随时都会转变为狂风暴雨："我做了什么伤天害理的事，居然生出你们这样的女儿！我敢说，你和你姐姐，你们迫不及待地想离开家了?!"有一天她终于说："莉萨，我给过你忠告。你不愿照我说的做，是吗？你是自由的。只是，你要为你自己的行为负责，如果能做到这一点，你现在就可以走：门开着……”不，对一个十六岁的人来说，门是关闭着的，因为她没有地方可去。没有妈妈的爱怎么活？尤其是她是她的掌上明珠。她的宝贝。她的俘虏。“你的头脑清醒一些了吗？你会发现，这跟去牙科医生那儿看牙一样，给你注射一点麻醉剂……”一只被扣在玻璃杯里的苍蝇。

后来，十八岁的时候，莉萨知道权利是怎么回事了。权利是一种合法的武器。如今，她用法典痛击敌人，用法律条文轰击他们，用一句句话刺伤他们……她摔碎玻璃杯，驱除压在心中的怒火。只要敌人不是特别凶恶，都会投降。

13.

善终似乎就是病人或老人顺从了不可抗拒的力量。**放弃抗争**。我是从超市里放在贡多拉小船船首的一些心理书籍中读到这个很有说服力的观点的。我也因此更能理解母亲的反抗情绪，她是抵抗运动分子的女儿，不会轻易向死神投降。当地的人都这么说她："啊，你们的妈妈，我们要脱帽向她致敬！她是个顽强的战士！"

当她还算不上消费者，只是一名"顾客"的时候，就为维护消费者的权益而斗争了。她的童年处于黑市时代，因而对商人抱有一定的怀疑态度，怀疑他们往牛奶里掺水，发不义之财。在**跟着牛走**的时代，我曾看见她，可以说整条街的人都看见过她勇敢地端着还冒着热气的派热克斯[①]盘子，强迫小型超级市场的老板收回盘子里的羊后腿："先生，您看，五彩纸屑！肉煮熟后，我没法把它切成肉片，成了一堆五彩纸屑！因为这不是羊肩肉，是骨头，外面包了薄薄的一层肥肉而已，而且还是不能吃的肥肉！如果对你放任自流，你就会把给猫吃的小牛肺按牛肝的价格卖给我们！"或者是一个新上任的糕点师傅，此人华而不实，她曾

---

① 硼硅酸硬质玻璃，原为一种耐热玻璃的商标名。

强迫他当着满满一铺子人的面吃他自己做的变质的掼奶油馅的长条糕点："奶油已经发酸！你知道为什么吗？因为你把昨天没有卖掉的又卖给我了！差点让我的孩子中毒！哈哈，你现在敢说你的这些糕点是新鲜的吗？你敢肯定它们好吃吗？那你自己吃给我看看！是的，没错，我非要你吃，先生，当着我的面把它们吃了吧！嗨，再来一口！再努一把力！"吃完第一块糕点，"罪犯"就两手捂着胸口求饶并认罪了。妈妈很得意，转身对在场的人说："先生们，女士们，你们可以继续在这儿吃，我嘛，我可不急于住到墓地去！至于你，下毒的人，看着我，你知道我的厉害了吧！"

连政府部门也要吃过这个喜欢打抱不平的女人的苦头，因为这是最能体现专制主义作风的地方——脾气暴躁的邮电局职员，专横霸道的警察，心情不佳的国家铁路公司的窗口营业员，他们相继都挨过她的训斥。不过，她从来不威胁人，不说这样的话——"你等着我要你的好看！"也从来不给上级写信告状，因为妈妈喜欢口语胜过纸笔，喜欢现时胜过未来：她总是直接当面跟人算账，从不拖延。然而，她并非没有想象力，她在勒内·科蒂①时代就发明了静坐示威和机遇剧②。在利穆赞，她一个人就受到六千万消费者的支持，简直是人权联盟！

然而，她没有一点凶恶的妇人的作风，由于出身低微，加上所受教育有限（她常说自己"学识浅薄"），在外面和陌生人在一起时，她总是感到很拘束，不想招惹是非。可是，如果有人滥用职权，她便毫不犹豫地做出反应。她"根本不在乎"！佐罗的胡子遮住了她的红唇，她不再因

① René Coty（1882—1962），法国第四共和国总统，一九五四至一九五九年在位。
② 源出美国的一种戏剧，要求观众积极参与，演员随着偶然发生的事件自由发挥。

恐惧而让步，也不怕与人争辩：力量的悬殊不但没有束缚她，反而激发了她的热情。

这样的女人希望自己的孩子也勇敢，这一点都不奇怪。刚出襁褓，我们就开始接受错综复杂的强化训练：为了应付未来的战争，她需要高质量的女儿，勇敢而且有忍耐力。在她生的一群孩子中——她做梦都想生男孩——没有为扭捏作态的母亲和多愁善感的父亲留有任何位置。她带我们去医务室注射疫苗，抽血，或缝伤口，医务人员和在场的所有妈妈都对我们赞不绝口，因为医生无论在我们身上哪个部位扎针，我们都没有一句怨言。"夫人，您向女儿许诺了什么呀?"一天，一位医生惊讶地问道。"几颗糖果?""什么都没有许诺，"母亲骄傲地说。

什么都没有许诺，这是真的，除了最糟糕的事，如不必要的痛苦和最终的死亡，她没有许诺我们任何东西。她只需跟我们讲述(认真地还是严肃地讲，这对于小孩子们来说都无所谓)她以前当实习护士时的经历就够了：在特鲁索医院，她曾目睹几十个孩子躺在白色的病床上，他们面色苍白，有的腹部开了刀，有的被截去了胳膊或腿。他们痛苦不堪，却从来不流泪。尽管一些孩子有着坚强的毅力，有时仍然逃脱不了死亡，医生救不了他们，生活就是这样。"所以，孩子们，在你们因为屁股上挨针而疼得大声喊叫之前，我请你们想想医院里的那些小病人，他们快要死了都一声不哭。只请你们想一会儿。然后，你们想怎么做就怎么做……"果真如此！这番话对妈妈的女儿们产生了巨大的功效！

当然，随着年龄的增长，我有时也怀疑，我的这种坚忍怎么能缓解截肢者和结核病患者的痛苦。尽管如此，我每次抽血都必须想到那些"白色的小病床"！从穿连衫短裤的年龄起，当别人都在为进入亨利四世预备班[①]接受培训或者报名参加联谊舞会[②]时，我和妹妹却被丛林游击队和他们的献身精神所深深吸引；我们有我们的小英雄，他们是战死疆场的勇士……

现在，那个教我们蔑视痛苦的女人却为了吃一片药蛮不讲理！CT机的管子被她描述成地狱的候见室！她能连续几个月反复谈论只持续了两天的一次化疗！生病期间，确切地说在她“久病”期间，她的表现离她教导我们的相差甚远。整天抱怨命运不公正，对治疗方法百般挑剔，对医务人员和护工大发脾气！面对死亡愁眉苦脸，跟生命赌气，她一点都没有古罗马人的气质。

起初，我责怪她。她声望扫地，因为她辜负了我们的信任，背弃了自己的原则。接着，我想到了贝尔纳诺斯[③]，想到了贡比涅的加尔默罗会修女，还有第一位隐修院女院长惶惑不安、不光彩的死，以及胆怯的初学修女崇高的死。我对自己说，妈妈是出于爱才用她的死“换取”另一个人的死：当她在女儿和外孙面前放弃一切自尊的时候，也许她是在为我们准备一场更加温柔的至少是坚强的死亡，是为我准备吗？谁知道。

令人不解的是，母亲长期以来身体一直很好，直到六十八岁从未住过医院。甚至生孩子都没有住院，因为我们都是在家里出生的。从未住过医院，没有打过麻药，没有做过活组织检查，也没做过纤维内窥视

① 法国著名高等学校的考前预备班。
② 富裕家庭为自己的婚龄子女组织的舞会。
③ Bernanos(1888—1948)，法国小说家，反对实利主义和同邪恶妥协，提倡天主教伦理道德，代表作为《一个乡村教士的日记》。

检查，或者内腔镜检查。从来没有，甚至没有上过石膏。

以前她常跟我们谈医院里的事，其实她十八岁进护校就了解医院了，那是从另一个角度认识它的。生病后她才发现："真让人受不了，他们动不动就进病房，甚至在深更半夜的时候！我没法睡……""是啊，睡不好觉，身体就无法恢复，这就是医院……""还没说饭菜呢。他们居然给我们送来那么难吃的食物……还有，五点钟就让我们吃晚饭！你相信吗？""我相信。这就是医院……""还有走廊里的喧哗声，手推车整天咯吱咯吱响个不停！""这就是医院……""我还没跟你说他们对待病人的态度呢：他们把我们当五岁的孩子训斥！太幼稚了！""妈妈，这是医院……"

对于死亡，她的表现也令我们失望。我们原以为她会坦然对待临终和**生死的过渡**，会比别人对临终时刻有更充分的思想准备，她的父母不就是在她的怀里去世的吗？她不是跟我们讲过无数次，她当护士的时候，经常留在垂死者身边，陪伴那些孤独的老妇人吗？她们奄奄一息，还在喊着要见自己的孩子。于是，她拿起她们的手，温柔地说："妈妈，我在这儿呢"，有时她会一直陪着她们，直到她们断气。为此，她还遭到那些工作多年有经验的护理人员的斥责："你是实习生，你有的是时间，我没说错吧！"

妈妈曾经在很长一段时间里与死亡打交道，而且表现得非常勇敢，不过这是从"另一个角度"。自从生病后近距离地看待死亡，她感到非常惊讶，而且愤愤不平。

14.

我想抚摸妈妈的胳膊，她猛地一甩手腕推开我，像赶走一只苍蝇。我为她捋头发，她扬扬眉，叹一口气。我学薇拉用带香味的软棉布为她擦脸，她转过头去；我像索尼娅那样为她做脚部按摩，她把脚后跟挪开三公分——按她目前的身体状况，这三公分可是个不短的距离。为了躲避我，她付出了非凡的努力。我的指头一碰到她的皮肤，无论身体哪个部位，她都会低声说："别碰我！"没办法，我只好走开。

我对她的所有亲切关怀，她出于本能都一概拒绝。这是出于本能，因为她看不见我，也听不见我说话，可是，我走进房间的第一秒钟，她就知道我不是薇拉，不是莉萨，也不是索尼娅，我是"另一个"，一个傻瓜，她的长女，一个笨手笨脚的人……母亲不再爱我，希望我也不要爱她。

我为她所做的一切，是为了我"从前的妈妈"而做。

我从前的妈妈让我分享她的秘密。默默地分享。那时我十五岁，她让我自己去猜测。因为我是长女。路易丝是她的女友，对红磨坊和巴黎女人的渴望留有记忆，妈妈和她开着 **Dauphine**[①] 车去跳舞，去利摩日的**曼博舞俱乐部**或贝拉克的**威士忌酒俱乐部**，那儿没有人认识她们。（“你想想，往返一百六十公里哪！只有痴迷舞蹈的人才会这样！”）她们经常出发，而有时我觉得回来的不止她们两个人。可以说这两个女人都没有丈夫，因为路易丝嫁给了一个长途汽车司机……如果有人跟她们一起回来（深夜，我听见还有一辆车停在门口），她们就在对面“路易丝家”睡觉。有一段时间，我怀疑她俩共同拥有一个情人。反正，每次她们出门，我们——路易丝的三个女儿和勒盖莱克家的四个姑娘——都被集中在“妈妈的家”里，由我照看这群孩子，因为我最大。孩子们被大人抛下却欢欣鼓舞，她们不守规矩，不按时睡觉，互相用玻璃杯往脸上泼水。我只好对她们发火，我擦去墙上的水，为了不让大家受罚，我还用吹风机吹干地板……如果外祖父和外祖母在这个时候来电话问妈妈为什么不在家（或者突然光临，因为他们住得很近），我就支支吾吾地搪塞过去。要是索朗日外婆打破砂锅问到底，我就干脆撒谎：“她在利摩日，同路易丝和非宗教联谊会的人在听一个世界知识报告会，是关于新几内亚的巴布亚人的。”我保护妈妈，不是知己却非常默契，那个时候，我的“小妈妈”很好，无论她高兴还是不高兴的时候。

后来我去了巴黎，我估计薇拉接了母亲的班。薇拉从未对我透露一个字，然而，当她开始往返奔波于利摩日和维耶尔宗之间的时候，我又想到了贝拉克的**威士忌酒俱乐部**……

---

① 指法国汽车制造商 Renault 于一九五六至一九六七年间生产的一款发动机后置的经济车型。

再后来，我分享了母亲的另一个感情上的秘密。也许是最后的秘密，因为从那以后，她就不再有爱了。

那是她久病初期。我的长子马克在报社工作，经常收到许多免费的报刊杂志，他没有时间看，于是他把那些外婆可能会拿来消遣的都留着，比如大众报纸和女性杂志。隔一个星期，他就开四小时的车把这些报刊杂志给她送去。

一年半后，他调到电视台工作，再也享受不到这些免费服务。而他每周都会拿着微薄的工资去买《**Gala，Hola!**》、《她》、《观点》或《今日女性》，每个月都给病人送过去："瞧，"他递给她一个大包裹，"我收到一大堆杂志，没法处理，就给您送来了！"

"要小心哦，"他提醒我说，"千万别跟巴布什卡说是我买的！她会生气的：你了解她，她不愿别人为她花一分钱。她要是知道我现在得花钱给她买杂志，她会觉得过意不去的。这会让我很遗憾，因为杂志上的那些蠢事能逗她开心：一旦对明星感兴趣，就想不到自己的病了！"

一天，我从巴黎赶去照顾母亲，母亲对我说："上个星期，我看见你儿子马克了。他是坐下午四点钟的火车来的，又坐八点五十的车回去了，他自己的车坏了。可怜的孩子，还吃力地提着那些卖不出去的杂志！应当告诉他，不必为我付出这么多！因为我对公主和超级名模都没兴趣，你应该想到这点！再说，我连看图片和翻书的力气都没有……喏，把这包东西带回去，你留着看吧。我还没拆包呢。不过，千万别跟马克透露一个字，可怜的宝贝还满心欢喜，以为我喜欢这些东西呢……"

这个花招一直持续到她"闭上眼睛"。我始终未说出这两个秘密。

"你母亲的病情曾在三年间有所缓和。不过，说'缓和'有点夸张……应该说‘稳定’，是这样。而她没有很好地利用！”

这是我们第一次在路易-巴斯德医院见到院长，他为母亲上门诊治已经四年。玫瑰色病房里几乎看不见他的身影，他难得过来检查手下人的工作，更没有时间安慰临终者，可怜的人外边的事务太繁忙，没有工夫说教。他是**姑息疗法**的理论家。总之，是个商务人员。生产方面的事他可不管。

不过，有时，他也对“原料”怨声载道，说提供给他的临终者质量都很差。比如现在，他严厉批评我们的母亲：“收到她的磁共振成像后，我就告诉她，她的情况不会变得很糟糕。半稳定状态。扩散是肯定的，不过范围不会大。当然，我们也不知道这种状态会持续多久：没有奇迹，对吗？我让她知道这点。因为我发现自己面对的是一个坚强的女人。只是，这个女人最终不懂得珍惜现时，过好每一天，我又能怎么办呢？”让患绝症的人享受现时？蠢货！

然而，这是事实：妈妈的病情尚未恶化却已完全陷入绝望中。尽管医生断言她的疼痛有所减轻（我们从未听她自己这么说过），妈妈还是厌食，忧郁，变得苛刻，她不再开窗，不见任何人，也不接电话。可是，从那次说“你们为什么不让我死去？”之后，她的精神状态很好，至少像她自己说的，“感觉从未这么好过！”她对我们总是粗暴地拒绝，而当她不得已在公众场合露面的时候，则表现得神气十足，完全不像一个癌症患者，“问题出在哪儿？”

我们的母亲不相信精神会出毛病。她认为这是一种性格上的缺点。抑郁是懒惰的表现，焦虑是因为缺乏勇气。所以，从那以后，让她吃抗抑郁的药，哪怕是一片都十分困难，甚至不能说她可能患了抑郁症，这简直是侮辱她！

不过,有一天,我起了个念头:为了让她的情绪乐观起来而又不激怒她,就只说她的消沉是一种身体疾病。虽然她在医院当过实习护士,但是对解剖学几乎一窍不通;可以玩弄“神经”这个词。她居然相信自己遭受最强烈的痛苦是因为她的神经被切断了,可能是第一次手术时切断的。而抗抑郁的药“治疗神经”,不是吗?我们可以给她服抗抑郁的药,理由是这些药能修复其肝脏的神经末梢……

我为这一新发现沾沾自喜,便大胆地给院长打电话。唉,不幸的是,我又遇到一个真理的信徒。“夫人,”他一接起电话就对我说,“我必须通知您,我会把您跟我说的一切都如实转告您母亲,这是我们医院的规定。我们不把我们的病人当孩子对待。现在,您可以跟我说了,我洗耳恭听。”我把电话挂了。

我们从利摩日一位新来的普通科医生那里获得了一种轻度抗焦虑药的处方(妈妈依然每年换两个医生)。至于其他药物,年轻医生不敢违背路易-巴斯德医院的诊断,那可是个粉红色屋顶的大楼,一个治疗单位,按其奉承者的话说,这家医院向你展现的是“人类密度最高的一些时刻,一个令人难以忘怀的温馨的场所”!

六年“漫长而痛苦的治病的日子”里,我们的母亲没有接受任何精神药物的治疗……我们却吃了不少这类药物。我说的我们当然是指索尼娅、莉萨,还有我。为了活下去。继续向她微笑。继续服侍她。

我为索尼娅担心。二十年前,那是我们的母亲教大一些的外孙们跳摇滚舞的年代,索尼娅一边看着母亲跳舞,一边十分肯定地对我说,如果妈妈死了她就不活了。“你怎么能这样想,索尼娅?妈妈肯定比你先死,母亲死在女儿前头,这很正常!”“我不知道。我不敢想……我不敢想她不在了我还能活。”

自从妈妈生病后，我们就再也没有过类似的谈话。再说，我们的母亲也不给我们留一点时间让我们彼此照顾。姐妹之间也只是为了解决一些实际问题才联系，我们彼此理解得多了，话却说得少了。最近几个星期，在克莱拉克，我们交接班总是把要交代的事情写在“联络簿”上。迅速写一页再回去上班，跳上火车或乘坐汽车，我们在这一页纸上记下病人吃了什么，应该让她保持什么姿势睡觉，怎么喂她喝水，最后一次大便的时间，最后一次小便的时间，新长的褥疮应该贴什么药膏，药剂师有哪些建议，护士有什么要求，周末值班医生的名字，救护车司机的号码，等等。我想雇一个保姆，于是我把这建议写在联络簿上。让保姆为我们打扫灰尘、清洗浴室、熨内衣，这些活不在穆盖特·格洛里厄斯的工作范围内。

凡是与妈妈命运相关的所有建议，不管相关的程度有多少，我都必定事先作一些“动员”，看能得到多少人的支持。由于缺乏这一巧妙的准备工作，四小时后，即我坐火车返回家中时，我在录音电话里听出她们一致反对我的提议，索尼娅含糊其辞地转达了大家的意见：“亲爱的小鸡（她以旁观者的语气说），你提的那个建议嘛……我们真的无法接受。总之，我的意思是，你应该理解，我这会儿没法去找保姆，医生刚给我下了诊断，判我关禁闭，是的，你知道，我必须躺在床上，他们把我那个装在髌骨上的器械也拿走了……”

十年前发生了一场摩托车事故（妈妈怎么会那么粗心，索尼娅已经有“酒精问题”了，居然还送给她一辆低座小摩托车？），从那以后索尼娅就戴上了塑料义肢。她回她的低租金住房上楼梯都困难，而且医生还不许她“老站着不动”——对一个美容师来说，这倒是不难！所以，有那么几天，她上身穿着粉红色工作服，脚上却穿着运动鞋去上班，“可怜的卡蒂娅，要是我穿薄底浅口皮鞋，我只能工作三分之一的时间!”于是，她再次被“停职”。

“当然，如果你常去街角，找一个保姆也是可能的……”如果这么说，显然是一种卑鄙的背信行为，表明她们不愿再守在病人身边，不想包揽一切，把自己分成十个人。“你知道在克勒兹找个帮工有多难啊!你瞧薇拉花了那么长时间才找到穆盖特！……再说，唔，我们征询了莉萨的意见(薇拉和莉萨每天都会在固定的时间守在电脑旁，从地球的两端用电子邮件讲述各自的生活)，莉萨确实很担心，怕妈妈不习惯陌生的面孔。”嘟！嘟！录音电话响了，留言播放完毕。索尼娅又打来电话强调说：“因此，莉萨反对你的建议。”总之，如果你抱怨没有人帮你做家务，这只能怪莉萨……而她住在世界的另一端！索尼娅说话“不算数”，这我们知道，做决定的是薇拉，她不但自我惩罚，还让我们竞相牺牲，同她一起受罪。她为什么折磨自己？为什么？

这些问题，我们绝不会向她提的。同样，我们也不敢问莉萨他们的夫妻生活有什么问题，怎么没有孩子。只有薇拉的前夫亨利喜欢涉及一些敏感的问题，说话很冒失。十年前的一天，全家人在一起吃午饭，他突然大发了一通言论，对体外受孕赞不绝口。大家感到很不自在，都沉默不语。妈妈大概正在厨房里忙碌，否则她肯定会转移话题，她不愿涉及这个问题，即便她与莉萨单独在一起的时候。“要知道，这已成为过去。没有必要再谈它。再说，威廉不喜欢孩子……”那天中午，索尼娅没有以她那可爱又婉转的方式打断亨利的话——先是叉子哐当落地，接着是餐巾，然后是香烟盒，最后干脆喊道：“我们渴死了！亨利，给我们弄些水来！”还是莉萨自己无情地制止了亨利的滔滔不绝：“体外受孕是很好。不过，按我的情况，至少需要一个代人怀孕的女人。我说‘至少’……”她转身对亨利说：“这杯默尔索葡萄酒是你为我们斟的吗？我提议为我们的外甥干杯！”

关于这件事，许多年后我们私下谈起过。当时，一个外甥要结婚，我把磨坊借给薇拉办婚事。妈妈还在那儿，但是已经生病了，躺在二楼的一个房间里。身穿带有覆盆子香味的白罗纱裙的小女傧相在白杨树间奔跑着。我和我的“孪生妹妹”来到池塘的浮桥上看了她们一会儿。我们极其自然地谈到这件事，好像在继续一场开始了很久的谈话。我们甚至不需要提莉萨的名字：

“她说到‘代人怀孕的女人’，我就明白了，她的子宫有问题。”

“应该是子宫畸形，或者类似的毛病。她的卵巢功能以前很正常，我想……”

“不一定。有些女人不仅需要卵子，还需要别人代她怀孕。说不定她的卵巢也没了……也许都拿掉了？”

“可惜我们不知道！我觉得自从得了阑尾炎——那是什么时候？上高二时？她就没再生过病……她来月经还去湖里游泳呢！”

“我也一样啊，卡蒂娅！你应该记得！可怜的姐姐，我们姐妹当中只有你一人来月经像得了病似的痛苦不堪……”

以前，我们从不隐瞒我们那些“女人的烦恼”（外婆常这么说）：膀胱炎，乳腺炎，痛经，阴道炎，妊娠反应，妊娠纹……我们从不隐藏我们的身体，因为妈妈对我们太了解了，并要求我们如实汇报：“喂，薇拉，你这个月来过月经了吗？”“卡蒂娅，你有多久没换短裤了？”她整天监视她的闺房！

可是，我们过了十八岁，她还像从前那样窥视我们的隐私。而当她摆脱了沉重的负担后（四个妙龄女郎都要导师，从青春期到结婚），她对我们就什么都不隐瞒了：路易丝的纤维瘤，她表妹德尼斯的宫外孕，或者索尼娅的淋病。她是想让我们厌恶女人吗？或者简单地说，她从索朗日外婆那儿遗传的“农民”意识抬头了？当然，妈妈知道我做这种比较会很生气的，她自认为是米沙一个人生的！像密涅瓦[①]那样，从头脑，从她父亲的头脑里诞生的。

噢，对了……他妻子出了“生育事故”后，我们的外祖父的性生活怎样？他在本教区有个老情妇？他赶集时去利摩日找**殷勤的女人**？还是根本就没有情人，不再有性生活？索尼娅生了个儿子，他的父亲是谁？她真的连自己都不知道？她真的以为法布里斯来自于一满杯威士忌酒和圣灵？我记得，我大约十五岁的时候就知道妹妹被奸污了，那时她还是个孩子。被谁？一个亲戚？一个邻居？还是路易丝的丈夫？我记得特别清楚，那时我不想知道也不想听。索尼娅现在过量饮用珍宝苏格兰威士忌，难道是因为我以前装聋作哑？那么爸爸呢？爸爸每次离开家都去哪儿了？

闺房里的女儿们诉说内心的烦恼，思考临时的解决办法，却对感情怀有恐惧心理。这个家庭的女人，即使说话的时候语言粗俗露骨，也不忘对重要的事情保持沉默。假装没有疑虑。有些事情不必被人知晓：莉萨的问题，米沙的性生活，索尼娅的酗酒，薇拉的情人，以及，“爸爸离开家都去哪儿了？”。**Stop**！妈妈不许我们问。禁止通行。向后转。她不许。

---

① 司智慧、艺术、发明和武艺的女神，相当于希腊神话中的雅典娜。

莉 萨

莉萨很想离开明星旅馆，离开巴黎。逃离母亲，姐妹，她的童年。或者逃进她的童年。米沙的家乡。反正要选一个曾给她留下最美好回忆的地方躲起来。一天晚上，在澳大利亚，她看了一个电视节目，内容是关于安乐死的，病人如何自我解脱：日内瓦的一个协会"Exit"向其会员提供**致死剂量的药物**，使他们能够迅速了结生命而不会出现操作上的失误。还请来了几个见证人，一个**志愿陪护者**将毒药倒进一大杯橘子水里(还有桃汁和醋栗汁，垂死者最后还有一次选择的机会)，然后，他请一个希望实施安乐死的病人当场喝掉，一滴不剩。他强调：一滴都不能剩。跟吃毒芹一样：**我们把毒芹嚼碎，苏格拉底，需要嚼多碎就嚼多碎**……他还建议他想一件美好的事情："你马上就会觉得头晕，我会扶你躺下，这很快的，你现在就选择你要回忆的事情，当你感到睡意袭来，赶紧沉浸于这美好的过去。"

莉萨选择的是轮子。磨坊的水轮，它不紧不慢有规律地转动着，催人入眠。在很长一段时间里，外祖父让磨坊这个古老的水轮不停地转，直到小桨叶腐烂才不得不把整个轮子卸下来，从此，导水渠的水就直接返回小溪。以前，莉萨喜欢与“尼古拉第二”一起坐在下游的草地上看水车，一看就是几个小时。有时，她也漫不经心，比如用灯心草编篮子，给尼古拉脱衣服，但总会住手，回到原来的痴迷状态。“小心蝮蛇，”外婆说。“那片草地上的蝮蛇比蚱蜢还多！”而莉萨什么都不怕。甚至蛇。在草地上的时候，她变得很安静。她被转动的水车深深地吸引住了，听着轮毂缓慢转动，嘎吱嘎吱响，她感到昏昏欲睡。

她真想在假期重返磨坊。睡在磨坊。然而，磨坊属于卡蒂娅，外祖父母去世后，这个空房子的归属问题被提出，当时只有卡蒂娅有能力接管这处房产。至于莉萨，她在相当长的一段时间里失宠，不再是“妈妈的宝贝”。

这就是为什么春天到了，她却不见红树映照在池塘里——光秃秃的枝头，先有红色，尔后才出现淡绿色。也听不见瀑布持续不断的流水声，这声音冬天响得可怕，夏天则十分悦耳，导水渠里的水就是流经这里，然后再凶猛地涌进小溪的。十一月闻不到从池塘升起的蒸汽的酸味，八月份闻不到沿着花岗岩老墙爬上来的青苔味，这老墙的根基在水中。

还好，她在墨尔特罗有自己的房子，离磨坊十公里，位于山冈上，可以“居高临下”俯视一切，广告上就是这么写的。这是威廉送给他的忧伤的莉萨的礼物。一份厚礼，他们每年只去那儿住一个月。当然，这个小农庄很小，没法跟磨坊比。必须在那儿为自己创造一个过去，然后再把它扩大一点。不过，就像母亲说的，“对两个人来说，这足够了！”

去年九月的一个早上，莉萨来到默德。阳光酸酸的，淡淡的，像一小瓶白葡萄酒。她从远处看自家的房屋。用双筒望远镜。小树林那边，埃拉荒野的上方，白杨树小径的尽头，是屋前的那片草地，百叶窗大开着，还能看见花园里的桌子和椅子。她像一个漫步者那样从外部想象自己的生活。她陶醉了……

"你拥有幸福的人应有的一切！"这句蠢话很少有人跟她说，因为大家都知道她因为缺什么而不幸福。可是，她缺的东西比人们想象的要多得多，比如磨坊的水车，马车车轮，自行车车轮……在拉罗什，米沙有一头瞎眼的老驴巴古宁，他给老驴套了一辆车，用来拉木柴，收屋边的园地和草地上的干草。以前，这车是蓝色的，侧栏甚至车轮的辐条上还留有蓝漆的痕迹。一种淡淡的发旧的蓝。每次米沙给驴套笼头时，莉萨都目不转睛地看着，她等着，希望外祖父把她抱上车，坐在干草堆或柴火堆上："哈哈，爬上来！我们的宝贝上马车喽！"蓝色的轮子……记住，临死前一定要看一眼那个蓝色的车轮。

还有她那辆自行车的白轮胎。她仿佛看见车轮在克勒兹公路的沙粒上缓慢前进，在石子上颠簸，那时她刚学会骑车，眼睛光盯着车把。她还看见了尘土飞扬的马路，没有一条铺着沥青。那些白马路，由于车辙被大水晶、碎石英块和晶莹闪亮的白云母片岩石覆盖，在阳光下闪耀着光芒，令人眼花缭乱。马路通向别处，所有马路都闪闪发光。

自从母亲生病以来，莉萨的所有暑假都是在克勒兹度过的，与姐姐们为邻，沉浸于对往事的回忆中，住在她"风景如画的小农庄"里。她每天往返于墨尔特罗和克莱拉克之间。这是一条悲伤的柏油路，把她从忧伤带向死亡，再从死亡带回忧伤。她沉迷于幻想中，因为童年是一个永远回不去的国度。

在人生的长链中……我们的运气不佳：句首和句尾之间缺少词语。需要记忆去填补。她想起了歌手的名字：菲利克斯·勒克莱尔，一个魁北克人。这首歌的副歌在五十年代风靡一时，母亲和路易丝喜欢一起二重唱：**当男人为爱而活时，世间不再有苦难，士兵将成为游吟诗人，而我们，我们却要死去，我的兄弟**。菲利克斯·勒克莱尔去世了。士兵没有成为游吟诗人。

必须逃！一直向更远处。重整行装。必定存在一个异域，一个真正的世界。一个岛，另一个岛。澳大利亚不适合她。那么去哪里？新西兰？冰岛？冰岛太舒适了。舒适极了。人类越来越密集，地球越来越干旱：他们会去冰岛。对人类来说，无论哪里，只要他们觉得那儿的生活会更好，舒适，他们就去，只要舒适就行。至于岛屿，他们可以穿越海洋到达那里，可是，他们要去……

必须逃。寻找一个极其荒凉、令人绝望的岛屿。或许凯尔盖朗群岛①？从来没有人能在凯尔盖朗群岛坚持到底。那儿冰天雪地。装空调也不管用……要不就去圣保罗岛？这是印度洋上的一个小岛（四平方公里），无人居住，也不是常年结冰。有草。有人曾在那儿养过一些布列塔尼母牛。农场主却因无法适应那儿的气候一走了之。母牛无人看管，变成了野生动物，并迅速大量繁殖。对

---

① 位于印度洋南部，这个处于南纬50°左右——即著名的“魔鬼西风带”——的小岛终年被狂风涤荡，是块荒野之地，根本不适于居住。由于它是地球上改变极微的几块陆地的代表，因而成为科学家研究原始生态极佳的天然实验室。

生态系统造成了危害。法国政府每隔五年都要从留尼汪岛派一群海军陆战队士兵去那儿“削减”过量的野牛。圣保罗岛几乎没有什么娱乐活动，牛排却很丰富：枪杆子打出排骨肉——如此轻而易举，我们就实现了一个革命理想！

如果去圣保罗岛，倒是能活下去。没有飞机场，只有克拉代尔海湾能停船，最近的码头离那儿也有三千公里。活着并坚持活下去，没问题……可是，去那儿传授什么？向谁传授？

莉萨的母亲快死了，她是她的孩子，她来自一个被诅咒的世界。其他人也会来这儿，这是迟早的事，她知道。这些人没什么可失去的。而幸福的人，手无寸铁的人，将被驱散，被赶出城市，慌乱地逃离城市和海岸，逃向内陆。逃进山里，沙漠。用不了多久，这些地方的土著人，他们将消失。轮流坐庄。死亡的轮回。

“你的脸色发青，莉萨！你照镜子了吗？睡个懒觉吧，我求你了，别把自己搞得那么紧张，去商店逛逛，你就会改变想法的！”

商店！至于想法，薇拉倒是有一些不错的想法！怎么能把母亲独自留在床上去逛香水店！莉萨今早离开玫瑰色病室，那也是迫不得已；她打算去上班。为了得到别人的原谅。她把手机通上电源，打开电子信箱，给年轻助手下达几项指令，然后专心阅读一份卷宗，她马上要去达尔文市为一个土著部落担任辩护律师。如果有人问她在司法行业具体从事什么专业，她就面带微笑地说：“为受害者辩护。”当然，这不能算法学的一个专业，再说，她辩护的内容不仅涉及刑法、民法，还涉及环境法、劳动法、海事法典和卫生法典，总是为受害者辩护，这是她受理的所有案子之间唯一的共同点。她为濒临灭绝的物种辩护，如西澳大利亚的土著人（“铭记”协会），塔斯马尼亚[1]的狐狸（世界野生动物基金会，即 WWF），南极洲的蓝鲸（绿色和平组织）；她还为地球上所有该入地狱的人打抱不平：努美阿的美拉尼西亚[2]囚犯（大赦国际），印度尼西亚的非法移民（罗宾汉[3]协会），阿富汗申请避难的人（兄弟会），墨尔本的中国妓女（妇女会）。每次，她都得消化吸收一些新法规，变换场地，发现情况，了解事实，适应环境，出发，总之，移居国外。一项艰巨的工作。

由于这些活动，理查德-琼斯律师（这是她结婚以后的姓）为澳大利亚媒体所关注。几乎成了明星，报纸上经常刊登她的照片。索尼娅认为，这是因为她漂亮的缘故。卡蒂娅则认为，她的成功取决于她所处理的那些案件：“我并不认为，从司法上说，莉萨为人辩护总是赢！但是从媒体上说则不然。还没辩护她就已经赢了！她不是为失利的案件作辩护而成为常胜将军的，这个女子可不是伏尔泰，啊，绝不是！伏尔泰为卡拉斯[4]辩护时，大家一致认为这家伙‘患有幼稚症’：一点都不得民心！左拉为德雷福斯案辩护时，舆论普遍把被告看成一个叛徒……”

这是卡蒂娅七八年前说过的话。不过，莉萨并没有对母亲向

① 澳大利亚最小的一个州，位于澳大利亚南部，有连绵的丘陵、山谷、高原、火山和陡峭的海岸。
② 西南太平洋上的岛群，名字来自希腊语，意为“黑人群岛”，由俾斯麦群岛、所罗门群岛、新赫布里底群岛、新喀里多尼亚群岛、斐济群岛等组成。努美阿为新喀里多尼亚的首府和主要港口。
③ 英国民间传说中劫富济贫的绿林好汉。
④ 图卢兹的加尔文教派商人，因被诬陷杀死自己想皈依天主教的儿子而被判处死刑。一七六五年伏尔泰为其辩护，竭力为他恢复名誉。

她转述的这番话表示怀疑;首先是因为母亲从不撒谎,再说,这种看法纯属卡蒂娅的一家之言!倒退回去,把现实与过去进行比较,使一切相对化……她姐姐也许甚至会补充说:“为了判断莉萨的勇气和她的律师才华,我希望她为一个恋童癖辩护。或者为一个种族歧视分子辩护。我们得找一两个受到不公正判决的坏蛋,不是吗?”“可这不是莉萨的错,即便她是左派!”薇拉大声说。“左派?”卡蒂娅冷笑道(最近一段时间以来,妹妹们怀疑姐姐投了中间偏右派的票)。**女作家**开玩笑说:“如果左派只是制造混乱,如破坏圣像,用野蔷薇果实刺人,那莉萨就绝对不是左派!她思想正统,是‘地球村’里一个不信神的、思想正统的人。如果是在十九世纪,她肯定是个女慈善家!”

莉萨被评论弄得心烦意乱。卡蒂娅不了解莉萨的这个职业要做出多少牺牲,只觉得她的选择很“轻率”。莉萨拼命工作,养家活口的是威廉。尽管世界到处充满不幸,莉萨却连丈夫都养不活……显然,理查德-琼斯律师应该像其他人那样,在法庭上振振有词地为寡妇和孤儿辩护,在她的密室里小声忠告杀人犯。这不是她的风格。虚伪,两面派手法,谢谢啦!她要为这个自由付出代价……至于错过这个有钱可赚的机会,她确实从未提起过,因为母亲十三岁就成了抵抗运动分子,她会冷冷地反驳她:“我的小女儿,不付出代价的自由,要它干什么?”

显然,她无法集中注意力。她关闭电脑,把它装进电脑包准备带到医院去。明星旅馆不安全。这个发现让她恼火。第二次动火。

她想用海盐洗个澡。只有一个莲蓬头，水特小，冷热水调温龙头还是坏的……

她心情很坏。浪费了一上午时间。甚至没法工作。感到对母亲有罪。还对不起她的澳大利亚土著人……有些对不起。只是有些对不起，因为她见过酋长四五回，觉得他很讨厌。大男子主义者在她这里行不通。这家伙好斗，专制。莉萨在灌木丛里跟他待了两小时，他们真想为单一民族党①的光头仔辩护！卑鄙无耻的受害者，品行不端的穷人，她最怕为这些人打官司！显然，她确信这个部落已被洗劫一空。还得到确切消息，彩票奖金要对一个坏蛋实行补助。而如果他也完蛋的话，就不用给任何人补助了。

在人生的长链中……我们的运气不佳。她又看见了去年病中的母亲的那些动作。七十二岁，她就老态龙钟了。比如，她用皮包骨头的手抚摸扶手椅的扶手，机械地，十次，一百次……莉萨宁愿她待在那儿不动。她很后悔。

在人生的长链中……啊，太棒了！她记起了缺少的那段歌词。句子中间空缺的两个句子。**在人生的长链中，无论我们在哪里，无论我们经过什么地方，我们的运气都不佳。**那我们是什么呢？当然是一个环节啦。链条上的一个环节。而这正是她想忘却的，忘记自己与链条断开，道路被切断，莉萨成了一条死路。

“你应该写一本流行歌曲史！”索尼娅真的非常惊讶（她崇拜自

① 澳大利亚的一个民族主义和保护主义政党，创建于一九九八年。

己的姐妹，这是她的一个优点）："我没想到你保存了那么多经典老歌，都是妈妈、路易丝和米沙留下的……"

那是四年前；全家人在克莱拉克聚会，同巴布什卡一起过她生命中"所剩无几的圣诞夜"。外孙们相互约定好，"大家一起去巴布家过新年！"他们丢下朋友："因为我们不知道，明年，我们的外祖母是否……"

甚至医生，没有人能在今年十二月预言巴布什卡明年夏天会怎样，因为绝症不像怀孕还有个分娩期。他们不再作任何计划。

饭后，大家逗巴布开心，三代人玩起了广播电视节目中的歌曲问答游戏。为了激发母亲的兴趣，女儿们竭力回忆五十年代甚至战前流行的那些歌曲，《风雪星月》，《沉闷的星期天》，弗雷埃尔，让·萨布隆……很快，大家就发现莉萨有问必答，什么都难不倒她：

"天空蔚蓝，大海泛绿，请你微微打开窗……"

"苏济·索利多尔！"

"小径散发着榛子的香味……"

"米蕾耶！"

"最小的妹妹"轻而易举就赢了。之后，母亲上楼睡觉（那时她还能爬楼梯），小伙子们去夜总会，只剩下四个女儿在厨房里洗锅刷碗。薇拉洗，卡蒂娅和索尼娅负责擦干，莉萨则把碗放得整整齐齐。这时，索尼娅有了个主意，想编一本歌曲词典，莉萨执笔，卡蒂娅出版。

"我可没这能耐，"莉萨说。"妈妈没教我怎么写一首歌词，她只教我如何在广播公众评选赛中取胜。可我运气不佳，刚过二十岁，公众评选赛就取消了，那时还没有明星学院呢！”

“我不认为妈妈希望我们在娱乐界出头露面，”薇拉说。“对你也是这样。我觉得，你当上律师，她很满足。她希望我们长大都去做一种工作：打仗……可惜我们生不逢时，没赶上战争年代。”

略带醉意的索尼娅又哼起小调来：**当一切都结束……束束束，它又重新开始始……**卡蒂娅则更加严肃，也唱了起来：**我们知道，某天，也许会发生战争……**莉萨，威廉深爱着的却不为姐姐们所了解的莉萨，“忧伤的莉萨”里的那个莉萨，轻声伴唱：**南方真倒霉，不过这很好，我们可以活一百多万年，并且总是在夏季……我们会的。**

索尼娅

十二月二十日，星期一。早上七点。奥茨特里兹火车站。索尼娅出发去利摩日，卡蒂娅替妹妹拿行李，这样走得快些。一阵寒冷的风掠过车站大厅和站台。一群鸽子在玻璃天棚下盘旋。这是个荒凉的车站，只有中央高原一带的火车在这儿停靠。

所有打印车票的机器都坏了，卡蒂娅十分恼火。“你只能先上车了，然后找查票员解释一下……”“好的，别担心！”车站附近到处是栅栏，里面是老也不完工的“在建工程”，她俩在栅栏中间穿行。一些麻雀在唯一的一家卖三明治的店铺前啄水泥，店铺的门关着。“我希望你在火车上喝杯咖啡……”“这里的火车向来没有餐车，我真感到惊讶！有时，运气好的话，会碰上一个流动车……不过，你别为我担心。”

这是一个被人遗忘了的、荒凉的车站，地面被修补过，这边是混凝土，那边是沥青，别处又是砂岩板，这景象勾勒了铁路从蒸汽机车到普通列车的历史，在奥茨特里兹，这些橘黄色的列车刚出现，现代化就中止了……索尼娅还注意到站台上有两个七十年代的黄色公用电话亭。也许投币电话都装上了集成电路卡，但它们却因为移动电话的发明而被废弃了，成为一件古董。要不是人们对车站的维护如此不重视，电话亭早就被拆了。尽管……或许还有人使用？一些上了年纪的人。比如她们的父亲。

她们的父亲对先进技术一窍不通。拒绝买手机。依旧去电话亭打电话。他甚至经常……三年前的一天，索尼娅临时决定去克莱拉克，她看见父亲在市政厅广场的电话亭里打电话。她以为他在给一个女儿或者医生打电话，以为他不愿让母亲无意中听到他说的那些话：到处欠债的索尼娅，总是信任别人。

她一路没有停，直奔家中。过了一会儿，父亲回来了，手里拿着一根棍子面包："啊呀，我的宝贝，你来了？（他对索尼娅的态度可以说是温柔的，他们之间的亲密关系来自于耳光。）是'做面包'的时间了，你知道的……你去楼上看妈妈吗？"

索尼娅不动声色，她极想知道他刚才在跟谁打电话，于是把话题引到三个姐妹身上，他是不是很久没跟她们联系了？然后又提到医生：他难道不该给巴黎的普通科医生和姑息治疗专家打电话问问……船长没说最近和这些人有过电话联系。也没说给其他人打过电话。

接着，索尼娅故意回到"做面包的时间"这个话题，这是出于好奇还是因为一些更加说不清的理由，比如需要来点痛苦？每次，父亲都去广场的电话亭打电话，之后，如果看见索尼娅在家里，他就撒谎，寥寥几句话。他从不唠叨，却也从来不把事情说得明明白白。

后来，过了很久，那是一个周末，轮到索尼娅守护母亲，穆盖特·格洛里厄斯也帮忙来了，那天发生的事情更加奇怪。父亲出发去奥弗涅了，说是带海员画家参观那儿的老火山，海员喜欢岩浆。星期六一整天，索尼娅都像念经似的念叨着“海员喜欢岩浆”，仿佛这是她创作的一首儿歌。星期天中午，父亲按照惯例来电话询问母亲的病情。之前，索尼娅把手机号给了他，让他打手机，这样她就可以离开病房接电话。汇报完母亲最近的褥疮情况后，她问：“你呢，那边天气好吗？你在哪里？”“在维尔加尼亚，一个叫吉斯卡尔的地方，”父亲答道。“那儿好吗？”“还行……”无意识中，索尼娅的眼睛落在手机屏幕上显示的来电号码上：一个02开头的座机号。奥弗涅的区号是04，利穆赞是05。02囊括整个西部地区，如诺曼底、布列塔尼等。父亲又撒谎了。可怜的老头没想到被现代科技出卖了！

奇怪的是，在发现火车站站台上那些黄色的老电话亭之前，索尼娅没再想过这件事。“海员喜欢岩浆。”她什么都不记得。因为珍宝苏格兰威士忌，因为安拿芬尼，斯诺斯，诺克兰①。“因为”？不，是幸亏。

---

① 安拿芬尼，抗抑郁药物，正式品名为盐酸氯米帕明片；斯诺斯为咪唑吡啶类药物，具有快速催眠作用；诺克兰亦为安眠药。

15.

母亲被路易-巴斯德医院收留时，已经在那儿看了四年的病了，每隔半年去一次。她需要镇痛药，院长亲自给她开药方，剂量越来越大。妈妈不愿走那么远去巴黎看病，也不喜欢这个主任医生，觉得他态度粗暴。不过，她还算讲道理，因为是她自己要求中止愚蠢的治疗，并在深知底细的情况下选择**姑息疗法**的。她知道，也许某一天，自己也要住到该院的**五楼**："我必须跟他们搞好关系，与他们保持联系。最终，我可能还需要他们。"

她说了"最终"这个词。

九天前，当她从路易-巴斯德医院的**非住院实习医生**手中转入**住院实习医生**手中时——这是她预料到的也是令她害怕的一件事——我们便排好了班次，绝不让她单独待着。我儿子拉斐尔从电脑里打印出一张日程安排表，从上面能看出，女儿、外孙、表兄、表妹，所有住在巴黎或者接到电话就能"去一下就回"的人，每个都已经轮过班了，这张表就贴在她床边，万一她睁开眼，无须转头就能看见。

"你瞧，"我对她说，"我们始终有人陪在你身边……"

她叹了一口气，接着，突然大声喊了起来，音量大得惊人：

"这不是我要的。"

"啊？那你告诉我们！别不好意思！你想要什么？"

"治好病。"

姑息治疗一般来说要住院二十天（统计数据显示），而且病人没有自己走着离开医院的（事实如此）。四年来，妈妈对这些情况了如指掌；不过，"最终"，说到底，她还是希望治好病……病愈！我们无从回答。从那以后，尽管我们始终守在她身边，她依然很孤独。

九天了。痛苦和期待，反抗，谎言，沉默，以及好几个人的孤独。

索尼娅从利摩日来，现在又要返回利摩日。我帮她拿行李，一直把她送上火车，她步履艰难，她的关节问题越来越严重。很遗憾，因为她的"酒精问题"似乎正在得到解决。在我家，她只喝孔特雷克斯矿泉水，呼出的气息也没有咖啡味。

莉萨打扮得整整齐齐（万一妈妈看她呢？），不过，浓妆艳抹的她（除了眼线膏、睫毛膏，还抹了淡淡的胭脂）跟原来判若两人，模糊不清的脸部轮廓与妆粉分离开来。一切似乎都是脱节的。简直是安迪·沃霍尔[①]创作的一幅肖像画……

薇拉依旧每天早上来医院，下午的时光则在努瓦西勒格朗自己的小房间度过，她打算在本季度末用移动电话、手机和网络为那些在九月三十日"截账"的企业作结算：十二月十五日失去母亲是一种奢侈，没有哪个会计能为自己提供这样的享受……

---

① Andy Warhol(1928—1987)，二十世纪艺术界最有名的人物之一，波普艺术的倡导者和领袖，喜欢完全取消艺术创作的手工操作，经常直接将美钞、罐头盒、垃圾及名人照片一起贴在画布上，打破了高雅与通俗的界限。

爸爸坚持着。每天将近中午的时候他都来陪妈妈，不是坐在她身边，而是坐在离床头最远的一把扶手椅上。好像不愿挨着床。他怕什么呢？死亡？还是这个垂死的女人？“坐近点，”一天，薇拉小声跟他说，“她又不咬你！”不过，说句实话，最近几个月来，她确实在伤害他。在病房，他像个败兵似的，垂头丧气。而在外头，他过起了鳏夫的生活，动作十分麻利：在明星旅馆的洗脸池里洗袜子，把短衬裤晾在散热器上，将衬衫送到莫特-皮凯洗衣店洗……生活也很有规律：十二点到医院的自助餐厅吃午饭，喝完咖啡去玫瑰色病房，在扶手椅上打半小时盹，出去买报纸，回来坐到病人身边看报，五点左右离开医院。（踮着脚尖：“我走了，亲爱的，别动（多此一举！），明天早上见。”）他钻进地铁，回到旅馆，先冲个澡，然后看三台的新闻，等着莉萨带他去街角的餐馆吃晚饭。就在我们遭受沉重打击的时候，他依然保持着“老兵的镇静”——这是他最爱用的一个词组，与“不修边幅的小姑娘”在一起“笑得前仰后合”。海员的词汇。

我累了。妈妈还很年轻，不应该死，而我已经老了，连搀扶她的力气都没有。再过十个星期，我五十四岁。十年后我就退休了，第三年龄[1]，老年证。我算是个六十来岁的人了。“哦，你太夸张了，”莉萨说。我夸张？“要知道，莉萨，到了这个年龄，六年一转眼就过去了！等你到五十岁，你就明白了！下个月就到了，不是吗？”我早就不买细跟高跟鞋了，只穿方跟鞋，睡硬床，她难道不知道？我没有病却浑身不舒服，肩膀患有肩周炎并且伴有韧带钙化，已经无药可救，脊椎骨患有腰椎下沉，也治不好，髋部患有活动性骨关节炎，更没有办法。我像架机器卡住

① 退休年龄、老年的委婉说法。

了，破损不堪，我的身体抛弃了我，而我不曾背叛过它：我不喝酒，不抽烟，我给我的孩子哺乳，我每餐都吃水果，还有粗纤维蔬菜，我服用维生素C，我不在阳光下暴晒，并以步代车……见鬼！除了身体不适，我还耽误工作，总是完不成任务！投石党运动女顾问的通信集二月份出版，我连注释都没有看完，更不用说校样了。出版社负责制作的职员不耐烦了："二十二号您必须把校对稿给我们，萨洛夫女士。这是最后期限！"而后，出版社关门，全体工作人员出发度假两周，这是法国人的特权：补偿假日。

在澳大利亚，他们没有补偿假日，连"节日中暂停政治活动"①都没有，这对莉萨的事务不利："三个星期后我要去达尔文法院辩护。一桩要案。我的助手替不了我……"

妈妈顽强地同疾病抗争。医生给她插导尿管已经好几天了。床脚的一个塑料袋里现在装满了一种红色的像血一样的液体。昨天，我们根本没法喂她喝水，用吸管和注射器都不行，她再也吞咽不下任何东西。医生怀疑是肠梗阻，只是"怀疑"，还不敢确定，得做透视检查，而放射科在另一栋楼里。两栋楼之间没有走廊，也没有地下通道，因此，只能抬着一副担架在十二月份漫步于医院的花园中！"我们还是观察病情……"那就观察吧。"医生，如果确定是肠梗阻，那会怎样？肠梗阻会很痛苦吗？"当然。特别是由于无法施行任何手术，因为癌细胞……

"放心吧，"女医生对我们说，她就是那位常年去国外讲学的主任医生的助手，"请放心，我们会给她注射一种干燥剂。"一种能脱水的东西？可是，她的嘴干的连舌头都脱皮了，一滴水都进不去！体内也没有一滴

---

① 指在圣诞节和新年假期暂停政治、外交活动。

水，皮肤龟裂得像烤焦的肉皮！难道这就是这个有玫瑰色病房的医院推行的“无痛”死亡？

晚上，跟索尼娅通电话时，我甚至不敢把这个诊断（判决？）告诉她。我也没告诉爸爸，有我们三个姐妹来承受即将到来的痛苦折磨，这就够了。妈妈顽强抵抗。像抵抗纳粹德国的国防军那样。像抵抗盖世太保那样。她同三处癌症作斗争。她奋力抗争。托架支撑的被单下没有一丝动静，她静静地躺在水床垫上。偶尔能听见她深深地叹一口气，像牛喷鼻息。她的头脑很清醒。她小声呻吟着，声音越来越轻。她还能撑多久？我们不敢提这个问题。目前，医生给她灌肠。每天两次。碰运气。一位护士告诉莉萨，说医生增加了吗啡的剂量。只加了少许，因为病人的情况已经进入危急期。“危急”？我和两个儿子在医院，一位秘书走过来跟我们确认**家属代表**的姓名和电话，好在“必要时”通知他。

啊，又是**家属代表**！妈妈入院的第一天，我们在五楼办理住院手续，登记处就要求我们在家人中选定一个负责人，病人如有不测最先通知他。我对那个正在填表的年轻女子说我住的地方离医院只有一刻钟的路，当然是在巴黎，不过在城外大街，或者接近城外。“很好。告诉我您的电话……啊，不行，对不起。我发现我的小同事已经在下面写了一个**家属代表**的名字了。”谁？勒盖莱克先生？不可能（所有人都已经注意到，勒盖莱克先生在家没什么威信。他倒是也不想管那么多事）。所以肯定是女士。薇拉·勒盖莱克女士。

“她是我妹妹。她家在利摩日。她现在住在巴黎的一个朋友家里，位于东郊，需要一个半钟头才能来……因此遇到紧急情况……”

“那怎么办？改名字？这位女士也许会生气的，对吗？再说，第一个名字不是我写的，我必须征得护工的同意……”

行政部门总是把简单的问题复杂化！最后，我们商定由我说服薇拉。我认为这不过是个形式而已。

“薇拉，如果你愿意的话，我把你的电话号码换成我的。我步行十分钟就能赶到妈妈身边……”

“我也用不了很长时间。”

“努瓦西勒格朗，还是远哪！先坐地铁快线，再转普通地铁，需要一个半小时。至于开车，根本不可能，到处塞车……”

“白天塞车，是这样，晚上就不会了。夜里开车畅通无阻，如果夜里给我打电话，我二十分钟就能赶到，最多半小时。”

“不论白天还是夜里，对我来说都一样，一刻钟，不多不少。去的时候特别顺，全是下坡！”

“是的(沉默了许久)。不过，我还是希望能留下我的名字……”

我一下子清醒过来，我们根本没有必要为谁是**家属代表**而争吵！即便我妹妹对谁先到理解有误，她对感情的性质却把握得很准：她现在是妈妈的“亲人”，妈妈的监护人、奶妈，而我，不过是她的女儿……显然，姑息治疗中心对遭受不幸的家庭的管理了解得很到位，事后我对行政部门的谨慎做法佩服不已，于是我十分乐意地放弃了竞争，联系人还是薇拉。

今天我又向那个年轻秘书确定薇拉是我们的**家属代表**，然后我跟着她来到大厅填一张“不使用电视机”的单子。顺便退还电话保证金，因为病人已经拿不起电话筒了。我竟然十分乐意办理这些手续，原因是我可以趁机离开病房，瞧，行政部门也有好的……我问姑娘玫瑰色大厅里的一块布告栏是怎么回事，我这么问难道也是为了继续散心？我老早就发现大厅深处的墙上有一个软木支架，上面贴了二十来张身份照，对面的墙上还写着一些人的名字：埃洛迪，塞格莱纳，朱利安等。显然，都是些年轻人。

“他们是志愿探视者，”女秘书对我说。奇怪的是，我在这里溜达了十天，没遇见一个**志愿者**（该活动是某位有身份的人临终前一些人在日报的“民众”版面上发起的）。我甚至好像连一个笃信宗教、迷恋临终时刻的老太婆都没有看见……

“他们什么时候来？”姑娘笑了：“说实在的，我也不知道。我来这儿工作两年了，一个志愿者都没见着！再说，这些照片从来没有换过……”难道是风尚堕落了？再也找不到志愿者做这种徒劳无益的工作？如果志愿者来这里是因为看了媒体的报道，以为真有甜蜜的死亡，以为这个等死之地充满了欢笑，那他们的热情肯定会一落千丈！再说，或许他们会让那些垂死者感到拘束不安呢，因为他们并不想为一些不认识的人奉献什么……幻想破灭。

幸好薇拉是我们的**家属代表**！幸好我是个没用的人，“不明事理的玛丽”！而且我越是担心做不好就越出错。

笨手笨脚的我居然也有超常发挥的时候。妈妈没法喝水，我突然想到买一个喷雾罐，用依云矿泉水润湿她的嘴。这是个好主意，护士没有反对，因为至少还没有确诊妈妈得的是肠梗阻。始终紧闭双眼的妈妈现在张开了嘴，我只要事先跟她打个招呼，把喷雾器的套接管凑近她的下颌，就可以通过连续施压给她的嘴唇和口腔黏膜送去几小滴水，她的嘴唇和口腔黏膜干得都脱屑了，舌头布满了死皮。我把操作方法跟母亲解释了一遍，我轻轻抚摸着她对她说，好，注意，马上开始。我俯下身，装上套接管，小心翼翼地按压喷雾器……屋里立即水汽弥漫！喉咙和脸颊上都在淌水，睡裙的上半身被水淋得透湿！她咳了起来，嗓子像被什么堵住了似的直喘气，气急败坏地皱着眉头。于是，我试着用纸巾为她擦去多余的水，我看见她的嘴角露出轻蔑的微笑，意思是说她很了解我做事的风格……

我坐下，没有要求继续喷水。她很痛苦，时而还发出呻吟声。我坐在床边，不敢说话也不敢拉她的手：最好让她忘了我……不过，我还是想减轻她的痛苦，可是无论我怎么解释，医务人员都不愿提前给她注射镇痛剂，说药剂过量会“要了她的命”。很遗憾……姑息治疗科的人尊重生命！他们热爱生命，所以要让你尝尽生活的辛酸！

为了排解母亲的痛苦，让她高兴起来，我在她的上衣和手绢上喷了些科隆香水。她皱了皱眉头又耸耸肩，意思是我惹恼了她。于是，我主动要求替她打扇，自从她不能动弹以来，都是我们替她打扇，我们站在床边，伸直手臂举着扇子往她脸上扇风。以每秒十来次往返的速度计算，我们的手腕每分钟得动六百下。半个小时，手就抽筋了！看着儿子或外甥打扇，我想到了克利欧佩特拉[①]的奴隶手里摇动的羽毛苍蝇拍。我觉得，其实我们就是奴隶。一个死去的帝王的奴隶……

母亲没有拒绝我的建议（她只跟护士说话，而且都用单音节词），我便替她扇起扇子来。可是，没过一会儿，她就唉声叹气，意思是她受够了。正好我也累了！由于每天要打无数场扇子，我的肩周炎更厉害了……我已不是二十岁的人了！人们指望年纪大一些的人搀扶老人，指望残疾人背临死的人，这是对他们长寿的惩罚。我们四个人守在妈妈床边，这是属于城堡世袭领主的一个场景。可笑。滑稽。“让他们出去!”

---

① Cléopâtre(69BC—30BC)，埃及托勒密王朝末代女王，貌美，有权势欲，先为凯撒情妇，后与安东尼结婚，安东尼溃败后又欲勾引屋大维，未遂，以毒蛇自杀。

薇 拉

可是她的姐姐和妹妹，她们是怎么想的？认为姑息疗法中心施行安乐死吗？她们的母亲会在两个精神恍惚的**陪护者**身边安然"入睡"吗？都是笨蛋！而她，薇拉，从一开始她就很清楚不应该去医院，医生的态度不可捉摸，护士思想正统，而且还应当避开讨厌的第三者如护工、保姆，他们爱过问别人的私事，饶舌，喜欢打小报告。死亡这种事只能在家里解决。就像对米沙那样。

她的姐妹们不知道这点，不过，对米沙，她们的母亲是敢作敢当的：为了不让米沙受苦，她做了必须做的事。长期卧床，他可受不了；他不怕死，但他不知道如何同疾病作斗争。幸运的是，她们的母亲以前当过护士，在"医学界"有几个熟人；大约一年前，她知道自己的父亲得了不治之症；她一点一点积累，终于攒够了他需要的吗啡的剂量，他求她把他背到屋外让他在雪中快些死去，她们的母亲就亲自给他注射了药剂，他陷入了昏迷状态；几小时后，他停止了呼吸。"你会为我做同样的事情，对吗，薇拉？你要向我发誓！"薇拉发了誓。

不同的是，她是审计员。不会静脉注射，不会插导尿管，也不会输液。至于“药物”，只能去附近的药店……她东奔西跑，忙了几个月却一无所获！她什么人都找过：朋友的朋友，信誉有保证的实验室，专业协会……所有人都反驳她说，既然这位夫人还有意识，她应该亲自跟她的医生“谈这件事”。好像她母亲只有一个医生！她半年就换一个！至于路易-巴斯德医院的那个伪君子，姑息治疗科主任，他的病人只在杂志上见过他的照片！不过，薇拉在捍卫阿富汗妇女权益的斗争中结识了一个女友，她的男友致力于为无行为能力者争取利益，表现得善解人意；对于施行安乐死，只需出示病人写的一封信即可；但此信必须经过公证证明是病人亲手所写：在文明国家，这叫作“生命遗嘱”。不幸的是，她们的母亲已经写不了字，连名都签不了……

念念不忘其诺言的薇拉被母亲的缄默压得喘不过气来，继续敲大家的门，卡蒂娅则直率地说：“我累了，我们还是在妈妈身边安排一个人吧。”接着，她跟莉萨打电话，对母亲的状况作了一番悲观的描述，怂恿她从悉尼给薇拉打电话，说母亲住在家里，不但褥疮得不到控制，病痛也无法减轻；莉萨说服了薇拉。薇拉头一次感到自己“寡不敌众”。更糟糕的是，她的姐妹们还派她说服母亲带上行李坐救护车去巴黎，因为她是母亲最信任的人。带着这份信任，薇拉跟母亲撒了个谎，像母亲骗孩子那样：“时间不长。就住几天。你会感觉好一些。应该是这样。”“既然你这么说……”母亲悄声说。

她知道我欺骗她了吗？在路易-巴斯德医院，当我们把她从手推车转移到床上的时候，她叹息道：“困难还远远没有解决呢！”卡蒂娅认为这句话（这是几个月以来，她说的最长的一句话）的意思是："治病可不是一朝一夕的事，我担心这点。""很显然，"卡蒂娅又说："她是带着康复的希望进医院的！她不想死！一直不想死！她……她不顾一切地想活下去！"索尼娅一本正经地总结说："妈妈觉得自己受到了不公正的对待。"

薇拉则不这样理解；对她来说，"困难还远远没有解决！"这句话的意思是："你把我带到这里，其实是在延缓我的死亡，你食言了，你背叛了我……"薇拉很清楚，她们的母亲想结束这一切，这不只是一种说话方式，因为她以前亲自实施过安乐死。

昨晚在电话里，索尼娅(她还不知道病人的病情在恶化，干燥剂产生的恶果)试图为自己半个月前支持卡蒂娅的行为辩解：

"听着，薇拉，这里的医务人员看上去很和蔼。尽管有时不耐烦，但总体上还是热心助人的。我敢说，如果妈妈病情加剧，并且确实疼痛难忍的话，他们会……"

"别这么**自信**！你想想：在一个专门接收垂死者的地方，如果人们可以请求护理人员尽早结束病人的生命，就得去屠宰场招募医护人员！那将是一个接一个地死！没有一个护士能坚持一个月！"

所以在路易-巴斯德医院，没有人拿吗啡当儿戏。尽管如此，仍然会对死亡做些"小小的调整"。规则是不输液，只用嘴吸取营养，而且必须病人提出要求才给食；可以这么说：让病人饿死，饿得筋疲力尽，连电铃都按不动。不过，这还不错，因为饿死还算是甜蜜的。然而渴死……她们的母亲将要渴死。

流通资产，投资保证金，储备金，二加二等于四，四加四等于八，再结转金额，损益账……破产呈报！薇拉·勒盖莱克的资产负债表，到此为止吧！不能再增加了，薇拉·勒盖莱克，既不分摊也不过账。结算吧，哭吧，薇拉·勒盖莱克。她想结清所有账目。

"你真幸运，"一天，索尼娅对她说："你可以'分身'……"哈哈，这个姐姐，总爱用她的精神分析法术语！不过，说得对，应该说薇拉有分身术。可以这么说。一边是工作，一边是小孩。既有爱好体育的男友，又有民间社团的活动分子为伴。有婚姻，也有私情。奔波于利摩日和沙托鲁之间。先去利摩日，再去维耶尔宗。然后再去沙托鲁。她到处分身。如今她再也不能过这种生活了，她十分恼火。她的母亲躺在病床上，被托被子的架子卡住丝毫不能动弹！她只好闭口不作声！社会习俗的奴隶！既然我们的部长们都认为**姑息疗法**十全十美，公民当然应该装作……没有人敢揭露它的虚伪，说皇帝实际上没有穿衣服，说这些关怀对于临终者来说如同对产妇施行无痛分娩：说白了，就是往木头腿上放烙铁，无济于事！病人觉得愚蠢且不说（既然他们不"应该"痛苦），我们还要求他们作出好榜样：不喊叫，不落泪，正在给你们拍电影……死亡和分娩一样，必须尊重自然，以便讨伪君子的欢喜，而且必须静悄悄地死去，免得冷酷无情的人内心不安。

虚伪透了！薇拉真想参加一期电视访谈节目，咬出他们的同党，对那些"医学院教授"说："既然'无痛分娩'如你们所说的那样好，为什么准妈妈们都喜欢硬膜外麻醉而排斥节制呼吸呢？为什么？你们这群伪君子！对于未来的死亡者来说，什么时候抑制神经活动的鸡尾酒能胜过花言巧语？"

无论怎样，她将战斗。加入"有尊严地死亡"组织。动员全家人参加。给众议员写信。散发传单。在国民议会门前示威。烦死那些坏蛋，那些伪善的人，那些……她大喊了一声，因为电话铃响了！“啊，是你吗，我的心肝？你不知道我多害怕！我心惊肉跳：神经太紧张了……亲爱的，我想你……我本想做完马丁事务所最后一个年度结算，可怎么也集中不了思想……很难，真的……我母亲现在的状态很不好！我知道，宝贝，我知道，我相信她要是认识你，也会喜欢你的……啊，哪儿的话！我母亲思想很开放，一点都不像外省的傻姑娘！而且，我觉得她猜到了什么，是的，为你……从她跟我谈话的方式，说到维耶尔宗时，她摆出似笑非笑的表情，还话中有话……我常想，她与路易丝是否也……这个与我心有灵犀的妈妈，我真的很想她，但愿你知道这点！我已经十分想念她了。对你也一样，我想你，亲爱的……啊，不，被你说中了，澳大利亚姑娘近况不太好，不能……更确切地说是我支持她……我不知道，我们几乎没有时间说话，我俩很少单独见面……我也一样，我也一样，亲爱的。你知道我远离你的时候最想你什么吗？……不，不是你的爱抚，尽管……你猜……是你的**女人味！**”

16.

我们的母亲是个地地道道的克勒兹人，对宗教问题没什么兴趣；但她既不是个反教权者，也不是个公开的无神论者。她以前信奉祖宗，只在诸神瞻礼节和六月份外孙们毕业会考的时候向祖先祈祷；她点燃教堂里的所有大蜡烛，对父母的亡灵说："如果你们真的在天上，务必要利用各方面的关系帮助家里最小的孩子，他数学成绩很差。"

也许她现在愿意拜访一位神甫？可她没有提这个要求；我也不能提醒她，因为莉萨和薇拉不会原谅我的。不过，大人跟孩子一样，当他们得不到任何人的关怀时，就特别需要哄骗，甚至被幻想所欺骗。

"不信神"的垂死者，"没有希望"的临终者，他们直接走进了墙里。墙就矗立在那里，离床脚一米高的地方。在路易-巴斯德医院，我亲眼看见妈妈疾步消失在墙里，速度越来越快，我想帮她，但踩不到刹车，要不就是转动不了方向盘：原来我不在她的车上……

这些豪华的等死的地方建造在公园里，种有树木和花草，为什么还要在里面布置床位？还让床对着墙壁？对于一个连转头的力气都没有的人，人们居然还要设立障碍防止他逃跑。

我死的时候，我希望人们对我说我的眼前没有墙；只有一个幻影，那是一片云的倒影，一块轻柔的幔帘。我希望人们肯定地告诉我，说我的灵魂和肉体不会撞在水泥板上变得粉碎，说我会翻越高墙并且在走的时候感到一阵凉风轻抚我的脸。你们要向我保证，说另一边有另一番风景。请把我的床正对着窗子。

五楼的这张床，如果我躺在上面，妈妈肯定不会撇下我。她绝不会丢下自己的孩子不管，也不会抛弃垂死的人。她会一直待在那儿，守在我身边。圣母痛苦经。她会抚摸我的额头，吻我的嘴唇；她会轻轻拿起我的手；于是我不再害怕。只要妈妈在，我什么都不怕。

妈妈对我做的这一切，我为什么就不能为她做呢？"为什么？"因为我从来没有像个母亲那样对待过母亲！把我的保护人裹在襁褓中，把我的监护人放在摇篮里摇：这等于让河水倒流！这是个疲惫不堪像新生儿一样娇弱的女人，我愿一辈子做她的孩子。

在克莱拉克的时候，当我扶着母亲穿过走廊时，当我推着她或者拉着她上楼梯时，当我把她从一把椅子抱到另一把椅子上时，当我像给布娃娃穿衣服那样给她穿衣服时，当我帮她刷牙，安排她就寝时，我无数次地想起《圣经》里的这句话："总有一天别人会给你系上腰带，带你去你不愿去的地方。"最近，面对矗立在她床边的那堵墙，我又听见了《圣经》里的一句诗："他们一直走到河边，惊呆了。"我们陪她一直走到河边；我们停下脚步，她却独自一人继续往前走。

前天，十二月二十四日，由于三天没有喝水，妈妈便向两个护士要圣水喝，她们把这事告诉了我。可是一个护士说妈妈要的是“卢尔德水①”，另一个却说是“圣水”。母亲到底说的是什么呢？

如果她说“卢尔德水”，这就是说她还希望治好自己的病；她猜想必定会出现某个奇迹（三处癌，一处梗塞，治愈的几率可想而知！），为了实现这个奇迹，她希望所有的幸运都集中到自己的身上。“你有什么愿望？”“治好我的病！”在临终病室住了十二天，她的情绪一点没变：活着，别无他求。

如果相反，她说的是“圣水”，这就是说她的想法改变了，从此不再祈求病愈，而是寻找安慰。看见一堵高墙耸立在自己的床对面，而且越来越近，她真想攒足劲一下子把它摧毁，让它化为灰烬，于是她喊道：“圣水。”

我派人通知医院的神甫。他忙得不可开交，那时正值圣诞节，是吹奏双簧管和风笛的时候；不过第二天一大早他就过来了。可还是太晚了：妈妈已进入半昏迷状态，直到下午才苏醒过来，而且只清醒了几个小时。就在她失去知觉的时候，我往她身上洒圣水，像前一天晚上我给她喷科隆香水那样，她喜欢这种略带马德拉酒味道的甜味**薰衣草-铃兰香水**。神甫请我说一句祝福的话。我说了一句话，我说万福马利亚。我爱马利亚。我知道怎么看待她的历史真实性，甚至她那令人赞叹的成就；但我依然爱她。

神甫建议诵《天主经》。我拒绝了。我做不到。还需要花很多钱呢。尤其是在目前的状况下。“你为什么抛弃了我？”十字架旁边没有

① 法国南部的卢尔德被认为是神奇之地，不仅有天主教最大的教堂——卢尔德圣母堂，据说那里的泉水有神奇的功效，能治病，吸引着全世界的绝症患者。

圣父。他不在天上也不在人间。母亲却站在那儿，紧挨着十字架，痛苦不堪，束手无策。我又说了一遍万福马利亚。

“为什么人死要受这么多罪？”莉萨向我提出这个问题；这有点类似哲学上的一个命题。她的眼神带着少年时的忧伤，十六岁那年，她不再是母亲最“宠爱的人”；我不知道她和母亲之间究竟发生了什么，可是，在好几年里，她的地位下降，被薇拉取而代之。于是，每到做作业和考试的时候，她不再征求薇拉的意见，而是问索尼娅，如果索尼娅帮不上忙，她便来问我。“卡蒂娅，为什么人临死还要受那么多罪？”

我试图用别人教我的方法从两个方面来回答她的问题。首先，肉体痛苦是保存生命必不可少的过程，它警告你身体出了问题，最典型的例子是不怕烫的人皮肤烧焦了都不知道。换句话说（这是第二点），如果母亲失去了这种保护功能，她就不会感到痛苦了。所以说，她还不到非死不可的时候……我们的谈话到此为止。接下来是一阵沉默，每个人都在思考：一个有才能的造物主不会在他的作品中加进任何有用的或美好的东西；如果你一定认为有个喜欢恶作剧的造物主会出于好玩给大自然增加一些多余的东西，如几个马头鱼尾的怪兽，两三种有刺茎的菊科植物，一种肉食花，而且还沾沾自喜以至于突发奇想并“出于好玩”往人间加一些痛苦，那他就谈不上是一个令人尊敬的造物主……那个“万能的、无限善良”的上帝不能或者不愿让其创造的万物“善终”，我们又能拿他怎么办呢？人类对自家的狗都不至于如此！所以，不需要《天主经》，没什么好后悔的。

突然，我的眼前一亮：上帝并不存在；这景象很美。我甚至对母亲要圣水这点表示怀疑。她太渴了！三天没喝水。她应该这样乞求：

"水,我要喝水。"而那些年轻护士没有本事又极想行动,便听成了"卢尔德水"或类似的东西。姑息疗法科的所有护理人员都信教。他们不一定都是伊斯兰教徒、犹太教徒、佛教或基督教教徒……这里,连最不信教的人都需要一种信仰:他们在"心理上"成了笃信宗教的人。年轻护士对我说我妈妈要圣水,那是因为她们宁愿相信妈妈还期待家人为她做点什么,她不能白白受这么长时间的罪。如果她们能让我接受尽快结束母亲生命的方法,她们就会觉得她的期待不是徒劳的。这些护士可能是天主教徒,因为在她们的脑海里,圣水与几天前一位持无神论的女大夫跟我谈的**离世许可证**应该是成双成对的两样东西。而**离世许可证**本身只与**放弃**相对称,根据**放弃**信条,垂死的人可选择其死亡的时间。如果相信这些像庞戈洛斯①一样过分乐观的医生说的话,除非你不想活,否则就不会死,真是个好消息。世界构造得完美无缺,不是吗?可惜的是,冷静的观察所引出的真理竟然更平凡更残酷:你一直要熬到活不下去的时候才死。妈妈能熬。圣水和离世许可证又怎样,反正她能活下去。

从昨天起,她又陷入了昏迷状态。非常安静,像是在沉睡。接着是一阵突然的情绪爆发,没有任何预兆,她的焦虑症发作了,头不停地在枕头上转来转去,皱着眉,这段危机过后我们觉得她轻松了许多。屋里人很多,女儿和外孙都来了,大家围坐在她的身边。爸爸坐在扶手椅上哭。他真的哭了,这出乎我们的意料。只有薇拉站在床边,她忙个不停:给妈妈擦脸,按摩她的胳膊,滋润她的嘴唇,给她打扇,往她身上洒

① 伏尔泰的讽刺作品《老实人》里的哲学家,此人认为世上一切都将臻于至善。

香水，帮她掖被子，忙完这些又干别的，给她抹精油，换 Mixa 尿不湿……索尼娅坐在我旁边，低声悄悄对我说："她什么时候才能让妈妈安静一些呢？"

六年里，我们对妈妈讲了我们所知道的世上所有爱的语言。她也很早就"做好了准备"，道出了最后的叮嘱。医院里的人老是催我们快点走，我和莉萨只好向她告别。为了让她放心，我向她保证我们会好好活着，我还跟她讲起了她深爱着的那些已故者：她的父亲，路易丝；我对她说，他们就在离她不远的地方，急于见到她，我甚至还试着提到了"善良的上帝"。我的话很有说服力，因为我相信……结果呢？她同死亡作了五十个小时的搏斗，能听见像洗脸池堵塞和洗涤槽排水不畅发出的声音：每呼吸一次，喉管都发出一阵汩汩的声响，类似于水从檐槽喷口流出时发出的沉浊的声音，难听极了，没完没了。

她已无所期待，因为我们已经没有什么可以给她了，然而她活着。五天没喝一滴水，依然活着。她还活着，因为她的心肌没有"妥协"：这就是真理！

妈妈将死于肠梗阻。据医生说，她身上的癌细胞在这个部位迅猛扩散。不过，这只是他们的猜想，因为没有类似的设备，无法证实这点。

对于最后这个"并发症"的起因，索尼娅有她的想法，跟医生的截然不同。她认为，妈妈将死于肠梗阻是因为她太爱干净了。

刚到路易-巴斯德医院的时候，母亲还保持着这一习惯：要我们扶她起床上厕所。这越来越困难，但是如果我们两三个人一起帮忙的话，总能成功。

当我们看见医院的玫瑰色房间中那间"康乃馨"病房时（所有房间

都以花儿命名），我们高兴极了，屋里有个两用卫生间，很宽敞，进出方便，还配有一个专用便桶；让妈妈在这里如厕应该不是件难事。但我们错了。只试了一次，护工就宣布：根本没法让病人走路，没法让她“屈腿”坐下，没法让她在“事后”站起来；总之，没有办法按要求完成这个任务。她身上长了许多褥疮，既不能让她坐便盆又不能给她垫尿布，他们只好请她“放任自流”：“喂，夫人，您听好了。如果您想方便的话，别不好意思！床单下有个垫子，我们采取了必要措施，您就放心吧！不需要叫我们，很简单，您就直接解在床上吧！”

妈妈爱干净，甚至有洁癖。她被收进巴斯德医院的时候，几乎失去了自控能力，但她还控制着自己的排泄机能，她拼命“忍着”。入院三天，她一直没有小便，“他们”便给她插了一根探条。可是，她还能活多久，我们无法探测，不是吗？日子一天天过去……

毁灭她的不是癌症，而是她对生命的依恋，她顽强的毅力，以及对狂欢节戴假面具的人的憎恨。

妈妈不会像医生断言的或索尼娅认为的那样死于肠梗阻。“她将渴死，”薇拉对我说。没错，在实施姑息疗法的过程中，即使病人再也喝不进一滴水，医生也绝不会用其他方法给他们补水。更糟糕的是，为了让妈妈不再受所谓的肠梗阻之苦，他们继续给她注射一种使其黏膜干燥的药品，可能是一种“血管收缩剂”，因为她的嘴感到灼痛，也可能是一种干燥剂，因为她的嘴唇都干裂了。“瞧，卡蒂娅，她的皮肤像羊皮纸一样干瘪，皱巴巴的！他们把她变成了一具活的木乃伊！”

17.

昨晚，十二月二十七日，妈妈死了。不是索尼娅预测的死于肠梗阻，也不是薇拉说的活活渴死：当路易-巴斯德医院的医护人员终于能实施“必要手段”的时候，她死了。

我们待在医院的时间太久了。医护人员只能在夜里单独跟她在一起，巴黎来的人半夜才离开，住在郊区的人早上七点就下了火车。妈妈进入昏迷状态的时候，那机械的、嘶哑的喘气声极响，在电梯里就能听到，期间，只有见习生——苦路[①]的初学修女值夜班。直到昏迷的第三天晚上，一个有十年工作经验的护士才来接班。两小时后，她打电话给我们的**家属代表**，说妈妈“安详”地死了，全体医护人员都在场……

啊，你们这些待在等死之地的可怜的士兵！介于法律的虚伪和家庭的不现实态度之间。注定要偷偷摸摸地行事，在两次探视之间，在两扇门之间。

---

① 来自拉丁文，意为悲哀之路，亦被称为“十字路”，指耶稣被犹大出卖后，在被害前忍受屈辱，肩扛十字架，从罗马总督府第前往各各他刑场所走过的那段路。

动词“死”缺乏时态。对垂死的各阶段没法进行时态变位，孩子们没法正确地使用它，能说妈妈“垂死了”很久吗？……现在，她死了——用的是完成时态，表达的却是稳定状态。

莉 萨

莉萨很清楚病人是怎么死的。不是肠梗阻。也不是干渴。更不是吗啡使用过量。她三个姐姐都搞错了。她们的母亲死了，因为她的女儿们没法替她走路、吃饭、呼吸。

“为妈妈”呼吸，莉萨倒是很乐意。把心脏和呼吸都给她。因为她的母亲热爱生命，爱到疯狂，而莉萨则不像她那么依恋生命……再说，最小的女儿通常都认为自己的身体不属于自己；只有母亲能评判这个人的身体哪儿好，哪儿漂亮。“妈妈，你要我的肺，你要我的肝吗？都拿去吧。”母亲充满活力，激情奔放，真应当把莉萨年轻的身体移植到她身上。况且母亲已经把她三个姐姐的部分身体说成是自己的了：比如薇拉的头发，索尼娅的子宫，更确切地说是这个年轻的子宫制造的产品——法布里斯。

那时，莉萨还住在“家里”，她亲眼目睹了活蹦乱跳的外祖母是怎么把第一个外孙据为己有的。当然，索尼娅没有能力抚养他，至少一开始是这样。可是后来她参加了职业培训班，找到一份工作，租了个单间套房并且改邪归正了（暂时地），母亲却列举了无数理由不把孩子给她，诸如他会复发耳炎，肠胃虚弱需要悉心照顾，依恋奶奶索朗日，和穆吉科还有米沙的西班牙种猎犬特别合得来，离不开新鲜空气和大树，喜欢兔棚、花园尽头的小木屋、克莱拉克的幼儿园，跟小班的老师相处得很好，在基础班成绩优异。最后，卡蒂娅和薇拉也找出了理由，说他喜欢表兄，回去以后可以经常跟他们玩："你总不愿让他失去这样的机会吧？对于独生子来说，没有什么比表兄更重要的了！"

直到法布里斯上中学，巴布才放手。因为克莱拉克没有中学。再说，善良的外祖母还要照顾家里其他几个孩子，感到有些体力不支……索尼娅于是把一个即将进入青春期的儿子领回了家，她还从未跟他一起生活过。在一起生活不是件容易的事，特别是法布里斯总怀念外祖母并且很快就找到理由不尊重他的母亲。"你明白吗？要是我早点把他领回家，"一天，索尼娅对妹妹说，"要是他刚生下我就带他回家，我的生活会检点一些，从而得到他的尊敬。我爱他，你知道，我爱我的小苹果。为了他，我不会胡来的！我敢肯定。差不多可以这么说……"

中学毕业会考刚结束，法布里斯就搬出了家。他受到外祖母的资助，尽管他已不再是她最宠爱的外孙。如今，他是个本分的老实人。获得许多文凭。不善言谈。独身。养了些金鱼。住在洛桑。他的爱好？集邮。他还爱整洁。

"我没有尽到母亲的责任，没有亲自照顾他，"索尼娅又说，"也许是因为……因为你的缘故。"

"啊，不！我可不愿把世界上的所有罪过都归咎于自己！"

"别生气！你没有任何责任，我说的是我的'罪过'。那时，当我得知你遇到未婚先孕的麻烦时，我就想，是我给你树立了坏榜样。后来,我到处打听谁能帮你做流产……唉,我不想欺骗我自己,是法布里斯的出生导致了你的不育。你是在为我的过失遭罪啊……”

“太夸张了吧?”

索尼娅从大杂物柜里拿出孔特雷克斯矿泉水,她需要喝酒壮胆,哪怕喝点水也好,这样她解释的时候就不会结结巴巴了。当然,现在她只喝水。尤其当她拿出孔特雷克斯矿泉水的时候。如果她拿着该死的酒瓶跌跌撞撞地到处走,别人一碰杯她就喝,这就是说她需要**打开屏风**……谨小慎微的索尼娅一定又“半途而废”了;几个月“喝”几个月“戒”的状态已经有些时日了。

她俩什么时候又谈起那些伤心事的?就在她们的母亲做第二次手术的时候。莉萨重温了当时的情景,一幅与她们严肃的话题非常协调的情景:维勒瑞弗的居斯塔夫-鲁西咖啡馆,里面有几个米色弗米加独脚小圆桌,几把金属椅子,一些身穿睡衣的病人来到那里,有的正在输液,有的身上还裹着纱布,还有一些心情沉重的家属……她们要两杯俄罗斯茶。“对不起,我们没有。”“那就来两杯卡普契诺咖啡。”“也没有。”“嗯,随便来点什么。”

索尼娅拿着孔特雷克斯细颈瓶喝起来:

“莉萨,那是七一年,你遇到了大麻烦……”

“大麻烦,这个词用得准确,一个四个月大的胎儿……”

“那时妈妈的怀里抱着刚出生的法布里斯,你说是个礼物,这不,马上又来一个!她一定想到这种麻烦事会没个完。再说你那时还不到十六岁!”

“十六岁半……”

"她怕别人说闲话……"

"她不是这种人!"

"她怕爸爸知道后生气:啊,向'女教育家'、'模范母亲'脱帽致敬!善良的海员为了养家糊口在外做苦工,妻子却连女儿都没管好!可怜的妈妈!她多想生男孩啊!再说,你拿什么钱养育这个小孩?父母又不是百万富翁,妈妈是个节俭的人,她精打细算地过日子。总之,当时……你换位思考一下。"

"我能理解,她也是为我着想。"

"莉萨,我的小猫,事情确实变得很糟糕,不过,她也是不得已才……"

"不得已,索尼娅,人人都觉得自己有理。甚至包括你。"

索尼娅脸红了。接着,在孔特雷克斯矿泉水的作用下,她鼓起勇气以温和的语调反驳莉萨:

"你的手怎么了?你要剥自己的皮吗?你……你都这么大了,就不能不咬指甲吗?"

莉萨看了看自己浮肿的指头,淡红色的伤痕,第一排手指节上的一个个小伤疤:

"没那么严重!我很注意健康……跟你一样。"

里夏尔-若纳律师,优雅端庄的莉萨·里夏尔-若纳总是戴着手套在法庭上辩护。这与众不同的装扮使她在墨尔本和悉尼的媒体上频繁亮相。五十人坐在审讯大厅里听一个律师辩护,五百万人能从电视上看到她:她立刻成了众所周知的人物。从那以后,她蹬着四轮或三轮旱冰鞋来法院,如果对方是男人,她就把头发盘成发髻,如果对方是女的,她就剃成光头。里夏尔-若纳律师喜欢穿黑衣服，戴白手套。里夏尔-若纳律师总是把她的神经官能症隐藏在律师的衣袖里。

她们的母亲逝世前四年，那天，在癌症患者经常光顾的那个酒吧里，勒盖莱克家的“两个小女儿”撇开“双胞胎”的尴尬，推心置腹地谈了起来。那个年代，尽管离现在不太遥远，但流产是被禁止的，母亲、女儿、医生都可能因此被关进监狱，避孕得到法律允许也是不久前的事，年龄必须在**二十一岁以上**。

她们谈论那个时代就像她们的外祖父讲战壕里的故事一样用词含蓄，因为对于有亲身经历的人来说听半句就明白了，如果你不曾经历那个时代，讲再多也无济于事。

七一年，只有路易丝和年轻的妈妈索尼娅知道这个秘密，路易丝是妈妈忠诚的朋友、密谋者。她们几乎没有征求莉萨的意见，认为她是个“小骗子”，“善于伪装的人”，为此她一下子受到母亲的冷落。路易丝好不容易在布尔日找到一个“手术医生”，将此事迅速解决了。两个女人和一个女孩消失了两天。说迅速解决，实际跟屠宰差不多，因为已经四个月了……回到克莱拉克后，莉萨受了不少折磨，但没有一句怨言，起先她感到自己犯了错误，试图不惜一切代价挽回形象，重获妈妈的爱。后来便牢骚满腹，妈妈简直受不了。“孩子们，想想特鲁瑟医院，想想那些躺在白床单上的白血病患儿……”后来，莉萨出现腹膜炎的症状，利摩日的一家诊所接收了她，及时为她采取了救治措施。令医生们意想不到的是，他们居然成功地制止了败血症。外科医生没有对任何人说出实情。妈妈一直以为她只是患了**阑尾炎，急性发作时进行了手术并在起初有腹膜炎的症状**：“真幸运啊，孩子们，现在有抗菌素了，二十年前，那个该死的阑尾炎差点夺走了我们莉萨的命。这一切都是因为一小块没有用的肉引起的，一块多余的肉，反正阑尾也没什么用途！啊，她真不走运，我可怜的孩子……”

维勒瑞弗。索尼娅剥了一颗糖放进嘴里，把糖纸放在手里搓，她一边嘎吱嘎吱地嚼糖一边替母亲打抱不平：“她以为会失去你……她实在太害怕了！在诊所，她寸步不离，日夜守在你身边。”莉萨记得确实有这么回事，她听见母亲说：“出现了并发症，我的宝贝。不过别担心，宝贝，不严重……”“在克莱拉克，”索尼娅接着说，“是外婆帮我照看法布里斯。你一定不记得，你当时已经头脑不清楚了，妈妈挨着你睡在扶手椅上，整整半个月她没有离开过你！如果牺牲自己能救你的命，她肯定会这么做的。也确实是她救了你，你知道，是她诊断出你得了腹膜炎，你并没有叫痛！你高烧四十一度，肚子里灌满了脓，却一声不吭……不管怎么说，有一个护士妈妈还是很有用的！”

她们又要了两杯咖啡。

索尼娅真想对妹妹说，人到五十，有没有孩子没什么区别。法布里斯一个月只给她打一次电话，并且是在周日固定的时间打，每年八月他来利摩日只住三四天，还不睡在家里，因为他不喜欢噼噼啪啪的声音。他住到省政府附近的一个小旅馆里。他带她出去吃晚饭，他的收入还不错。他不跳舞，不抽烟，没有发胖，他也不喝酒，不看书。母子俩没什么共同语言，只好谈表兄或者巴布什卡。

她又喝了一大口孔特雷克斯矿泉水，点燃了一支烟。“这里不许抽烟，”莉萨指指牌子提醒她道。“你没有必要在一楼得肺癌，然后去六楼治病……”索尼娅想找个烟灰缸，没找到。她用脚踩灭了烟。她们把咖啡喝了。然后,姐姐又剥起糖来,把糖纸搓成一个个小团,没有说话。她默默地搓着纸团,灰色的、硬邦邦的小纸团。

莉萨真想把自己的秘密告诉姐姐:如果三十三年前她生下了这个孩子,她会找一个岛住下。为他。当然,她成不了律师,也遇不到威廉,那又怎样！她会去冰岛。冰岛只有三十万人,有的是空间。何况宝宝在母亲的怀里,居住在那片土地上脚却不用落地,他可以骑在动物身上,对于外界,他只需要一点氧气,而且他不会抢冰岛人的氧气,因为母亲和孩子打算去外海(住得宽绰一些),在露出海面的一块岩礁上定居,比如苏杜尔兰地区南边的韦斯特曼纳群岛上。对法国人来说,这个岛的名字就是个迷宫,别人怎么能找到他们？莉萨要把儿子藏在这个岛上,这一小片土地上,他们的后代将居住在那儿,过孤独隐秘的生活,世世代代延续**一百多万年**……

索尼娅真想问莉萨为什么如此珍视这个孩子:“你……你以前很爱他父亲吗?”但她不敢。如果她提这个问题,大家都会认为她是想说:“你知道他的名字吗?”而且,因为法布里斯的缘故,她们会当面耻笑她。

莉萨真想对索尼娅说,她与孩子的父亲不存在感情问题,她只希望感受到她也有个与她分离却属于她的肉体,一个她可以赠与或拒绝的肉体。不再做妈妈的玩偶,不再做她的美人,她的代言人,她的亲骨肉。她的“附属品”……然而,莉萨的新肉体也被妈妈夺走了,她把他从肚子里掏出来,对他施行暴力,擅自毁伤他的肢体。莉萨的所有肢体都属于妈妈。大陆吞噬岛屿。

索尼娅没有对莉萨说,她们的母亲从未停止过补偿女儿受到的伤害:今天她之所以在维勒瑞弗做第二次手术——尽管最初的诊断判定她离死神已不远——这是因为他对利摩日诊所无比信赖,因为那儿的医生无可指责地挽救了莉萨的生命。母亲生病的头十八个月里,她拒绝去其他医院会诊。无法忘却自己的错误和痛苦,还有以前当她起死回生产生短暂的欣慰现象时所感到的类似宽恕的东西。

居斯塔夫-鲁西咖啡馆里,她们的母亲做第二次手术的那天,两姐妹的思想默默地交错而过,就像游乐场里穿越魔洞的小火车那样,而且渐渐疏远,悄无声息地…… 突然,莉萨拿出一包香烟。"你刚才不是跟我说不能吸烟吗!"姐姐说。"是啊,可我忍不住了,管他妈的!"她还是个严守法规的人呢!似乎是为了辩解,她接着说:"你知道,妈妈曾对我施加压力,说……她说如果我不让她走(她的嗓子哽咽住了,她不想让我看见她眼里的泪水,便抬头看天花板,凝望着向屋顶袅袅升腾的香烟的烟雾)……她说她就不再爱我了……而且还要把我赶出……她向我……向我指了指大门……唉(莉萨突然把眼睛转向索尼娅,两双眼睛不期而遇),可这是法律不允许的!一个小前提,你想想吧!还有赡养义务呢,她怎么解释赡养义务?她的威胁是站不住脚的!从法律的观点看,这是没有道理的,她没有权利,你懂吗?"

索尼娅对她突然死抠起法律条文来感到不解,言辞如此激烈,并且毫无理由!她翻遍了布提包,终于在孔特雷克斯矿泉水瓶子下面找出一个金黄色的小药瓶,她从不忘带在身上:"唉,我也忍不住了……管他妈的!"说完,她喝了一大口苏格兰威士忌:"再来一杯德国鬼子没有的!"

路易-巴斯德医院的大厅比居斯塔夫-鲁西咖啡馆的大厅漂亮，莉萨在大厅得知她看不到母亲的遗体，遗体已经被送到"梯形教室"，怎么，送到太平间了！"我们的人过了中午才能处理这些事。我们人手少……不过您可以晚上来。注意，该部门十八点差一刻关门……啊，今晚时间太紧了。明天上午来吧。九点半开门。"

莉萨松了口气。早上侄子拉斐尔给她打电话，亲切地说昨晚巴布什卡死的时候很美，"神情安详"，可以说"容光焕发"，即便如此，她还是想再等一会……

她有一整天的时间可以支配。卡蒂娅负责巴黎的所有应酬；索尼娅从利摩日去索里埃尔看母亲家的墓室；明天，入殓后，薇拉要开车把住在明星旅馆的所有客人送走。

有一天的空闲……她决定先理发。然后她要去为自己买一件黑雨衣参加葬礼：真傻，她在悉尼整理行装时，就没有想到带黑衣服。格勒内勒大街，一家电影院在放映伯格曼①的生平回顾，她决定看下午六点的那场。伯格曼，适合哀伤的心情，不是吗？反正不是快乐的。然后，她带父亲出去吃晚饭，去一家真正的餐馆，让他改变观念。去吃"海鲜"名菜，这是布列塔尼船长的嗜好。可以说，在克莱拉克，他的这一爱好没有得到满足！他们准备十一点之前回家，准保误不了威廉的电话，他大概在去史前学学院上课前几分钟打电话。悉尼那边应该是早上，整个上午阳光灿烂，威廉会对她

① Ingmar Bergman(1918—2007)，瑞典著名电影导演，代表作有《夏夜的微笑》、《第七封印》、《野草莓》等。

说，天很热，快要下暴雨了，于是她请他描述一番天空的云……

总之，她复活了。母亲去世后，她重新获得了生命。这句话听起来很可怕，但千真万确。她甚至没有哭。为什么要哭呢？所有人都解脱了，从母亲开始。

莉萨从理发店出来的时候，天没有下雨。她在一个玻璃橱窗里看到自己的影子：漂亮女人……她要求理发店的洗发工用“亮丽性洗发露”——一种比较柔和的产品——给她洗头。她的头发立刻就恢复了本来的颜色，童年时的颜色：淡淡的洋槐蜜。以前，每当外孙女嗓子痛或肚子疼时，索朗日外婆就为她配制她的万能药，她的镇痛秘方：一杯柠檬汁，里面加两勺纯净的蜂蜜。有时，喝魔药前，莉萨把她的一根长辫子贴近玻璃杯，想看看它们的颜色是否一样：妈妈果然没有撒谎，她是一滴柠檬汁和一股蜂蜜相遇的产物……今天，她匆匆忙忙疾步从橱窗前走过，她发现玻璃窗里的那个身穿黑府绸衣衫、满头淡淡的金黄色头发的女人雍容端雅。Glamorous[①]！此刻，电影只属于我们俩，伯格曼！

莉萨，洋槐蜜的头发，身穿黑大衣，还处在欣慰期——所有从地震中脱险的人都会经历这个阶段。救援者把压在她身上的屋梁搬走了，她的肺里又充满了空气，血液在她的四肢流动。怎么能想到这种解脱竟然会置她于死地呢？在这之前，坏疽还一直在她的手脚部位，现在渐渐侵入她的全身。由于血液汇流来得太猛，她的心脏差点失灵。反冲力越猛，减压就越快。美女莉萨没救了：她在减压。

---

① 英文：富有魅力的，美丽动人的。

18.

除了喜欢孩子，我和妈妈没有共同爱好。但是，至少，我津津有味地吃她做的饭菜，自豪地穿着她亲手做的裙子。我欣赏她的手艺。

她却从来不欣赏出自我手的任何东西：她不读我写的书，起先还尝试着读几页，后来干脆放弃了。但是，她会把报纸上关于我的文章统统剪下来（“没想到你这么上相！比实际好看得多！这么漂亮，真没想到！”）。她总是问我什么时候上“电视”，说我在电视里笑眯眯的，口才极好（“不过你得换换发型！你梳那个头，简直像老奶奶！你应该咨询一下美容师！”）。如果我的一本小说卖得很好，她就会向我转达本地书商的恭维话。

有这么个很不像她的长女，妈妈就像一只母鸡得到了一支笔。十四岁辍学的她不敢对我妄加评论，她怕自己没有这个能力。虽然她是个谦虚的母亲，却也对我的能力表示怀疑。我记得那天，在克莱拉克，我坐在餐厅里写作，她正在那儿做缝纫活。她看见我第三次查词典便惊讶地说：“你也需要词典？是不会拼写单词吗？”（她的拼写很棒，经常跟着皮沃[1]做听

① Bernard Pivot（1935— ），记者，法国文学评论家，电视节目主持人，以在法国电视五台为法语学习节目主持听写而闻名。

写。)“不,妈妈,不是不会写单词,可以说不存在这种情况。”“那干吗查词典? 你不是所有单词都认得? 你不知道那些单词是什么意思?”

一下子,我在她心目中的地位降低了,一个“查词典”的作家肯定不是个好作家。

尽管如此,我还是快乐地接受她的草莓果酱和一瓶瓶酸模汤,向她请教育儿经验,而且孩子一生病就向她求助。我从她那儿受之多多。她对我则一无所求。

她去世后,我占了上风,因为她将穿着“我”的衣服,即我送给她的衣服入殓。我送给她的但她从未穿过,她总是这样。

再说,她说得对,我的这些礼物跟我的动作一样,又猛又笨。昂贵,华丽,不实用。为了避免犯错误,我总是问她:“圣诞节你想要什么礼物?”或“你需要什么?”。我得到的从来都是一种回答:“我什么都有,你别浪费钱了!”“可是,妈妈,你知道我无论如何都要送你东西的! 千万别说你什么都不要,帮帮我吧……”

她从来不帮我。每次我都击不中目标! 惟有莉萨买的礼物既合意又好,她总是带来一些新奇的(澳大利亚的)“可以接受”的东西。我寻思她怎么能做到这一点,她必定终年都在想着这事。而我,说真的,我考虑礼物的时间总是越来越少……

妈妈的病确诊后,她不再出家门,我便送她漂亮的内衣。都被她细心地叠起来放在衣柜里。她在坟墓里穿的那件带花边的丝质白色长睡衣就是我给她买的。她曾对我说:“太漂亮了。这么好看的衣服,我穿显然太可惜了,不过做我的丧服倒是再好不过了!”

我立即抓住她这句话! 母亲昏迷前,索尼娅从利摩日来,我便请她把"父母衣柜"里的那件睡衣拿来。还有一条蓝紫色的长披巾,苏莱雅多[1]的牌子,是我两年前从埃克斯-普罗旺斯给她买的。当时,我在一条橘红色的和一条蓝紫色的披巾之间犹豫了很久。我怕选错了。我多希望妈妈喜欢我买的披巾啊！多希望这披巾合她的意。我让一个跟妈妈一样是棕色头发的高个子售货员把两个样品都试了试,最后我选中了这条蓝色的。"选得对,"那个女售货员说,"对于一个棕色头发的妈妈来说,蓝色更有新意。"这条披巾太奢华了,一直用丝带包扎着没打开过……

母亲第二次失去知觉的时候,我悄悄把这些衣服交给护工:"要是我妈妈……夜里有什么不测,一定要给她穿上这……这些东西。""真漂亮!"护工惊叹道。"漂亮极了！不过,我们不得不把它剪开。万一这位太太……我们只能给她穿一件后背敞开的衣服……这么好看的睡衣,真可惜！简直跟新的一样。"

我没有被这些话所感动,家属休息室里有一把剪刀,我去那儿亲自把漂亮的长睡衣自上往下剪开……就这么一回,一回而已,妈妈将带走我送给她的漂亮礼物,她全身上下穿着我给她的衣服走向死亡。

---

① 专门生产普罗旺斯风格家纺寝饰的世界著名企业,以优雅简约见长。

19.

前天，晚上十点左右，刚从医院回来，我就接到我们的**家属代表**薇拉的电话。经验丰富的金发护士即那个眼睛亮晶晶的可爱姑娘给她的手机打电话说："您妈妈……就在我们给她治疗的时候，她的呼吸……我们都在她身边，您知道的，所有医护人员都……"

我对妹妹说："我这就去！我马上到！"还没穿好大衣，我就跑了出去，朝医院飞奔而去。

我真笨！居然没想到死者还要化妆！没想到护理员需要时间"处理"死者的躯体，以防它张开口流出液体，因此必须堵住所有出口，上颏绷带，而且下巴必须在肌肉变僵硬、身体冷却前复原。我却说我马上就到！忘了在克莱拉克和拉罗什看到的给死人化妆的情景，我曾跟母亲一起亲自为死去的外祖父母化最后一次妆。我真傻！我沿着大街大步往南走，我刚刚疲倦地打那儿回家，于是我又与原来那群遛狗的人相遇，我走过原来的那片泥浆，穿梭于汽车之间，奔跑着，什么也不想……

幸好我妹妹事先打了招呼，"全体医务人员"以令人敬佩的态度履行了他们的使命。只一刻钟时间，我还没出门，护士就处理完了一切。我推开病房的门，一切都井然有序，一切都显得很温馨。

屋子昏暗，床脚的一个小灯射出黄光，母亲躺在床上，美极了。她身穿我买的那件白色的带花边的长睡衣，肩膀和胸脯被一条蓝紫色的披巾遮盖着，披巾一直拖到膝盖上。上身只露出睡衣的立领，下身只见四个打皱的花边，正中是她的双手，涂着指甲油的那双美丽的手交叉放在肚腹上，还握着一把半开的扇子。一个公主。嘴唇带着蔑视的神情。

数星期以来她只是咧着嘴，面容狰狞，现在变成了轻蔑地撇嘴，有点像哈布斯堡王朝①的人……母亲的遗容在我看来是傲慢无礼的，能说一个躺着的女人“傲慢无礼”吗？可是，当我面对这个下巴翘起，带着高傲的微笑躺在床上的女人的时候，我首先想到的就是这个词。一个西班牙公主。要不就是秘鲁公主，因为她披着宽大的围巾，脸圆圆的，有点像加印人。我的母亲美丽端庄，遥不可及。

蓝披巾，粉红色的扇子，黄灯罩，它们构成一幅“室内画”，宁静而温暖，这是维亚尔②的风格，勃纳尔③的风格。我多想进入画中，我穿着旧滑雪衫，头发蓬乱，但披蓝披巾的夫人允许我分享她的美丽，让我像小时候那样，在她精心打扮准备赴舞会的时候任我抚摸她的裙子，闻她身上的香味。我弯下身子吻她。我的嘴唇感到她的皮肤还是温热的，而且很柔软。她的脸颊没有冬天长时间待在室外的人那么寒冷。“妈妈，冷吗？”“别担心，我的孩子，只是有点风，夜晚的风……”

啊，不，给我留下深刻印象的不是屋里的宁静和温馨，是沉寂。

---

① 欧洲最古老的王室家族，其成员从一二七三年到一九一八年当过神圣罗马帝国、西班牙、奥地利、奥匈帝国的皇帝或国王。

② Jean-Édouard Vuillard(1868—1940)，法国画家、装饰艺术家，纳比派成员，长于大型装饰画，代表作品有《扫地的女人》以及为日内瓦国际联盟大厦作的装饰画。

③ Pierre Bonnard(1867—1947)，法国画家，纳比派的主要成员，作品多取材于日常生活场景，主要作品有《街头的两条狗》、《戴草帽的姑娘》等。

原先那令人无法忍受的咕噜咕噜的呼吸声，为此护士迫不得已经常把我们赶出病房"吸气"，以及后咽部发出的嘶哑的喘气声，像无线电杂音噼啪作响，现在全都停止了，而且没有被其他声音所代替。听不见任何声音，或者更确切地说，只有虚无——没有颤抖声，没有摩擦声，没有一丝响动。妈妈不在她的体内，也不在别处。空中没有仙境。她没有钻出蛹壳变成蝴蝶或者蜻蜓。她的灵魂没有在我身边轻盈地飞来飞去。此刻她在这儿留下的不是**躯壳**，不是**肉体**，也不是**皮肤**，而是遗骸。

"遗骸"。这是个固定熟语，如果严格按字面来理解，它具有新的含义：一具"遗骸"应该很沉重，像被击落的猎物那样。"死一般的沉寂"很可怕，如同大喊一声却没有回音。病房里，除了黄色的灯和蓝色的披巾，只有一具遗骸以及死一般的寂静。

门开了，我的侄子热雷米走进屋子，后面跟着我的小儿子拉斐尔。表兄之间手机传递信息不比数字电话慢。他们对我说："夜班护理员问我们能否把巴布什卡的行李收拾一下。他们希望我们现在就把行李拿走，停尸房明早六点来拉尸体，如果壁橱腾空的话，日班护理员就能铺床了。这样，他们中午就可以接纳一个新病人……"这个等死的地方不会失业。"对了，"侄子又说，"我妈叫你把外婆身上的首饰取下来。""可以给她留着，都是些不值钱的首饰……""我妈知道，可她说，即便这样，巴布什卡还是留不住这些东西，运送尸体的路上或者在停尸房就会被人偷走。所以，她希望还是由你把它们取下。"

确实，与其被陌生人抢劫一番还不如让自己的女儿取下……我想到刚才吻她，她苍白的额头还有点温热，这就意味着身体还是软的，我还能挪动她，不能再等了。就在两个小伙子收拾壁橱和漂亮的浴室的时候（妈妈的脚从未踏进过浴室），我抬起妈妈的肩膀，取下挂在她脖子上的项链。接着，我把她的双手分开，摘下她的戒指，再取下两只手上的手链。她的左臂还剩下一块表，一块银表，几乎是新的，新到不曾负载任何回忆。我不想取下这只表。我很累。没有力气把她身上的表摘下。我把她的左臂放回肚子上，把她右手放在扇子上。我的三儿子纪尧姆和薇拉的长子吉勒也走进房间向外祖母作最后的告别。我最后看了一眼躺在白床单上这位高傲的夫人，她被精心打扮了一番，很像弗里达·卡萝[①]。我跟在拉斐尔和行李后走了……

第二天，停尸房里，妈妈的美丽容貌不复存在。职员以“消毒”为名给她洗脸，还给她冲了淋浴。她的面容损毁，变了形，头发被弄得乱七八糟。他们甚至不会给她穿衣服，把披巾当被子折叠起来盖在她脚上。睡衣没扣好，露出瘦削的肩，绿色的皮肤在白丝绸的衬托下更加显眼。下巴歪了，好像被人狠狠地打了一拳。扇子合着，塞在她的腋下……我简直不知道如何为她“修整”。不过，在去利摩日之前，我还是想把这个面目全非的身体修整得漂亮一些，尤其因为我父亲、莉萨、薇拉和两三个外孙要出席入殓仪式。可是，我搬不动她僵硬的四肢，也无法给她的脸颊化妆，因为结冻的皮肤施不上底粉。停尸房的小伙子夺走的是我母亲最后的尊严，而不是她的手表，他们没有偷她的手表……

没有更好的办法，我便试着给她的头发喷最后一次香水。她的枯发。我把她病房里的那瓶科隆香水拿来了。最后一次，我把她的鬓角浸透她喜欢的**薰衣草-铃兰香水**。我轻轻捋着她那潮湿的头发，一边重

① Frida Kahlo de Rivera(1907—1954)，具有传奇色彩的墨西哥女画家，十八岁时的一次严重车祸使她致残，以后经历了三十二次大小手术，作品具有强烈的自传色彩，表现内心的痛苦和挣扎。

复我最近常在她耳边说的话:“你是个好妈妈。你为我们奉献了许多，我们也没少报答你。到了那边,我们就无能为力了,你知道的,我们真的无能为力了。”

就在我倾诉衷肠的时候,我突然发现自己又做了一件更加愚蠢的事,那个笨手笨脚、“穿着木鞋走路”、折坏扇子、抚摸临终者却弄伤他们胳膊的人又出现了:由于我的错,妈妈的头发湿透了,根本没有办法弄干!我立即想到,身体结了冰,身上的水是蒸发不掉的,再说,停尸房是冷库,外部没有任何热量进入体内!怎么办?我回去拿电吹风也无济于事,这里没有电插座。而且,如果看门人听见电器的嗡嗡声,会把我赶出这屋子,说我是亵渎坟地的人!

我找到了一个解决办法:俯在妈妈的身上,对着她的鬓角吹热气,直到吹不动为止……门厅里装殓尸体的人一定不耐烦了。我吹了又吹……

回到家,我把**薰衣草-铃兰香水**倒入洗涤槽,很久以前我就讨厌这种香水的味道,现在一闻到就恶心。

过了两天,我发现自己最后又犯了一个错误,不过,这个错误也许会让妈妈开心。妈妈手上戴的是块干电池手表,那块电池的寿命是三十六个月!不用说,如果路过索里埃尔公墓的人仔细倾听的话,就会听见奇怪的嘀嗒嘀嗒声,像心脏在跳动,这声音因棺材板和坟墓的深度而变大了。他们怎么会想到某处有个死者,她的女儿给她留下了时间?

然而,我并不后悔,如同以前,活着的人总是以食物、家具、首饰、奴隶为死者陪葬,为了让死者走好最后一程,他们把自己最珍贵的东西放在死者的身边,我当然不能让母亲失去这个在我看来对一个活在当下的人来说必不可少的东西——时间度量器。

莉　萨

这是母亲入殓的前一天，莉萨在电影院和理发店消磨了一下午，然后回到明星旅馆，她突然发现灾难降临了：她的记事本，那个黑皮小记事本不在包里。她把包里的东西全倒在床上，没有记事本。她努力保持镇静，有条理地将房间搜索了一遍。把床头柜的抽屉都拉出来，连床底都检查了一遍。记事本不在。她一路跑着返回刚才与父亲共进晚餐的那家餐馆，服务生已经把椅子放到了桌上，他们没有看见黑本子……

她屋里的电话铃响起，她没有问威廉悉尼的天气热不热，他在海湾是否看见了冲浪运动员和游乐船上的白帆，而是怒气冲冲地说："我的记事本丢了！要知道，所有约见都写在里面！我连下星期该做什么都不知道……"威廉沉着地说："Anyway, the year's over①……""啊，不，这是我的新记事本！新一年的记事本！新年后半个月的事情都记在上面呢……噢，威廉，这真是个灾难！"

从来不说废话的威廉并没有问："你为什么不在办公室留个备

① 英语：但是，今年都过去了。

份，做个当日计划呢？你的合伙人呢？”全国第三千个女律师还没有使用电子记事本，对此他跟薇拉一样并没有感到惊讶。“小笔记本该换了，如今已经没有人用了！”对研究梁龙[1]的人来说，纸张有其魅力……再说，莉萨的丈夫很清楚，他在妻子的生活里只扮演一个角色——安慰者。他很沉着，问她前一天有哪些活动和安排，建议她收尸前去一趟左岸百货公司，她在那儿买的雨衣，再去一趟理发店："Don't worry, darling。[2] 沿着原路往回走，你会找到它的……”

可是，没有人捡到小本子交给柜台的售货员，理发店的洗头工和大学捐赠委员会的收银员也没有见到它。莉萨去殡仪馆时迟到了，她十分沮丧：这是她平生第一次丢记事本！也是她第一次失去母亲……

她丢失了记事本，里面记着她“该做”的事，细细列出未来每天的活动。往事折磨着她，吞噬着她**美好的现在**，居然也消灭了她的未来！失去了妈妈，不再有未来。

① 世界上最长的蜥脚类恐龙，生活在距今约一亿四千五百万年的侏罗纪，科学家在北美地区发现了它们的许多化石。

② 英语：别担心，亲爱的。

20.

为什么要举行一场追思弥撒？因为人们不愿将死者的身体扔给老鹰吃，不愿把他们丢到河里。

如果我的母亲是犹太教徒，我会请她的以色列表兄来吟诵祷文。如果她生活在法老时代，我会雇用君王手下用防腐香料保存尸体的人把她的坟墓填满没药[①]和黄金。可她是俄罗斯-利摩日人。那好，就用福音书、乳香、安魂曲！

我要用宗教仪式和歌声安葬妈妈的身体。再说，母亲以前就是按宗教礼仪亲自为自己的父母举行葬礼的，她非常尊重礼仪，可以说，那场“岁末弥撒”成了全利摩日地区史无前例的葬礼。至于其他，她没有宗教信仰，这是肯定的。她甚至对宗教毫无兴趣。

而我写讣告时必须明确这一点：是宗教葬礼还是世俗葬礼。我强调指出，妈妈曾经要求圣水……但是，莉萨和薇拉竭力反对“本堂神甫的装腔作势”。我觉得应该征求父亲的意见，其他人谁都没想到这点。

---

① 没药在东方是一种很特殊的中药成分，在西方也是一种很著名的香料。《圣经》记载，耶稣诞生之时，东方三圣者来到伯利恒，献上三种圣物庆祝耶稣诞生，这三种圣物就是黄金、乳香及没药。古埃及人更将没药与乳香混合以达到防腐和净化的目的。

他选择宗教葬礼并非因为他是个遵守教规的人，而是因为他是布列塔尼人，在布列塔尼，有些事情是按……接下来该我出牌了！所有人，包括父亲都对此事漠不关心，也许他们相信这个任务对我来说是件轻而易举的事，因为我以前对《圣经》充满好奇心，我最好的朋友就是个虔诚的信徒，我的妹妹们也因此把我排在“笃信宗教者”之列……

然而，实际情况是：我一个神甫都不认识。至于克勒兹的本堂神甫，没有一个愿意把妈妈列入他的基督教徒名单并为有这样的信徒深感荣幸。克莱拉克的本堂神甫居然从未见过他的这位堂区教民！为了解决这个难题，我只好从巴黎调动我在文学界和出版界的所有关系：即使法兰西学院不再有“伟大的天主教诗人”，也还是有几个专门研究基督教的历史学家的……在翻天动地（特别是动地）用尽一切办法之后，我得到了利摩日大教堂的支持，还争取到了大管风琴伴奏。我离争夺主教职位已不远！但我并不觉得这一切有多好，因为我不是恒河边的印度人，不能用最芬芳的木头为母亲建造一个最高的焚尸堆，请最哀伤的哭丧婆为她哭泣。

我在《圣经》里找到几段感人的经文和一些光辉的形象。我没有忘记避开某些莉萨和薇拉难以接受的句子。谁都不能冒犯，无论是信徒还是无神论者。真伤脑筋……索尼娅帮我摆脱了困境，她把她的一个朋友在一次葬礼上念的一段悼词用传真发给了我。这是美国的电视福音传教士最喜欢的一种布道，其实就是死者对其家人的嘱咐：他叫他们不要改变自己的习惯，跟以前一样快乐，就当他还在隔壁的房间里。再说，他确实在隔壁的房间里。“难道你们会因为看不到我就不想我了？你们以前怎么称呼我，现在还怎么称呼我吧。”

悼文是以一句很有分量的话开始的：“死是无所谓的。”那时，这句断言并没有让我感到不舒服，因为妈妈经历了长久的垂死挣扎——喊叫，痛苦，仇恨，度过了无数难以忍受的日子，嘶哑地喘气甚至窒息，死对她来说确实是无所谓的。一句客套话。

可是，当利摩日的神甫看到我用电子邮件发给他的葬礼流程时甚为不满。他在电话里对我说："死是无所谓的吗？噢，不，不能这么说！"显然，他不是那种站在钟楼上大喊"死神啊，你的胜利在何方？"的本堂神甫……接着，他解释说，我给他的那段悼词，他曾经见别人用过一次，就在他担任堂区主管教士期间。是一对失去其二十岁的儿子的父母念的。"死是无所谓的吗？唉，夫人，这只是活着的人的愿望而已。真的。那个小伙子死了一年后，他的妈妈……他妈妈自杀未遂。"

可恶的先例，但这并未让我改变主意，因为这是索尼娅的选择。此外，悼文的最后一句话使一切恢复到正常状态。活着的人，即便他们不为死者悲伤，也有理由为自己感到伤心。"我等你，"死者说，"我等着你，在路的另一头……"

我的儿子达米安念的悼词。他念得很好。居然知道以第二等亲属的身份宣读，读到安慰人的话时，他的嗓子便哽咽起来。最后，如我所期望的那样，参加葬礼的所有人都流泪了。

我没哭。母亲结束了垂死之际的挣扎，该回家了，我会像从前那样在"隔壁的房间"里见到她，她正笑容满面地跳着舞。她的死期结束了。"死是无所谓的。"

我不知道，其实我再也见不到她年轻快乐的样子了。哪怕是在梦里。她的死抹去了她生命的一切痕迹。她的死只是开始。

追思弥撒结束后，神甫请我们走到棺材前洒圣水。这是最后的吊唁，向遗体告别这一形式并不重要，至少我一直是这么认为的……父亲拿起圣水刷，作为布列塔尼人，他以自己的方式划了个十字。教堂里挤满了人，我们在他身后按辈分列队向前走，我跟在爸爸后面，我身后依次是薇拉、索尼娅和莉萨，接下来是我们的八个儿子，按年龄顺序排列。

爸爸把圣水刷给我，我向遗体洒了圣水，然后把刷子递给薇拉。我刚走了两步，身后就响起一阵敲锣声，由于教堂里寂静无声，敲锣声显得更加震耳欲聋。原来，薇拉使劲把银圣水刷扔进了金属材料制作的圣水缸里……把圣水刷给一个公开的无神论者？这会烫伤她的手指的！就像开慢车出车祸那样，我有时间想象神甫的惊愕表情，所有人的不自在，但我没有停下，我继续往前走，镇定自若地朝着中间的路和出口走去。我身后，薇拉的高跟鞋踩在石板上噔噔地响；她加快了脚步。我心想，不管怎样，没有发生最糟糕的事，因为薇拉走过了……于是，我昂着头向大门走去，突然，唱诗班里响起"铛！"的一声，第二次锣声！教堂在我的头顶倒塌了……我不用看也不用猜马上就明白了：索尼娅为了讨好我，让我高兴，捡起了薇拉扔掉的圣水刷。她像初学教理的人那样胆怯地把圣水泼洒到妈妈的遗体上，然后，她迅速把那个梨形的银器塞进下一个人手里，啊，是莉萨，真不巧！莉萨立即把它扔进了金属缸里：铛！以此向众人表明她支持薇拉的观点，这两个人可不是好惹的……这时，谢天谢地！管风琴演奏者奏响了雄壮的托卡塔曲，音乐盖住了最后的战斗发出的巨响。

棺材带着一些人洒的圣水和另一些人表达的哀思出了教堂。如同对待过于狂热的示威游行者那样，殡葬公司的消防员向出席葬礼的人群喷洒巴赫如潮水般的音乐。教堂前的广场淹没在音乐中。美妙的乐声，还有管风琴。

索尼娅

真是惊心动魄,这场弥撒!索尼娅推荐在葬礼上朗读的那篇经文,她自己听了都想哭!她还真的哭了。法布里斯也哭了。这是一个重要的、值得纪念的、哀伤的日子,她和儿子在同一时间有同样的感受,这种情况很少遇到!

遗憾的是,忠实的信徒卡蒂娅竭力讨好,她的谢主恩有些过分了,我们还是真诚一些好。也许本堂神甫要求我们感谢"天主",等等,但他希望我们是真心诚意的!"主啊,感谢你赐给我们这样一个人,虽然她离我们而去,但是她……"不,天主,我们不想感谢你,因为即便你在某种程度上促成了奥尔嘉·米哈伊尔·萨洛夫来到人世,后来降临的不幸不能说与你无关。天主啊,故事的结局跟开始太不相称了……

至少,这场祈祷给了卡蒂娅一次追忆亡者的机会,神甫肯定不乐意做这种事的。那么,大姐会选择什么词语描述她们的母亲呢?"她的慷慨、她的怜悯心和快乐的天性是我们学习的好榜样。"

说她是个快乐的人绝对没有错。"从来没有人像你妈妈那样举办过那么多的庆祝会,"克莱拉克的一位老邻居对聚集在大教堂广场上的四姐妹说。母亲很有情趣，善于制造快乐的氛围。无论是在拉罗什还是在克莱拉克，每逢喜庆日，如圣诞夜，国庆节，生日，婚礼，她都要举办庆祝会，还为这些节日推出“长期”庆祝活动。她摇身一变变成旅馆老板娘(谁睡在哪儿，盖什么被子?)，变成童子军首领(为少年运动员组织寻宝比赛，为成年运动员组织乒乓球比赛)，她还是小客栈老板娘，亲自数杯子，铺桌布，给火锅和俄式茶炊点火……她干这些活的时候还不停地开玩笑或唱歌！她不满足于组织活动，还经常花样翻新(早上五点：我给你们每人做一小碗洋葱汤可好?)，化妆成流浪汉或者穿一件用绉纸仿制的让-保尔·戈尔捷[①]的裙子出现在大家面前(伊薇特·奥尔内，漂亮吗?)，在最后一刻请来意想不到的客人，她还编造许多假新闻，不停地逗大家笑，只为了制造欢乐的气氛，也为了回忆……

她具有俄罗斯人的特点。说她慷慨大方也没错。她的钱包总是打开着。索尼娅有资格证明这一点，因为她的银行账户与母亲的银行账户之间如脐带般的亲密关系从未断过。巴布勒紧裤腰带节俭地过日子，把省下的钱给需要的人，不需要的人也给，给小孩子零花钱，往大孩子手里偷偷塞红包。索尼娅是唯一一个享受定期资助的人，母亲经常对她说：“你要记住，你父亲一去世，我就不能帮助你了……”她始终认为我们的父亲会先死。这是统计学的问题，是对生命的渴望。况且，她确实比丈夫年轻。其实，她是怕自己成为寡妇就没有能力宠爱她的孩子们了。

---

① Jean-Paul Gaultier(1952—)，被誉为时尚界顽童的法国天才设计师，善于破旧立新，无数次以大胆的创新叫时尚界哗然。他曾经为世界级明星麦当娜和法国式手风琴女演奏家伊薇特·奥尔内做过演出服装。

显然，事实与她的孩子们所担心的正好相反：薇拉开车送父亲去利摩日，路上父亲就向女儿们宣布，所有人的补助都到此结束："我不赞同你们母亲的教育观。人到五十，就不再需要零花钱了！甚至可以说，我的孙子们都已长大成人，不需要我们做这些蠢事了。他们很健康，不是吗？没有一个残疾。所以说，两者必居其一：要么他们有一定的社会地位，因而不缺钱；要么他们无能，连一份像样的工作都没有，那是他们的问题。反正他们有父母……我认为你们会赞同这个责任界限的，因为它尊重你们的独立思想。"

既然这么说，只好……索尼娅的未来并不乐观。

"感谢你赐给我们这样一个人，虽然她离我们而去，但是她的慷慨、她的怜悯心和快乐的天性是我们学习的好榜样。"这些评价中，只有富有"怜悯心"这一条不成立。卡蒂娅喜欢三拍子节奏，是个卖弄风情的作家。不过，同情心不是她们母亲的优点。此外，一个人能同时既有抵制力又富有同情心吗？比如戴高乐，戴高乐难道……？也许卡蒂娅认识一个有怜悯心的妈妈。索尼娅注意到，八个外孙私下谈到巴布时，对她的印象都不尽相同。有几个认为她坚忍但粗暴，其他人觉得她温柔，但有些软弱；有人欣赏她的执著，有人深受其脾气暴躁之苦；有人想起她做过不公正的事，有人只记得她曾和自己串通一气。没有比这更自然的了：即便是一家人，马克和纪尧姆，法布里斯和热雷米，他们眼中的外祖母都不是一个人。那么，四个女儿又是怎么看待她的呢？在一家兄弟姐妹中，有年龄大的和年龄小的，有冒失鬼也有懦夫，他们会从不同的角度看待自己的父母。索尼娅对此很理解，每个星期都有电视节目如"家庭心理医生"或"无所不谈"，专门谈论这个主题。她还在

《如何经营你的再婚家庭》和《母亲和女儿，让我们改善关系》这些令薇拉恼火的书里找到过一些能给人启发的例子。

“主啊，感谢你赐给我们这样一个人，虽然她离我们而去……”不管怎样，即使这句谢主恩的话是对死者的赞扬，家里那些“铁石心肠”的人听到还是不会高兴的：莉萨和薇拉没有流露出痛苦，反而一副怒不可遏的样子。花岗岩般冷酷的脸，钻头般无情的目光，露出牙齿，咧着嘴……这场弥撒的所有内容都让她们恼火。弥撒的时间确实太长了。对于不信教的人来说更是这样。

索尼娅不仅万分悲痛，还觉得很倒霉。时而她要设身处地为不辞劳苦的卡蒂娅着想，时而又要站在不喜欢谎言的薇拉的位置。索尼娅是一块海绵。小时候起，她就四处吸水……没什么可笑的，就是这样！我们此刻谈论的可不是威士忌-可乐！索尼娅浑身的毛孔都张开着，好充分感受姐妹们的情绪，她的体内装满了别人的情感，负载着家人的所有不满。一天，她姐姐——她非常喜欢读她写的书——坦诚地告诉她，说自己也四处吸水，而每当她再也吸不进一滴水的时候，她就写作。她把那些陌生的液体都排挤掉，让它们“流露出来”，于是她又恢复了原来的体型……可是，索尼娅不会写作，她只吸收而不排解。所以她全身肿胀。她儿子抱怨她发胖了，有了双下巴。这是他人的不幸造成的。

她被迫保持沉默。她的“舌头上有一头牛”①。这牛阻止她把知道的事说出来。她把莉萨的忧伤埋在心里，包括忧伤的原因。

① 法语“舌头上有头牛”，转意即为“被迫保持沉默”。

莉萨又开始咬自己的指甲，抓自己的手臂了。莉萨美丽绝伦却……索尼娅猜测到了薇拉的恋情，她与维耶尔宗女人的恋情，但她没有对任何人讲。有一天，她俩在利摩日的一家快餐店单独吃午饭，薇拉飞快地说了几句话影射自己的“男友”，她都没有笑。她所知道的关于父亲的事情，如克莱拉克的公用电话亭，还有“数字显示器”，她也没有告诉三姐妹中的任何人。她永远都不会透露秘密，因为“牛”就在她的嘴里，不让她开腔。

起先只是一头小牛。它出生的时候索尼娅才十二岁。那时她的胸脯开始发育。一天，某人把手放到她的乳房上，哦，第一次只是轻轻地抚摸，还开玩笑地说：“喂，鼓起来了，当心！”可以说那是偶然，因为走廊太窄，楼梯又……这是个亲热的动作，不是吗？成年人有权密切注视孩子们的成长。不管怎样，孩子的身体属于他们的母亲，还属于母亲的所有亲戚和朋友。这是天经地义的。不过，索尼娅有一种奇怪的感觉，觉得自己有病，要不就是很脏。这是荷尔蒙的问题，母亲会这么跟她解释，就像卡蒂娅讨厌来月经，每次例假都闭门不出。索尼娅则为乳房发育感到羞耻，仅此而已！她会习惯的……

可是，“那人”又故伎重演：“那人”走过她身边总要放荡地用手指轻轻托起她的乳房。后来，“那人”干脆把整个手放上去掂量其中一个乳房，起先动作有些粗暴，接着便温柔起来。当“那人”同时搜寻她的目光的时候，索尼娅知道自己不可能长期忍受下去。她要求母亲给她买个胸罩，她想，即便“那人”的手伸进她的衬衣，至少碰不到她的皮肤。一个带有柔韧的钢丝撑的胸罩，如同一副盔甲……母亲当面嘲笑她说：“我可怜的索尼娅，我看你用什么装满胸罩的两个罩杯！你以为会怎样？你那宽大的胸罩会飘舞起来的！给你买75A的也这样！”

于是，索尼娅绕道而行，避免与其相遇。无论是下地窖，穿过花园，还是经过一扇门，她都先警觉地四下看看。她从自己的房间能听见楼下所有声音。然而，要想避开那些“动作”，只有离开家……

时间流逝，“那人”变得越来越胆大：就像服装广告，“上身”之后该轮到“下身”了——裹在牛仔裤里的小屁股。从后面接近。跟捉迷藏那样。被人拦腰截下并紧紧箍住，索尼娅感到那人的手停留在她的裤裆里……这些动作来自于一个母亲喜欢的人，真不可思议。从道理上说是这样。她无法想象这些动作。也无法描述。况且，即使她对母亲说了，母亲也不会相信的。而如果母亲相信的话，她会伤心死的……因此，保持沉默。当“那人”把她卡在两扇门之间时，她没有喊叫，而是待在原地不动，假装不懂，假装什么都没看见，把目光投向别处，眼神茫然。索尼娅对任何东西都视而不见，她不在场，没有人强迫她在场。无论是路易丝所爱的人还是挨父亲巴掌的人当中，都没有索尼娅。

最后，只有一个人对她的不断“缺席”感到愤怒，这就是卡蒂娅。卡蒂娅帮她复习功课，受不了她动不动就逃跑。确实，当你找到了逃离的办法，你就真的没有必要留下，特别是留下来面对像布尔战争①或者西班牙继位战这些毫无意义的困境……“喂，妹妹，

① 布尔人是指一六五七年起到南部非洲殖民的荷兰人的后裔。一七九五年，英国舰队在南非开普登陆，开始了和布尔人长达百年的争夺南非的战争。历史上一共有两次布尔战争，最后以英国的胜利告终。

我觉得你逃跑不太好!"卡蒂娅拿出一个十五岁的孩子的全部威信说,还揍了她一顿,让她面对现实。这方法很野蛮,索尼娅却不在意,她对卡蒂娅拯救她的一番苦心表示感激。万分感激以至于她想象,某天,如果她鼓起勇气把一切告诉卡蒂娅的话,卡蒂娅会理解的。

她试过。只一次。用含混的字眼并且没有指名道姓。闪烁其词地影射一些反常的事情,并且暗示这些事情就发生在这个家里,与你所认识的某人相关。她甚至不敢说自己就是这些怪事的受害者,因为一头牛,她舌头上的那头牛不让她说个明白。妈妈会受不了的,妈妈不愿……可是,她的窘境,她的沉默,在替她说话,如果真想听的话就能听到。

卡蒂娅肯定不想听。这个十五岁的、正上女子中学的大姐是个规规矩矩的学生,对前苏格拉底学派的兴趣甚于性。也许她压根就想不到会有这些不可思议的事。她想到过强奸吗?"强奸",她认识这个词,并且肯定知道那是怎么回事,可是……强奸,这可不得了!影响太大了!强奸跟战争一样惹人注目!索尼娅要是被人强奸了,大家肯定都知道的……那是什么呢?接吻?介于接吻和强奸之间的状态是什么呢?索尼娅清楚地记得自己说了一个形容词:"令人恶心的"……不过,卡蒂娅肯定不会把这个形容词用到自己身上,因为对她来说,令人恶心的东西跟空间几何学一样,会让她大脑的思维功能立即瘫痪。特别是,她很害怕。怕万一问妹妹,从她缺头少尾的句子和复杂晦涩的言外之意中听出那人是谁,而且还是她所爱的人。她怕看见美丽的假象倒塌,也许,像一个快要溺死的人,她还来得及一个个地回忆那些亲切熟悉的面孔,甚至有米沙，甚至有爸爸，并且看着他们逐个做着鬼脸，摇摇晃晃……一种屠杀游戏！必须保护这个家。保护宁静的氛围。阻止索尼娅生一个怪物。“索尼娅，你没有回答我的问题：在什么情况下主语可用不定式分句？主格还是宾格？”

总之，还是索尼娅所在的中学的男生救了她。在家庭舞会上，只要一喝酒，她就倒在他们的怀里，一边疯狂地跳舞，一边说着煽情的话。从第一个慢狐步舞开始，她就任人无礼地对待她，跟她亲热，在她身上乱摸：充满朝气的手擦去了“那人”散发着坟墓气息的手在她身上留下的痕迹。但是，她从来都不觉得自己很干净，用肥皂洗自己的身子，还往小伙子们细嫩的皮肤上擦肥皂。这段时间她总是穿寒酸的背心式胸罩，小号露脐迷你裙。有时，她们的母亲很生气：“喂，索尼娅，你不觉得你打扮得很轻浮吗？要是有人骚扰你，我的女儿，你可别来跟我哭诉啊！”

索尼娅从来不哭。也没有诉过苦。除了向“坏女人塔蒂”说过。那天晚上，在倾诉之前，她故意挺起胸膛，扭着屁股向塔蒂喊道：“别碰我！”那么多男孩碰过她，她却觉得自己神圣不可侵犯：轻率浪荡的女人比小红帽那样的女孩要好许多，因为后者不尊敬外婆……而且，她们的词汇丰富！那天，索尼娅第一次看到“最要好的女友”脸上露出慌乱不安的神情，甚至是恐惧，接着是忧伤。但她什么也没说。甚至没跟莉萨说，她多想保护妹妹，不让她受“大人们”的伤害：“舌头上的牛”太沉重了。

这头牛已经要求喝水吃东西了。当同班的男孩往她身上喷液体清洗她的身子，用性器和口腔的液体清洗她肮脏的皮肤时，这头牛开始要水喝了。索尼娅每天晚上都给自己的牛喝水。日子一天天过去，牛的体内装满了其他秘密，总是需要喝更多的水来帮助“排泄”。水喝得太多，牛鼓胀起来，肥得把她整个喉咙都堵住了，把勒盖莱克家三女儿的胃和肚子都占满了。老三变成了一个可怕的杂种：小女孩的头，肥牛的身子。如今，牛重得使她无法动弹，她知道，她应该挑出老照片，把女孩穿的36号连衣裙以及丢弃在角落里的所有空的包装袋、开口的纸盒、破裂的包统统扔到楼下的垃圾箱里。脱去死皮……可是，扔东西必须下楼；走楼梯双腿必须站得稳；要想有一双站得稳的腿，必须减肥。怎么减肥？请告诉我，像我这样肚子里装着一头鼓胀得像个大肿瘤的牛的人该怎么减肥？

21.

现在是在公墓，薇拉感到不舒服。她身穿黑色大衣在小径上走着，脸色苍白，旁边是她的两个儿子，突然，她走出送葬行列，跑到一个坟墓后吐了起来。吐了很久，跟我们啜泣的时间差不多。一个金发少妇，可能是她的同事，赶紧朝我妹妹走去，扶住她，把她的嘴擦干净……薇拉摇摇晃晃地走着。这种肉体的绝望，身体的反抗，我只在一些为其孩子举行葬礼的妇女身上见过。

宗教仪式前，索尼娅的身体就很虚弱，摔倒过两次。朋友们很震惊，以为是悲伤过度所致。表兄们更了解情况，他们记得她曾出过摩托车事故，做过无数次膝部手术。她的髌骨经常失灵……她跛着腿走完全程，滑雪衫和手套沾满了泥土。一出公墓，莉萨便走近我说："今天这个日子，索尼娅居然也胡来！"我露出惊讶的表情。她抢在我前头说："你知道她为什么会摔倒吗？你猜她弥撒结束后去哪儿了？去教堂后面的咖啡馆了。她奔丧还喝酒……这合乎情理吗？对索尼娅来说，不管怎样，一切都以酒结束！"我倒是比莉萨宽容：索尼娅不喝酒就一定能走到墓穴吗？她曾对我说："卡蒂娅，妈妈要是死了，我也不想活下去了……""别犯傻，她是你母亲，她当然比你先走！""她应该活着。你不知道，为了让她过得幸福，为了让她能留在这个世上，我都做了些什么……卡蒂娅，要是你知道我所做的一切就好了！”

我们知道。她为临终的母亲化妆，涂指甲油，按摩脚，直到母亲去世。我们知道……可怜的索尼娅，身负八十公斤的悲伤，带着人造膝盖，滑雪衫沾满泥浆！父亲又取消了她的生活补助！莉萨指责她！老板娘向她提出了第二次警告！

莉萨的眼睛红红的，鼻涕直流。我们的儿子面对众多的朋友为外祖母朗诵了他们亲自挑选的诗歌，莉萨听着听着就哭了。加上感冒，她简直成了个泪人儿。天很冷，这很正常，因为现在是十二月！而且，这是在高原，寒风凛冽，道路泥泞。我们的小莉萨只披了件小雨衣，她一定以为自己在悉尼呢。她冷得要命。我看见莉萨的手绢湿透了，索尼娅的夹克衫脏兮兮的，一个老妇人递给薇拉一小瓶薄荷酒。我没有吐，没有跌到，也没有哭。我的痛苦是不带液体的。

为筹备葬礼，我忙得不可开交，在墓地跟在弥撒仪式上一样。讣告，乐队，读经，演讲。作为长女，我有义务确保葬礼的所有项目有序地进行。父亲什么都不管。连棺材都是我选的。接下来摆在我面前的是信仰问题：是否要在棺材的盖板上放个十字架？放一个还是不放？大十字架还是小十字架？我觉得既然有弥撒，就应该放一个，没有必要惹本堂神甫不快。但必须选个最不醒目的，以免激起薇拉的反感。

进入葬礼的最后阶段，灵柩迟迟未到，装殓尸体的人在奔丧的路上喝起了酒。之后，他们当然都晕头转向了……于是迷失在从利摩日到索里埃尔的路上！墓穴已经打开——修路工完成了他们分内的事，但是我们暂且还没法摆放花，因为装点大教堂的花束在柩车上。真不巧，天又下起雪来！

我不由自主地想到，康卡勒不会下雪，康卡勒的“殡仪馆”不会这么愚蠢，康卡勒的公墓管理处肯定有路牌标志，我们为什么要强迫爸爸听从我们的意见呢？……三天前，我们面临棘手的墓穴问题，必须解决。以前，母亲一直说她要在坟墓里与她的父母重聚。但父亲的双亲在布列塔尼，在那儿有一个宽敞的墓穴，还“面朝大海”。妈妈没生病的时候，总是在爸爸面前说（那时他还在职）：“你们将来一定要把我跟米沙埋在一起！”“那我呢？”“我没说抛下你不管！”妈妈反驳道。“索里埃尔的墓穴还有两个位子，我给你留一个。”“多谢！让我跟十个或十二个八辈子没有关系的人埋在一起！（应当说，克勒兹的墓穴都是用砖石砌的，比住房还宽敞。我们的高祖父，即咖啡馆老板的父亲，跟挖土工很熟，他没少为建造墓穴出力出钱）。”爸爸接着说：“我在康卡勒有一个墓穴，在一个迷人的公墓里，还剩下四个位子，我们为什么不去那儿呢？我在克勒兹高原走路太多，很疲惫！要不，我们在这儿的山谷，在克莱拉克公墓买一块墓地得了……”“你是在开玩笑吧？我们在康卡勒有四个位子，索里埃尔还有两个。你中彩了还是发什么财了？”

最后，经过一番短暂的争执，我们的父亲——宽宏大量的幸存者，同意让奥尔嘉与米沙葬在一起。

“那么你呢？”索尼娅战战兢兢地问父亲。

“哦，你们会知道的，我的孩子们！我会给你们留一份详尽的遗嘱。就这么定了！”

“诸神瞻礼节给我们，这会比较合适，”薇拉说。“一个葬在索里埃尔，一个葬在康卡勒！”

我是司仪，可是，在“躯体”和花都没有到的情况下，我真不知如何应付匆忙赶来参加**米沙的女儿**的葬礼的那群人，他们是生活在高原的表兄弟，老游击队员，老兵。在我们家乡，葬礼等于庆祝会，自从集市消亡，大家聚集在一起的机会越来越少；酒吧关闭；冷杉取代了牧羊女和羊群，人来到公墓才能碰到自己的同类。即使是十二月底，大雪纷飞，“大家都要赶来”：方圆三十公里内，手艺人离开工地，商人放下金属卷帘门，“因葬礼的缘故，本店今日关门”。

应该为这些赶来参加葬礼的人安排一点节目。我把那些反教权者直接带到公墓的一束束花摆放在打开的墓穴四周。期间，我的两个儿子拼命拨手机，想与运送灵柩的大货车联系上，可怎么都接不通，远距离操纵器不愿为即将死去的人设立中继站传递信息。没有高速列车，没有移动电话，没有宽带，不再有邮局，也不再有长途汽车站和学校，高原陷入黑暗中……“我总算跟他们接通了电话，不过只有五秒钟！”马克悄悄对我说，“据我的理解，他们还有整整一刻钟的路。”为了让大家耐心等待，我就孩子们刚才朗诵的诗发表感想，与他们一起回顾老人在克莱拉克的生活。还有一个干电池播放机为我的演讲配乐。莉萨哭了。薇拉脸色苍白，闭着眼睛。法布里斯搀扶着索尼娅……可是，灵车始终没有到！

此刻，大雪纷飞。我请获得过奖章的抵抗运动主席讲话，这是个法国老头，让他追忆一个身体已经化为尘土的死者，他感到有些为难。不过，他还是讲了有关奥尔嘉的许多事情，都是我们不知晓的——隐蔽的小战士，丛林妖精，给法国内地军队带来幸运的人。市长也回忆了“米沙的光辉形象”，他如何从一个俄罗斯人变成一个地地道道的克勒兹人，他桀骜不驯，非常骁勇，他具有革命精神，并且总是乐呵呵的。于是，我想起米沙曾打算给女儿起名伏尔加。总之，他的“伏尔加”并没有走很远；她在离她的出生地只有两百米的地方走完了她的生命历程。没有离开她的起源……

市长说了很长一席缅怀我们的外祖父的话，就在这个时候，柩车出现了，所有人都松了口气。于是大家都紧张地准备起来，从教堂带来的花真多，有红的，玫瑰红的，黄的，顷刻之间就铺满了四周的石板地，一直延伸到公墓的围墙下。白雪。白色的天空。白茫茫的大地。像夏天的夜晚那么柔和。正中是一大束火红的花。

剩下的仪式按计划进行完毕。我都来不及太多地感动。我们进入公墓聚集在墓穴四周的时候，我想，“见鬼，柩车迟到了”；后来，棺材被安放在搁凳上，花圈分散开来摆在周围的坟墓上，这时，我想，“总算有花了！可是，柩车迟到了”；当妈妈在一阵绳索的摩擦声中落到墓穴的底部，我们在大路上接受人们的吊唁的时候，我想，“太好了。可惜柩车……”

22.

妈妈的房子被卖了。用主动态就是:爸爸卖了妈妈的房子。我们以为只是一次语言练习,没想到首先是一种精神练习,这就是学会割舍。

我们刚从公墓回到家,他就向我们宣布了他的打算。薇拉在我们童年的家里(位于一个小镇的边上,很大,十九世纪建造,带一个七千平米的园子,木板房,预防性工程)为全家人办了个宴会,一个简单的冷餐会,因为每个人都急着赶回家:有坐火车去巴黎的,有换乘车去洛桑的,有飞往伦敦的,还有乘远洋轮船去悉尼的。大家站着匆匆吃完了饭;如今,丧礼的饭已远远不如从前那么讲究了。

我和莉萨在喝热葡萄酒,索尼娅抱着她的孔特雷克斯矿泉水过来跟我们凑热闹,她的身上散发出一股强烈的薄荷糖的气味,她是想告诉我们她的阴阳终于重新达到了平衡……我拥抱了她。我的小索尼娅弱不禁风却如此坚强。父亲走近我们,随便指着身边的一个房间说:“我不想住在那里头了。特别是我一个人!我到处都能看到你母亲的影子……”也许这是真的;这屋里曾住着他被病魔折磨了六年的妻子,他看到的是一个垂死挣扎的女人,而不是穿着露肩裙等在门口吻他并“塞给他”一个樱桃核的美丽姑娘……

他吃着干肠吐司跟我们讲了其他理由，很有说服力。像他这个年龄的人，最好不住带楼梯的复式房，小套房更合适，无需上下来回跑；集中供暖，有密码锁、活动百叶窗和澡堂，特别是不用在澡盆里洗澡！谈到未来的生活，他希望有个淋浴间。还说应该及时离开乡下和郊区住到“城里”，因为不知哪天他就开不动车了。而人老了是需要餐馆、书店、电影院的，甚至，必须承认，还需要药店……

“我打算把这房子卖了，我想你们当中没有人愿意来这儿定居吧？薇拉住在圣莱奥纳，怎么都比这地方可爱多了！而且，她还造了……你呢，莉萨，我就不跟你讲了吧。卡蒂娅，你乡下是有房子的——磨坊，你一直很喜欢它，我猜的没错吧？”

“嗯……可以这么说……这个磨坊的历史可以追溯到更早的时候，十六世纪。准确地说是一五三三年，蒙田出生的那一年……”

“对一个作家来说，这很重要，因为……（他嘲笑道，但没有恶意。他虽然是鳏夫，依然很愉快。）索尼娅，我想你一定意识到这房子光是材料费就会给你带来很多烦恼，不是吗？”

这回，他又说中了。而且有分寸，换了妈妈，她会更“直截了当”。如果现在父亲用摸她的肚子作为交换引诱她……哦，不，他没有诱惑她；“当然，我不想再买什么房子了。我都这把年纪了！……我可以租一套房子。不过，既然这房子属于我，我会把卖房子的钱拿去投资，这样我就有一份小收入了。你们得等我死后才能收回房产。我希望我不会让你们等很久，可怜的姑娘们。再说，你们的母亲不在，我的生活……她对我太重要了！”叹气。

爸爸取消了索尼娅的生活补助，不管怎么说，这对她是个沉重的打击。现在，她又失去了避难所。我悄悄对我的小索尼娅——眼神温柔的索尼娅，我的长毛绒狗熊，我的旧布片——我对她说，如果哪个月底结不了账就来找我和薇拉，我们会尽力帮她。老板娘对她发出了第二次警告，她确实面临失业的危险。

自从爸爸向我们坦诚地讲了他的意图，莉萨一下子傻眼了，像电视里常说的那样。莉萨傻眼了，薇拉听说后则怒不可遏，没有谁比我的这个“双胞胎妹妹”更眷恋妈妈的这所房子了，而现在它却成了爸爸的财产。至于我，我非常震惊，但并不感到诧异，震惊的是事情发展得太快，简直让我措手不及，但我并没有觉得父亲的选择有什么不对。索尼娅，按薇拉的话讲，总是“头脑不清楚”，今天却出人意料，第一个镇静下来：

“如果你需要我帮你在利摩日找房子，我可以去房地产代理行看看……”

“谢谢，我的女儿，我自己有能力办这件事。”

“我相信，”索尼娅接着说，“再说，也许你并不想在利摩日找房子。”

“坦率地说，利摩日，我可是住够了……你们的外祖父居然说没有比利摩日火车站更居于法国中心位置的地方了，我还听他说这是世界上最大的港口！可在利摩日，我再使劲吸鼻子也闻不到海藻的味道。”

“这么说，你要住在海边……准是西部，我猜的对吗？”

“我的上帝，”爸爸装出温顺谦逊的样子说，“我毕竟是布列塔尼人啊……”

这回是我受到了打击。即使我很早就知道我们的父亲来自于圣塞尔旺，去圣马洛读的书，在康卡勒有一块墓地……我首先想到的却是奥弗涅和利摩日那些海员画家，他们在做什么？第二个问题：索尼娅怎么会猜到是“西部”？而且，她看上去一点都不惊讶。第三个一闪而过的念头是，莉萨是在这所房子的二楼的一个房间里出生的，她将失去她的诞生地。至于第四个想法，一涌现在脑海里就被我大声说了出来："可是，爸爸，如果你想住在城市，干吗不去巴黎呢？你可以与我还有你的四五个外孙相伴，一起生活啊。而且，其他人，比如洛桑的法布里斯，伦敦的热雷米，他们来看你也更方便些，甚至莉萨……"不等我细说，莉萨便打断我的话："让他去吧，卡蒂娅。妈妈没生病的时候，爸爸就很少与我们往来。他想重新过他的环球旅行者的生活，他一年只跟女儿们团聚一次，他已经习惯了这种生活……"

应薇拉之邀而来的穆盖特·格洛里厄斯一出现在酒会上，气氛立即活跃起来。为了向死者表示敬意，她在毛皮滑雪衫里面穿了一件印有花卉图案的长袍。她又高又壮。一边大口吃着猪肉三明治，一边跟我们讲她目前在布尔加讷服侍的那位"先生"："一点都不像你妈……一个坏蛋，真的！这家伙，他可不想死！他焦躁不安……可怜的人，他还是个种族主义者。""啊！"薇拉端着食物（一个盘子，里面装着奶酪三明治和小蛋糕）跟在穆盖特后头，"您用不着忍气吞声地听他那些种族歧视的言论，穆盖特。您应该向雇用您的协会告发他，要求换人家……""啊，不！这没什么，"穆盖特用悦耳的嗓音说道。"我们国家也是这样，在喀麦隆，老人不愿接受外族人的照料，啊，这是绝对不行的！说她是'巫婆！施展巫术的人！'这些老人都一样，他们都向往过去的生活，童年的生活，所以他们喊着要妈妈……一个年轻的黑女人给一个白人老先生当妈妈，真是自找麻烦！"说完，她笑了。

房地产市场"保持强劲"，利摩日亦如此。葬礼过后一个月，我们的父亲向我们宣布他与英国人签订了一项买卖协议。买方四月份开始装修。开春前必须把房子腾空。从现在起，他住到薇拉那儿，其间他要向“西”做两次旅行，去那儿积极寻找一个落脚点。

我们的任务是一个房间一个房间地整理我们童年生活过的这座屋子。六年来，暖气不足，灯光晦暗，缺少呵护，没有气味也没有声音，但它是完整的。我们剩下要做的就是毁伤它的肢体，从下至上彻底去除它的骨头，再把肉扔掉。

取下镜框，卸去窗帘，把灯收起来，拆床，腾空衣柜，把分散的花盆套归到一起，这是一项摧毁美丽假象的工作。这里没有一样东西是值钱的，我们知道，我们还证实了一点，即房主是个不太富有、“手头有点钱”、有品位的女人。所有房间都给人这样的印象：温暖、光线充足、格调高雅，但是没有一件家具，没有一个物体没有被马马虎虎地修理过！我们的母亲总是在旧货店和私人旧货集市上买东西，在倒坍的谷仓甚至人行道上捡东西。然后，她灵巧地把它们粘补在一起，钉牢，上油漆，重新缝合，于是，经过组装的东西既富有个性又十分可爱。但凑近了仔细看，我们发现，花瓶有裂缝，陶瓷物件有缺口，餐具不成套，所有桌子都摇摇晃晃，挂钟从未响过！

更糟糕的是，在这个装满妈妈制造的小玩意的屋子里，有许多惨不忍睹的画面。没有念过多少书且向来不喜欢博物馆的妈妈，居然把一幅十七世纪的真版画与在商店里按尺寸裁剪的一幅复制的普通画作并排挂在一起。且不说她的外孙们用来装点屋子的酸奶瓶！

不过，在母亲长久居住——可以说充分居住——的这座房子里，一切都是相互依赖的：美，丑，崭新，适度的不整齐，这些在她周围构造出一种欢乐的气氛；花卉和异域植物，乳香和果酱的香味，噼啪作响的火焰，这一切使种种不相称的东西成为一个和谐的整体。温暖的屋子延长了妈妈的生命，明亮的屋子是她最漂亮的裙子，它旋转着，像妈妈跳舞时飞旋的裙子。

她迷恋舞蹈！她爱生活，爱跳舞。每当收音机里响起她喜欢的乐曲，她就放下缝纫活，扔下炒锅，跑到厨房中间或走廊上独自跳起来，她跳华尔兹，摇摆舞，博普爵士舞[①]。有时，收音机播放摇滚乐，她就抓住我们当中最小的跟她一起跳："来，跟上节奏！摆动起来！再快一点！"她笑了，"啊，不，不是这样！"她又笑着说，"这不是奥弗涅舞！哎呀呀！薇拉，过来教她怎么跳！"她咯咯地笑个不停，我们丢下书和作业本，围着她跳起舞来。

后来，她还教她的外孙走舞步、摆姿势，让他们体验和着节奏扭动身体的快乐；她喜欢教婴儿跳舞，她把他们紧紧抱在怀里，孩子们贴着她的身体感到很安全，随着疯狂的乐曲与她一起旋转。

"奇怪，"索尼娅一边把父母的磁带打包一边对我说，"我没看见妈妈的唱片。你知道，她的那些乙烯基树脂唱片……她有一套特别好的舞曲！汇集了五十年代所有舞曲：恰恰舞，曼博舞，la bamba[②]，悉德尼·贝彻特[③]。还有六十年代的扭摆舞、抽筋舞、戴夫·布鲁贝克[④]！甚至有八十年代的，你记得她收藏的迪斯科舞曲吗？"

"爸爸大概在妈妈生病的时候把这些唱片都扔了。他们没有唱机

---

① 盛行于二十世纪四十年代末到五十年代初，特点包括节奏奇特、使用不谐和音、即兴演奏等。

② 一首发源于墨西哥的民歌，一九五八年被里奇·瓦伦斯改编后在美国家喻户晓，成为早期摇滚乐的经典之作。

③ Sidney Bechet(1897—1959)，新奥尔良的单簧管演奏家和高音萨克斯演奏家，在早期爵士乐历史上是最受人尊敬的音乐家。

④ Dave Brubeck(1920—)，最受欢迎的爵士音乐家之一，钢琴演奏家，他的音乐被称为爵士乐与流行乐的完美结合。

听这些玩意。再说，爸爸不喜欢摇滚乐，你是知道的！”

“真可惜。我倒是希望……”

“你觉得我们要整理的收藏品还不够多吗？”

啊，不，很多，妈妈死后留下了许多“藏品”！她什么都收集，“专拣破烂玩意！”爸爸总是喃喃地抱怨道。

在写给莉萨的一封信里，她曾请求我们把“我收集的彩蛋、扇子、厚瓷的带脚咖啡杯，还有我的鼻烟盒、旧钢笔、别帽子的饰针等藏品”分给她的外孙们。我们把饰针挑出来，平均分成八份，每个外孙分得四枚。一个二十一世纪的小伙子要这四枚饰针做什么用呢？

管它呢，必须把她花一生的时间收集到的所有东西——垃圾袋、纸盒、泡沫纸、起钉钳、螺丝刀——都瓜分掉，分散出去。我们就这样摧毁了妈妈的房子。

我们挑选旧衣服、成套的炊具和童年的玩具，在这个过程中，我与薇拉言归于好。妈妈去世后，她就不见了人影。那个动不动就打电话向我发号施令的下士消失了！今天，薇拉没有抿紧嘴唇，她微笑着：她不再下命令，而是慷慨给予。分东西的时候，她什么都不要。她像一个大人，微笑着看孩子们争夺一袋弹子。

她把那张童床让给了我，我俩曾在这张床上同睡到十二岁；还有索朗日外婆的戒指，我八岁的时候外婆曾答应送我的那个绿松石戒指。我很高兴……说实在的，我真不知道把那张床放在什么地方，只能把它弃置在磨坊的阁楼里；我也不知道怎么处理那只戒指，我不可能再戴它，只能把它收进床头柜里。

我长大了，睡不了那张童床，我老了，戴不了那只绿松石戒指……

可是，我的内心深处还有另一个我：小小的身材，小小的年纪，她对这些珍品赞叹不已，并且对薇拉怀有无尽的感激之情。

“爸爸看中了一套房子！你猜在哪儿？勒阿弗尔！”

“勒阿弗尔？他不是在布列塔尼找房子吗？”

这是一个普通的周末，还像妈妈生病时那样，我来到克莱拉克。如果说房子是女人的第二张皮肤，我们的所作所为就是在剥她的皮。薇拉向我们宣布爸爸要在勒阿弗尔定居的消息的时候，我们正在打包。她不理解爸爸为什么选择勒阿弗尔：“他已经签好租约了。一个单间套房。在一个面向港口的公寓里……嗯，他退休后确实常去勒阿弗尔。因为商船船长协会坐落在该城的某处……他跟我说，他还要在那边待几天办理水电等手续。他几乎不打算要克莱拉克的家具，因为他的单间套房很小。不过有个好消息：他要买手机了！他现在给我的是他旅馆的电话……”

“瞧，”索尼娅看着小纸头说，“跟维尔加尼亚的区号一样……”

“维尔加尼亚？克莱蒙附近的那个城市？你是在开玩笑吧：奥弗涅的区号是04！”

“不是爸爸的奥弗涅……他钟情于这个号码。去波尔多或土伦，他都留这个‘固定电话’……啊，爸爸的技术大有长进！”

“什么意思？”

“没什么意思，姐姐，每个人都可按照自己的意愿生活。或者根据自己的能力生活。我真羡慕你！”

她努努嘴，没有说话，做了个接吻的动作。她又喝酒了。最糟糕的是她一副满不在乎的样子！没有孔特雷克斯矿泉水，没有咖啡豆，她就眼神茫然，呼吸困难。刚才，她打碎了一只灯。她刚被美容院解雇了！她已经信誉扫地，在利摩日当不了美容师了。薇拉的一个女友在维耶尔宗帮她找工作……

晚上，我把外祖父要在勒阿弗尔定居的事跟马克讲了，还有索尼娅那些奇怪的话。半小时后，他给我打来电话。他从一家网上电话查询服务公司了解到，我父亲留的那个电话号码不是旅馆电话，而是私家电话。更确切地说，是一个叫莫尼克的女人的电话，根据“La Redoute”或者“三个瑞士人”的消费者服务部提供的消息，这位“顾客”应该生于一九五〇年以前。

我们这位快乐的鳏夫在谈恋爱。如果索尼娅说的是真的，他在妻子去世前就别有所恋了。快乐的鳏夫是个奸夫。通奸但是可以原谅。妈妈做第一次手术后的一两年，他迫不得已放弃过这个女人，他需要改变自己的想法。我想象他是在商船船长每年一次的聚会上遇到这个气质高雅的夫人的，她不久前刚失去丈夫，命运之神让她出现在我父亲身边。她对船了如指掌，她住在老港口，她非常喜欢这个商船停泊港。她请他去她家喝一杯……妈妈久病不愈期间，他曾去勒阿弗尔寻找安慰，有三四次。现在，孤独使两个老人的关系变得更加密切，他没有透露消息，是为了尊重习俗，遵守“守寡期限”[①]……我决定保守这个秘密，直到他自己对我们讲，此刻说出来，不仅薇拉心里会很难过，莉萨也会非常愤怒的。再说，我们都很忙：爸爸走了，英国人就要来了。

我负责清理厨房的壁柜。有很多老掉牙的东西要扔。

---

① 一般为三百天，在此期限内，寡妇或离婚女子不得改嫁。

我们的父母结婚的时候连一把小勺子都没有。他们好不容易治齐了家产，因而像对待金币一样惜之如宝，绝不容许别人糟蹋。哪个孩子摇晃着走路撞坏了椅子腿，或者奔跑时打翻了一只花瓶，或者玩的时候打碎了窗户上的玻璃，这在我们家都是不可能发生的事。我们穿越屋子时空气都不流动，我们只用眼睛看妈妈那些藏品，从来不穿鞋在地毯上走。我们在崇拜物体的氛围中长大。不是尊重，是崇拜。

我向儿子们灌输的也是同样的原则，我无法忍受物体先于我而消亡！我的四个儿子打架，他们的伤口和肿块并不让我担忧，我只怕他们打翻灯，打碎瓷糖果盒或花盆套。如果发生这样的事，每人的屁股都得挨一顿打，没收储钱罐不说，还得被我唠唠叨叨地教训一番："你瞧，刚被你杀死的这个镀金的小天使是路易十五时代的作品。他逃过了法国大革命，这对一个天使来说是非常艰难的！逃过了一九一四年的战争，这对一个瓷器来说不是那么容易的！还逃过了第二次世界大战。幸存了三个世纪！然而，他遇到了你……"儿子非常羞愧，从此善待我那些不堪一击的神。

我在清理厨房的壁柜的时候意识到自己很愚蠢。薇拉让我把两打不锈钢餐具和盘子包起来装箱(我的天，为谁？为索尼娅?)，以前妈妈和爸爸单独用餐时才使用这些餐具。我们来吃午饭，母亲总是在餐厅摆好饭桌，然后拿出她那套漂亮的利摩日产的瓷餐具，那是妈妈在克莱拉克以折旧价买的。

至于"普通"餐盘，虽然我很久没有见到它们了，但一下子就认了出来，那是一小套饰有花卉图案的普通彩陶餐具，是妈妈在杂货店买东西时获赠的。虽然不值钱也不美观，但我小的时候妈妈每天都用，什么菜都用它来盛。这套餐具现在就在搁物架上，还剩下十一件：五个浅底餐盘,六个汤盆。没有人爱惜它们,但是将近一半都幸存下来了,依然在这里,又旧又难看,而我母亲却化作了尘土!我突然发现,一套彩陶餐具的寿命长得吓人。

我不再搜寻旧货。

我们瓜分首饰的时候,索尼娅不在场,她在路边摔倒了,扭伤了踝关节。莉萨专程从澳大利亚赶来分遗产(她在一个必胜的诉讼案件中失利,在那场"本土"战中,她受到同行和媒体的批评,所以神情有些沮丧)。莉萨得知索尼娅出了点小意外,抬头朝天叹了一口气。我们一致同意给没有来的人留几件值钱的或她喜欢的东西,比如有相当年头的纯金手镯,妈妈去世时戴的那根项链,以及父母结婚四十周年时爸爸送给妈妈的紫水晶。

"你们知道索尼娅会拿这块紫水晶干什么吗?"莉萨低声埋怨道。"还有项链!你们知道吗?""当然知道,"薇拉说。我补充说:"怎么用是她的事,对吗?"

在瓜分家具以及爸爸不打算带到勒阿弗尔去的一些东西的时候,莉萨既不如薇拉慷慨,也不像索尼娅那么超脱。她原本不是个爱占便宜的人,可是这回她什么都要,什么都不放过。

她把所有东西分成几份,再把它们打乱,拿自己的物品和别人交换,商议,还大发雷霆,我们仿佛逛了一遍旧货市场:"啊,不行,你要是拿黄色的扶手椅,我就要给我的蜡烛台加两张小彩色画片和一个茶壶!""真漂亮,这个镜子。它在你房间里,我知道,但这不是理由。如果我把它让给你,你就必须把挂钟还给我。"一遍遍地讨价还价,最后,她把我们的所有布娃娃都据为己有了！也许她对于以前失去她的“尼古拉”始终无法释怀。

更不用说她送给妈妈的那些小玩意了，我们发现妈妈把她送的礼物都做了记号。每逢生日或圣诞节，莉萨都要送妈妈一个小盒子，要不就是一幅版画，妈妈总是在背面贴一个标签，注明来源：“莉萨送。”其他三个女儿送的礼物（我们偶尔也会在一批东西中认出它们来）却没有受到同等程度的重视，也许是我们的礼物不如莉萨的合她的意……据莉萨讲，妈妈希望她死后莉萨拿走自己送的所有礼物。我们对这句话没有表示异议，这再明显不过了。

“可你往哪儿放这些乱七八糟的东西呢？”索尼娅问她。因为我们预计这些旧的压脚被和陶瓷烟灰缸不会去我们的对跖点澳大利亚……至于她那个离磨坊十公里，离“妈妈家”十五公里的墨尔特罗小农场，已经无法再扩展了。而她正打算把她的战利品堆在那三间屋里。“都放到那边吧，”她肯定地对我们说。

我帮她把椅子运了过去，我简直惊呆了：墙上能挂东西的地方都挂满了画，一幅接一幅！桌子和五斗橱上堆满了小玩意，摇摇欲坠，老地砖不见了，取而代之的是妈妈亲手做的绣花小地毯。

“我可怜的妹妹，”我对莉萨说，“今年夏天够你整理的了！”

“不，我已经整理完了，你瞧，都放下了。（然后，她像导游似的讲解起来。）那儿是瓷茶杯，我获得小学毕业证时妈妈奖励我的，床头挂的是我的中学毕业文凭，妈妈亲自配的框。这个乐谱架你肯定知道，是母亲节时我给她买的。墙上的四季彩色画片是我和妈妈一起到舍尼埃集市淘来的。下方是她的那盏二十年代的台灯和平底大铜锅。我甚至把圣像都挂上了！真的，我说的是真的！啊，我不迷恋教堂装饰物，这你知道，再说这些不是古代圣像，是妈妈从俄罗斯带回来的，在爸爸的劝说下她终于去俄罗斯作了一次旅行。那次，她之所以同意去，是因为她想‘了解米沙的祖国’，你还记得吗？坐船先去列宁格勒，然后去莫斯科、基辅、敖德萨……她像驴子似的运回来许多东西：花卉图案的披巾，彩色托盘，俄罗斯套娃，混凝纸浆做的小盒子，以及这些用老木雕刻的崭新的福音传教士……可怜的妈妈，她居然运回来这么多东西！唉，我把厨房里的两个拉佩尔[①]壁橱都拆了，就为了放这四幅圣像，我把它们挂在洗涤槽上方，不错吧？你再来看看我是怎么布置浴室的：瞧，这是奶奶以前用的搅奶油的桶，还有这个，你的小婴儿椅……”

我终于理解上次我开车把威廉从奥茨特列兹车站送往鲁西机场的途中他对我说的那番话的真正含义了。一贯冷静的威廉对我说：“你妹妹打算让我下次在棺材里度假了。啊，不只是棺材，是陵墓。一点都不夸张！我那克勒兹的家根本没法住，简直就是个陵墓！”我终于明白为什么莉萨把所有不值钱的小玩意都据为己有，连一个最不起眼的小饰物都不肯让给别人，她想要的不是这些东西，是妈妈，是妈妈整个人以及属于妈妈的一切……“她还不死心，”一只脚绑着石膏的索尼娅喝了一口珍宝苏格兰威士忌，像心理学家那样认真地对我说。

---

① 法国 Lapeyre 集团是欧洲领先的家庭装修用品生产商和销售商。

23.

莉萨锁上了她的私人陵墓，把钥匙带到了澳大利亚；爸爸在勒阿弗尔监督他那单间套房的装修工程；索尼娅只能拄着丁字形拐杖走路，只好待在自己的低租金住房里，一步门都不出。“也走不出她的失业窘况！”薇拉愤怒地说。单独跟我的“双胞胎妹妹”在一起的时候，我才着手清理化妆室里挂衣服的壁橱，说化妆室比较文雅，其实就是克莱拉克的房子二楼走廊尽头那个没有窗户的杂物堆放处。我们整理妈妈的衣服。母亲六年来一次没穿过的那些“青春靓丽”的套装没有一件拿得出手；从巴黎小店铺买的服装还没有穿就全部过时了，质料是百分之百粘纤，一级莱卡，高级三醋酯纤维。挂在铁衣架上的衬衣几乎是新的，看上去都皱巴巴的，九九年夏天流行的那款连衣裙从领口到贴边惨不忍睹；**不易皱**的合成纤维服装大多起了皱，摸上去质感像硬木。

“**不易皱**！这就是说熨都没法熨！干脆把这些破烂衣服塞进布包送给红十字会算了……”

“红十字会的人要这些破烂有什么用？”薇拉问道，“流浪汉都不要……不过，这些衣服穿在妈妈身上都很好看，你应该记得这套裙装，你瞧，是紫红色风靡一时的那一年买的。我还穿过呢。流行**紫红色**的那年，离现在真的很遥远吗……”

前天晚上，鞋柜快清理完毕的时候，我的手在妈妈放针织紧身裤（可以穿在裤子里面，何必浪费？）的盒子的底部碰到一个信封。封面用大写字母写着：“遗愿”。

“你以前可知道妈妈留了遗嘱？”我惊讶地说。

“没听说过，打开看看，可能是关于墓穴的一些嘱咐……不过，很奇怪哦！她怎么没有提起过这事呢？”

我不由自主地把信封递给薇拉，她不是我们的**家属代表**吗？她打开信封，一下子瘫倒在地。

薇拉平时不怎么哭，此刻却泪如泉涌，像大出血一样，止都止不住，这让我非常震惊。她哭得很伤心，跟在公墓时呕吐一样。可以说痛苦欲绝。

我从她手里拿过信。母亲刚健的字体，她“从前”的笔迹映入我的眼帘：*今天，我的情绪很好，我在充分了解事实的情况下请求我的孩子们和医生，不要再继续为我做徒劳无益的治疗，让我白白受苦。我是个不幸的人，但我不愿被折磨得没有一点人样。如果我实在受不了而表达出类似的愿望时，请他们听从我的意愿：请你们行行好，让我有尊严地死去……如果我注定要死的话！*

薇拉啜泣着断断续续地小声说道：“这张纸……如果我那时有这张纸……啊，可怜的妈妈！她一定认为我背叛了她……从一开始，她做第一次手术后，我就答应她……需要的时候找一个人……可是‘他们’都要求我出示一张字据，一张有她亲笔签名的字据，而我没有。什么都没有……啊，卡蒂娅，要是……就好了！她的愤怒，她临终前的愤怒，都是因为我，都是冲着我来的……”

原来如此！我这才明白妹妹为什么执意要我们几个女儿守候在妈妈身边，坚决不请护理员，绝不住院，拒绝“陌生人”和冒失的眼神，原来她曾许诺……

那天晚上，薇拉坐在地上，坐在一堆薄底浅口皮鞋和草底帆布鞋中间，哭成了个泪人儿。我没哭。随着衰老，泪腺衰退，我的角膜也变干燥了。

“妈妈把这张‘杀人许可证’藏起来了……如此隐秘，没有人找得到！藏在一堆针织紧身裤里，真不可思议！如果她真的想让你得到它，薇拉，她就会告诉你，或者把它放在显眼的地方，比如床头柜上……再说，遗愿，这标题起得真怪！即便你碰巧发现这个信封，看到这样的标题，你会打开它吗？”

“不会的，如果她活着的话……我会认为是关于墓地的事……要不就是葬礼……或者也许（她眼泪汪汪，但快要笑了）是如何瓜分她那些用来别帽子的饰针。”

我把我的手绢递给她，用手臂圈住她的脖子，就像以前她的个头没有我高的时候那样。那封信放在鞋柜上，就在我们眼前。薇拉眼里还含着泪水，没法看信，但我可以帮她。“你一点都不必自责，我的小猫。妈妈将她的信加倍隐藏——不只是放在紧身裤里，还用了一个非常不适合的‘名称’，此外，虽然我们不了解她的遗愿，但我们尊重了她的愿望。听着，我来跟你解释这封信。”我曾经是个好学生，这个时候，这点长处派上了用场：“我逐句解释吧：她要求不要继续为我做徒劳无益的治疗，让我白白受苦，可是，并没有人对她实施强行救治。临终前四年，她只接受了安慰疗法，用吗啡镇痛。既没有给她输液也没有用导管补充营养。我说的没错吧？你还想听吗？好吧，我接着讲：请你们行行好，让我有尊严地死去……擤擤鼻涕，小薇拉，是的，我知道这句话最可怕。谁要是看到她……她垂危的样子，这句话……还有那句被折磨得没有一点人样，我知道……不过，薇拉，请你注意，请你们行行好，让我有尊严地死去，这句话的后面有一个状语从句！一个条件状语从句：如果我实在受不了而表达出类似的愿望时。妈妈表达过这个愿望吗？最近两三年里，什么时候？从来没有！相反，她走进了医院接受'姑息治疗'，我们知道'姑息治疗'是怎么回事，她也知道！她要求我们把她的病治好。也就是说治愈！昏迷前几小时，她向护士表达过什么愿望？让她们给她一点'卢尔德水'！根本不是那个戴眼镜的傻瓜小护士说的'圣水'，而是'卢尔德水'，薇拉！怎么，想不到吧！想要治愈……请你别再用鼻子吸气了，小薇拉，擤擤鼻涕！想哭就哭，但是，把鼻涕擤干净。我还没说完：在这个祈使句请你们行行好，让我有尊严地死去与签名前面的谢谢之间，你发现什么了吗？是省略号，后面还有几个非常重要的词：如果我注定要死的话。并且以感叹号结束：请你们行行好，让我有尊严地死去……如果我注定要死的话！听着，亲爱的：**如果**！又是一个条件从句！妈妈给我们写这封信时——尽管她并没有把它交给我们——她已经病了，并且确诊为癌症晚期，这她是知道的……你们也很清楚，不是吗？然而，死亡对她来说始终是个假设，只是一个假设而已：也许她不会死，谁知道？也许有些人，像她一样又老又病的人，会逃脱普通人的境遇。也许有些人永远不会死……"

薇拉把头靠在我肩上，我们并排坐在地板上，面前是一大堆旧鞋；这会儿，她不再哭了，或者几乎不哭了。

"你没有任何错：妈妈希望我们在她**坚持不住**的时候结束她的生命，可她从来没有向疾病屈服过！她一直顽强地抵抗！把癌症撇在一边不说，可以说她有着铁一般强壮的身体和铁一般坚强的意志！”

我轻轻折起信，装进信封里，并将信和信封塞进我的包里，动作很轻以免惊动薇拉，薇拉一直靠在我的身上，还摇晃着身子。“我们的奥尔嘉至死都还是那个十三岁就向父亲所在的游击队基地提供情报的小女孩……她从来不相信有什么‘抵抗不住’的事情，你是知道的，比如，猖狂的疾病，专横的临终期。她不……不可能向死亡妥协。”

我的嗓子喊破了，这再次证明我的确老了：我一激动，说话的声音就颤抖。我一边拉长词的间隔时间好喘口气，一边继续用哽咽的声音说：“以前，我很喜欢里尔克的这句祷文……不知是写给哪个……神的，嗯，肯定是个神，我念给你听：请把与其生命不可分离的死亡还给他们吧。登山运动员在爬珠穆朗玛峰的时候跌下山死去。海员在海上遇难死去。我很愤怒，因为不管怎么说……不管怎么说，妈妈没有与其生命不可分离的死亡。为什么死得这么慢？这么……没有尊严。”薇拉朝我转过身子。她摇摇头，露出一丝忧伤的微笑，她亲了亲我的脸。“你知道吗，薇拉，我读了那封信后感觉好多了：她是……她是在与病魔作顽强的斗争时死去的。从未向敌人妥协。”我的喉咙哽塞住了。我终于哭了。落了些许眼泪。几星期来这是第一次。先是稀稀拉拉的几滴。接着大滴的泪珠滚落下来。薇拉拥抱了我。我爱她。

我还是小女孩的时候就经常想，薇拉是我此生所得到的最珍贵的礼物。

薇 拉

薇拉恢复了她的本性——摆出持剑斗牛士的样子，但性格像牛仔一样稳重。卡蒂娅逐句向她解读了母亲最后那封信并向她证明，直到生命的最后一刻，临终的母亲对生命的强烈渴望胜过对于死的欲望。从那以后，她感到如释重负。“斗牛士”抓住牛角，开始向新的领域发动进攻——把父亲的历史搞个水落石出。

不知道为什么多姆山省的维尔加尼亚的电话号码跟波尔多或者勒阿弗尔一个旅馆的电话号码会一样。索尼娅是第一个对此表示疑问的人，但她对答案不感兴趣，也不再去想它……莉萨由于离得太远，自然是心有余而力不足。至于卡蒂娅，她可不是那种喜欢揭开美丽外表的人：“真相？有什么用？爸爸欺骗了我们，就算是这样，可他到了这个年龄也该过自己的生活了，不是吗？真相，这对我们有什么好处？”她只要稍微积极一点，就能把谈话的对方吸引到哲学领域！我们还是逃离这些乌云吧。回到现实，看看维尔加尼亚怎么会变成莫尼克·佩尔兰……

多亏“勒阿弗尔旅馆”的电话号码，薇拉找到了那位夫人的名字和地址。至于年龄和职业，她把这任务交给了她的“维耶尔宗女人”：退役当老百姓的“维耶尔宗女人”是警察总队的警官。这个姑娘身体纤弱，满头漂亮的金发，真不敢相信她是个警官！据这个金发美女解释，当初进警察总队只是出于爱好。现在，原因则很复杂：如此漂亮的女人必须过兵营生活，跟所有警察以及他们的家属一起住在低租金住房里。她不敢在那儿接待薇拉。两个女人手拉着手，这一点也不违背道德，有首歌是这么唱的。道德，不，应该是宪兵队……一个女人同一个女人！她们只好去旅馆，而且总是离开本省，去卢瓦雷省或安德尔-卢瓦尔省。她们要一个房间，两张床的。别人以为她们是结伴旅游的两个朋友。或者两姐妹，因为温柔而脸色微白的维耶尔宗姑娘跟莉萨，更确切地说跟从前的那个莉萨，有些相像。哦，不，不是姐妹；更确切地说，是母女，薇拉的情妇看上去那么年轻；总之，她只比热雷米大三岁……此外，薇拉每次想金发维耶尔宗姑娘时，总是自言自语地说“我的孩子”。

让她感到欣慰的是，这个“孩子”看上去弱不禁风，胆子却很大。工作起来雷厉风行，爱情上不知廉耻，总是主动进攻。尽管如此，这个放荡的姑娘仍然不时地感到需要一个“妈妈”……有些女孩就是这样，不会在“姐姐”的乳房开始下垂，身材发胖，肚子凸起的时候赶紧溜走。这种女孩喜欢女人，女人的一切，她的各个时期。男孩很少有这样的趣味！他们一过二十岁，就躲避“年纪大的女人”。

正因为如此，薇拉对维耶尔宗姑娘提供的莫尼克·佩尔兰的身份表示不理解。这女人曾经担任主任秘书，独身，在勒阿弗尔定居已三十多年，啊，不错，但是她“出生于一九二〇年七月二十七日”！八十五岁了！对于一个七十七岁的男人来说，太老了，何况他刚受完一个病妻的折磨，这个女人脾气暴躁又离不开他，后来又长期卧床不起。除非他发现自己是个变态，专门喜欢有残疾的人。他会在《法兰西猎人》上登这样一则小广告吗——“快乐的鳏夫欲寻求一位坐在轮椅上的女士，乐意帮她推车并悉心照料她”？不会的，可以说，没有哪个男人——更不用说一个上了年纪的男人——愿意跟一个比自己的合法妻子大十二岁的情妇翻筋斗！

“八十五岁，莫尼克·佩尔兰，这个老妖婆！”薇拉想象自己正在跟卡蒂娅叙述整个故事，她在对卡蒂娅讲话，其实她很清楚，对于她的发现，她不会向姐姐透露一个字，想到这里，她暗暗笑了起来。“索尼娅的做法都是错误的！那天她在自己的手机上看到维尔加尼亚的区号时，她不应该对明摆着的事视而不见……不应该说我们怀疑可怜的爸爸！怀疑他与一个体质虚弱的女房东有罪恶关系！”

除非。除非莫尼克·佩尔兰有个女儿，一个六十来岁的私生女，船长有可能跟她的女儿……

“喂，顺便问一声，那个佩尔兰女士，她是否有个女儿？”

这是一个周末，离克莱拉克很远，一个没有锋利的钳子也没有胶带，没有纸盒也没有货物箱的周末；卡蒂娅没空去克莱拉克整理房间：一具十七世纪的尸体因媒体的宣传出乎意料地在二十一世纪风靡一时，她因忙于此事留在了巴黎。

两个情人在洛什城堡的对面开了一个房间。

“啊，看来我们又要把卢瓦尔河城堡游览一遍了！”薇拉把旅行包放在床上，嘟嘟囔囔地发牢骚。

“当然啦，”维耶尔宗女人说，“卢瓦尔河，你会怀念它的，那天在塔布或布里昂松，看到那些城堡我很伤感！”

“别谈伤心的事！还是把佩尔兰的材料给我吧。”

“不用给你材料，我都能背下来了。没错，佩尔兰女士确实有个私生女，是勒盖莱克船长的，你们射中了靶心，不过，事情不可能再有进展！这个私生女名叫安娜，已于一九七三年去世……在坟墓里都三十年了：你父亲不是一个有恋尸癖的人，我说得对吗？”

“一切都有可能，亲爱的，我对他了解甚少！”

“反正那个女孩十八岁就去世了。这引起了一个好警官的怀疑：是一起事故还是被害身亡？或者这女孩是畸形儿？因为在那个遥远的年代（薇拉讨厌维耶尔宗姑娘称七三年是一个遥远的年代），是的，即便在那个遥远的年代，青少年也不会像苍蝇似的大批死去……注意，我在查阅身份证的时候对安娜·佩尔兰有一种印象：她是个有智障的孩子，正如人们所说的，智力发育迟缓的孩子命都不长……

“唉，莫尼克·佩尔兰，她每天的日子过得一定很不开心。她在一个制造医用敷料和橡皮膏的企业任秘书，三十年没有跳过槽。独身。有一个因生理缺陷不适应学校生活的孩子。一辈子待在勒阿弗尔……不过，我还是要提醒你，她不是在勒阿弗尔出生的！她是伊勒-维莱纳省人……”

“是吗，伊勒-维莱纳省的什么地方？”

“名字以 R 开头的一个地方。跟罗兰一样叫罗什么的。唔……想起来了，罗泰讷夫！”

“罗泰讷夫？可这地方在圣塞尔旺附近呢！”

“那又怎样?”

“我父亲是圣塞尔旺人,他父母都是在圣塞尔旺故去的,埋在康卡勒,他有个兄弟住在圣马洛,真是太巧了……我们去勒阿弗尔!马上走。我想弄个水落石出……”

薇拉已经收拾好行李并通知旅馆前台结账,还在夏特勒预定了一个房间:

“如果在布卢瓦能赶上汽车,我们午夜前就能到夏特勒。明天我们七点起床。”

“谢谢你,我们还能度过一个美好的亲密的夜晚!”

“想亲密,下午也行啊,亲爱的。下午甚至更好……我们从夏特勒直接去德勒,先走四号公路到卢维埃,然后走A13直达勒阿弗尔:面对大海共进午餐!我午餐要吃一只龙虾。”

维耶尔宗姑娘知道,一旦薇拉的脑海里形成某个想法,阻止她是没有用的:这就如同对着坦克大喊“请停下”!再说,干嘛非要阻止她呢?她喜欢薇拉的专横,也喜欢跟她一起旅行,坐她开的车,搂着她的肩膀,为她点烟,把手放在她的大腿上……没有别的了。她遵守公路交通规则,她可是警察局的!

第二天,中午时分,她们来到海洋门,站在面对大海的一栋公寓前。维耶尔宗姑娘觉得这公寓很难看:五十年代的混凝土建筑。来的时候,薇拉对她说,这城市在第一次世界大战期间被摧毁,后来由著名建筑师奥古斯特·佩雷重新设计建造,现在,该城已被列入联合国世界遗产。“照这种发展趋势,七十年代建造的那些丑陋无比的东西也都要被列入世界遗产了,你知道的,那些铝和烟色玻璃建造的'公寓'……""别忘了,那些丑陋不堪的建筑,我们年轻的时候还觉得它们很'豪华'呢。"这可不是她想说的。见鬼,薇拉走神了。公寓像一道灰色的栅栏正对着码头,停着的三排小汽车将它与大海隔开;她立即从那些汽车中认出了她父亲那辆新的标致轿车:

"他在家……"

"薇拉,你真的一定要打扰这个老人吗?现在改变主意还来得及,你可以忘掉他,去圣阿德来斯安心过个周末,我们甚至可以去埃特勒塔看克勒兹方尖碑,参观吕潘决斗场……"

"听着,我的小猫,你很可爱,但是……"

"我不是你的小猫,明白吗?也不是你的小兔子。甚至不是你的小宝贝。反正不是什么小的东西。"

"那就叫你'我的老树枝',行了吧?听着,我的老树枝,我需要知道。我一定要了解真相。"

"那就听你的。我估计你还得依仗你的小警察作调查,我从谁开始呢?像电视连续剧里那样,先从看门人开始?"

大厅里的信箱已经向她们提供了信息。其中一个信箱上写着两个名字:"佩尔兰　勒盖莱克(四楼)";信箱已经发黄,字迹模糊。同居并不是从昨天开始的……而在另一个信箱上还有一个新贴的标签,写着:"亚纳·勒盖莱克(一楼)"。她们正好以此为借口问看门人。维耶尔宗姑娘自称是亚纳·勒盖莱克的侄女,很想见年迈的叔叔。他住四楼还是一楼?

"四楼。"

说完，葡萄牙女人关上了门，电影院的看门人都比她话多。只好再按门铃，死皮赖脸地假装没听明白。

“一楼是个单间套房，你叔叔刚租的。是工作室……”

“我叔叔这人就知道整天工作！”

“他不是那种善于安排退休生活的人，啊，绝对不是！不过非洲的事，他总算结束了：都这把年纪了，还参加什么人道主义组织？而且，你婶婶真可怜，只好像个老鼠似的独自一人待在家里，情绪低落……”

薇拉被这些话弄糊涂了，金发维耶尔宗则十分清醒，她警觉地扫视了一遍该楼的结构：

“四楼，他们有一个四居室的套房。你想知道他们在这儿住了多久吗？确切的时间？”

“当然想知道。我们去问面包店老板？”

“在城市里，问面包店老板等于白问。我们还是去洗衣店打听一下吧……不过要到午饭后，亲爱的。因为我很想喝酒！你好像说要请我吃龙虾，是吗？喂，薇拉！别动！别转身！有一个家伙正在你父亲那辆标致车旁边。一个白头发的家伙。他拿出钥匙……他妈的，准是你父亲！”

“你躲起来，我过去。我们在车站餐厅见面。快走！”

亚纳·勒盖莱克正要离开。薇拉跑过来，敲打车窗玻璃：

“你好，爸爸。”

“是你啊……”

他似乎很惊讶，但并没有瞠目结舌，说不出话来。他十分镇定：不就是船的左舷遇到一个暗礁吗？那就向右转，不必惊慌！他先问道：

“你来这儿干嘛，我的女儿?”

她反倒局促不安起来：

“我在……埃特勒塔，朋友家……我，唔，反正离这儿很近……既然来了，能看看你的房间吗?”

“不行。很抱歉。正在装修呢：家具迟迟未送来，水管工又出了问题，总之……不过，我会请你们四个来参加乔迁宴的。一言为定。”

他还想欺骗她吗？这个言语不多、不大能见到的父亲，耶和华式的人物，还想像她十岁时那样用异国情调打动她吗？如今，薇拉已经五十五岁，她绕到车的另一边，蛮横地打开车门，坐进车里：

“别跟我说你打算十分严肃地在你的单间套房里放一张床。妈妈已经去世，是正视现实的时候了。开车吧，我们去附近一家餐馆……佩尔兰太太在家等你，我知道。你可以从餐馆给她打电话让她放心，说一个老讨厌鬼找上门了，他还是个小伙子的时候，你曾同他一起从利伯维尔到迪耶普去，你在你那只运香蕉的船上同他……我相信你是个很有想象力的人……佩尔兰太太自己能做饭吗？她还没有老到不能动的地步吧?”

他耸耸肩：

“当然没有！不管怎么说，还是要谢谢你，难得你这么关心她的身体……”

不到三刻钟，他俩就把父亲点的一瓶雷司令白葡萄酒[①]喝完了。酒和酒吧都是他选的。一个叫“康泰师傅”的酒吧，他还跟在利摩日或维耶尔宗时一样，解释道：“我从来不去那些骗游客钱的餐馆！”

对虾一上桌(这里的对虾很新鲜，船长是这么推荐的)，薇拉就触及问题的要害：“你跟佩尔兰太太的故事早在妈妈去世前就开始了吗？”“是的。”“她生病前？”“是的。”“有多长时间了？八年，十年？”他似乎被激怒了；仿佛像他这样动作敏捷的退休者却只能诱惑一个老妇！“比十年要多，”他得意地打了个嗝说。“二十年？”“不止。”

现在他笑了。一点不慌乱，或者说，没有一丝悔恨。更确切地说，似乎很满足。薇拉则觉得自己在玩“猜价格”的游戏：是“多”还是“少”……

“那么，三十年？”“还不止。”他几乎连眼睛都没有垂下！她干脆直接说：“五十年？”“再多一点。”

她惊呆了：五十多年！这么说，在卡蒂娅出生前，也就是说，结婚前？

船长十分得意，叙述了事情的经过，为其行为辩解，还炫耀自己的本领。他兴奋不已，一开口就不肯罢休，他要弥补五十年的沉默：他还是个孩子的时候就认识了莫尼克，她总是同他的大哥即薇拉的一个布列塔尼叔叔一起去上学，四姐妹从未见过她们的那些布列塔尼叔叔，“因为圣塞尔旺离利穆赞山区很远，而且你母亲也

---

① 德国著名品牌白葡萄酒，用产于莱茵兰及阿尔萨斯地区的白葡萄酿成。

不太热情，至少对我家人如此。她从未邀请过他们。再说，开始的时候也不可能，因为索里埃尔咖啡馆的两间屋子已经住了七个人！况且，我们家在西部，信奉天主教，有八个兄妹，而奥尔嘉是独生女，你外祖父又不是个虔诚的天主教徒，因此，两家人很难融洽相处！”十七岁的时候，亚纳·勒盖莱克与莫尼克有过一次一夜情。但没有结果。莫尼克怕到了二十五岁还找不到婆家，就跟另一个人订了婚。他们便再也没有见过面。一九五〇年七月，在市政厅的舞会上，奥尔嘉出现了。“正如你的儿子们所说的那样，我一下子就爱上了她……我的天，她实在是太美了！而且，这姑娘太有个性了！简直是一匹脱缰的马……卡蒂娅出世的时候，我疯狂地爱着她！当你，我的‘帕塔普夫’，紧接着卡蒂娅来到世上的时候，我依然很爱她。你还记得我叫你‘帕塔普夫’吗？你的两只胳膊胖乎乎的，腿肚子像足球运动员那么结实，一个真正的小伙子！……我是在去圣塞尔旺探望父母的时候与莫尼克邂逅的，那时你大概只有一两岁。她最终没有跟那个男人结婚，她在帕拉马工作，给人当秘书。我们共同度过了三个夜晚。她在格瑞特必学校对面的城墙内有一个小居室。在五层，落地窗对着大海……每次出海回来，无论是在敦刻尔克、波尔多或南特下船，我都要从圣马洛绕道回家。至于什么时间下船，我从不跟你母亲说得很明确；这不难，她始终认为货轮跟帆船一样，什么时候到港取决于风速……有什么办法呢，俄罗斯和利穆赞都不出航海家！在海洋方面，米沙不比奥尔嘉知道得多！至于你母亲，我从来都教不会她游泳……这些人需要让脚始终踏在陆地上！总之，我渐渐发现你妈妈的确很能干，但太难相处。首先，我娶了个已婚的妻子，你应该想得到：她跟利穆赞人，跟米沙已经融为了一体！索里埃尔离温哥华太遥远，不好经营！最后，唉……我们的婚姻很快就陷入低谷。总之，我们没有任何共同之处……”“可你们生了四个女儿。你们共同拥有四个女儿呢！”“哦，四个，我的小猫，这话讲得太早了！由于莫尼克在我生活中的位置，我那时已不打算再生孩子制造麻烦了，莉萨是我迫不得已承认的。我这人心胸宽广……这孩子是在怀胎八个月时出生的，甚至只有七个半月，据你母亲说。可她生下时体重就有三公斤，长得异常大，不可能是早产儿！如果你妹妹不像你妈妈说的那样是到了分娩期才出生的——她看上去完全是个足月儿，那么，我的宝贝，你母亲怀孕的时候，我正在巴塔哥尼亚高原①附近的海域运送一批在瓦尔帕莱索装上船的铜！你母亲和助产士，即她的女友，她俩还真的以为我是傻子！换句话说，我也不是天使，所以我闭上了嘴。现在，只需做一个亲子鉴定就知道了……”

是威胁？不像。他又要了一瓶雷司令白葡萄酒并把当日特色菜——用圣雅克酱烹制的圣皮埃尔鱼和豌豆一扫而光。鱼很新鲜。船长一贯胃口极好，因而知道好餐馆的去处。薇拉对这顿饭并不满意，因为大虾和海螯虾都吃完了，坦白交待却还处于头道菜的起始阶段。用圣雅克酱烹制的圣皮埃尔……对一个克勒兹高原的姑娘来说，圣人是不是太多了？也许。特别是她已经对父亲透露的隐情消化不良，这些秘密让她感到无比沉重，胃发胀，哪里还有空间装热乎乎的奶油水果馅饼？

---

① 南美洲东南部的高原，位于阿根廷南部，是阿根廷重要的牧业地区。

父亲滔滔不绝地说了许多。与其说是把发生的事情告诉女儿,还不如说是自我宽慰,让自己摆脱五十年谎言的重负。解脱,或者炫耀自己;别以为他现在没资格风流了,这把年纪,在别人眼里还是个身强力壮的人呢!这男人费尽心机使自己不显老!学海员吹牛:"那些女的我都想……"

我们做个简要概述吧:一九五六年,莫尼克在勒阿弗尔定居。亚纳·勒盖莱克也去了那儿。当他与"佩尔兰女士"共同生活时(信箱上写着的两个名字便是证明),亚纳在利穆赞结婚已经六年,他的长女五岁,小女儿一岁半。那么安娜呢,那个命中注定要死去的小女孩呢?刚一岁。似乎是她的出世把两个年轻情侣结合在一起的,莫尼克是布列塔尼人,未婚母亲,与诺曼底和橡皮膏结下了不解之缘。亚纳这个通奸的父亲,选择了勒阿弗尔作为船籍港。

薇拉坚信他肯定盼望这次是个男孩,没想到又生了个女孩,而且还有残疾:活该!不过,她没有就安娜提任何问题,甚至没有影射她;父亲亦如此,大家都回避这个小女孩;对勒盖莱克家来说,这个话题很痛苦,从佩尔兰的角度看,这似乎也是个十分敏感的问题。还是谈大海吧。

父亲喜欢就他所关心的公平问题大发议论:"在我们海运部门,劳资协议对出海的人有利:出海一个月,便可在陆地上待半个月。我一年航行八个月,因此可以在家住四个月:两个月跟莫尼克在一起,两个月跟你母亲在一起。莫尼克从一开始就知道这个规定,我从来没有骗过她……你母亲?哦,你母亲一直以为海运管理局只给我八个星期的假!她没有好奇心。我是说她从不过问我的生活……"

远方的来客说谎戳不穿。父亲总是从很远的地方来，母亲怎么能识别他说的话孰真孰假呢？不过，这是真的：她对那些遥远的国家不感兴趣，也不喜欢读深奥的书，更不愿揣测头脑复杂的人。

一九六二年，也许是因为安娜的病情加重了，父亲的私生活突然变得复杂起来，因为他的职业生活简化了。他并非一直是船长（其实他根本就没当过"船长"，我们这位环球旅行家以大副的身份结束了他的航海生涯），后来他在勒阿弗尔航运公司总部申请了一份职员的工作。从此，像所有"在陆地上生活的人"那样，他每年只有三周的假。一年十二个月，他十一个月跟莫尼克在一起。而在奥尔嘉身边只有三周。后来，随着公司的发展，假期变成了四周，五周。为了保全面子，他需要更多的假期。于是，每年他都要自费回家过两个周末。

他周五到利摩日，在克莱拉克住到周二，一大早，他以去布尔日看望朋友或去索洛涅①打两天猎为由开车出发。他把车停在拉苏特雷纳火车站，然后坐火车去勒阿弗尔。到了周四晚上，他往克莱拉克打电话说可能要晚些回家："车连杆因缺油损坏了。"周六上午，他带着热乎乎的羊角面包和一个冷的小山鹑出现在我们面前，周二晚上又消失了。周三中午，一大家人等着他吃午饭，他却迟迟不归，直到下午两点半才打来电话，不是说贝里的老海员俱乐部就是说奥弗涅的海员画家协会有紧急活动，还说星期四保准回家，却到周五上午才带着三瓶鹤翼葡萄酒②或一张暗绿色的水粉画回到

① 位于卢瓦尔河谷。索洛涅地区五十万公顷的土地上遍布森林、池塘、田野和河流，是个巨大的自然保护区。秋冬时节，法国人喜欢到这里来打猎。

② 卢瓦尔河谷产的一种有名的葡萄酒。

家里。他带妻子去餐馆吃饭，认真检查“孤女们”的记分册和保健卡，给她们称体重，量身高，修剪花园的篱笆，去岳父母家过周六，晚饭时讲述合恩角[1]航行的经历，早餐则讲述复活节岛的趣事，星期天中午与高原妇女亲密交谈，晚上在全家人的陪伴下去利摩日火车站，大家都依依不舍，以为真的跟他在一起过了半个月。

“活得太累了！”薇拉说，“离婚不是更简单吗？”

“我不赞同离婚，孩子太可怜了。”

“是吗？你不记得我离过两次婚吗？”

“那是你的事，女儿，我不发表意见。”

吃完苹果馅饼，他要了两杯咖啡并谈起了米沙。不管怎么说，他很感激他，他没有离婚，与其说是为了女儿，倒不如说是因为岳父的缘故。对他来说，米沙是不可多得的父亲，他自己的父亲是圣塞尔旺的渔民，名声不好。薇拉还记得母亲曾跟她说：“你的祖父勒盖莱克是个酒鬼。”父亲不愿让这个俄罗斯老人失去威信。所以，在合恩角，海浪打上甲板，船前后颠簸，左右摇晃，莫尔斯电码，“假如世界上的所有男孩”……他没有壁挂式文件柜，没有印台，没有油印蜡纸，没有姘妇，也没有离婚之说。没有关于他的绯闻。

一九六七年，亚纳第二次变换职业，他离开海运业，调到橡皮膏厂工作，莫尼克在这一领域干了十年，成绩斐然，从此两人不仅晚上在一起，白天工作也在一起，生活状况的变化却没有在克莱拉

① 智利南部合恩岛上的陡峭岬角，位于南美洲最南端。

克走漏一丝风声。父亲依然每年一到两次从丹吉尔[①]或火奴鲁鲁[②]来利穆赞。

薇拉耐着性子听他回顾这段历史，没发出一声怨言；她小口小口地喝着咖啡，急切地想梳理一下自己的过去；未来很渺茫，可是突然间她似乎觉得未来比往事更可预料。她不顾一切地试图像放电影那样从头回忆起来，比如，从她们的父亲进入生产低变应原橡皮膏的 Saniplast[③] 工厂开始，那时她十五岁，索尼娅十三岁，莉萨还不到十二岁。小姑娘们因收到父亲从世界的尽头寄来的各种各样的明信片（“致以深情的问候，勒盖莱克”）而无比自豪。“那些明信片呢，你是怎么给我们寄明信片的？”薇拉问。

他对她轻蔑地撇了撇嘴：“我停航前就积攒了一大堆明信片。后期中途停靠的所有港口的明信片我都有。我早就料到了这一天。再说，在准备出航的船员中找个小伙子替我寄点东西并不难：‘你去开普敦[④]吗？帮我把这个从达喀尔[⑤]的邮局寄出去。’”

薇拉陷入了沉思。“所以我们收到的明信片总是同样的名胜？从老港俯瞰的加德圣母院，从诺曼底大桥看去的自由女神像……你的存货都用完了吧？把抽屉里的钱也都花光了吧？”“我接受你

---

① 位于直布罗陀海峡的丹吉尔湾口，距亚欧大陆仅十一到十五公里，坐落在世界交通的十字路口。东进地中海和西出大西洋的船只都要从这里经过或停泊，大西洋东岸南来北往的船只也要在这里调整航向。这里战略地位十分重要，历来为兵家必争之地。

② 美国夏威夷州首府和港口城市，华人称之为檀香山，位于北太平洋夏威夷群岛中的瓦胡岛的东南角。

③ 欧洲最重要的卫生洁具生产商之一。

④ 南非第二大城市，南非立法首都，西开普省省会，以其美丽的自然景观及码头而闻名于世，知名的地标有被誉为“上帝之餐桌”的桌山，以及印度洋和大西洋的交汇点——好望角。

⑤ 塞内加尔首都，位于非洲西部，佛得角半岛的南侧，是非洲大陆离南美洲最近的城市。

的批评……"他笑了。

她还在问。想知道怎么会一点都没有引起母亲的怀疑:"比如你的工资……妈妈应该发现工资是从不同的雇主那儿转到她账户上的,不是吗?""长期以来,我都是从我的大西洋银行账户上取工资,然后再把钱划到你母亲的储蓄卡上。我想得很周到,我从来不乱放我的银行单据和我的支票票根……"

确实是这样,薇拉想起父亲从未使用过银行卡,也很少用支票,总是用现金付款。母亲曾开玩笑说:"瞧这个老好人,能用超级雷达指挥超大型油轮,居然连一张支票都不会填!"没错,薇拉还是小女孩的时候就听母亲这么说过,后来成了审计师的她却没有认真思考过这些话的含义。其实她很清楚,不诚实的男人,比如犯罪团伙的首领,为了不留下痕迹,从来不使用银行电子卡和支票,只用钞票……

他们从咖啡馆出来,天下着雨,父亲把女儿拉到自己的雨伞下。可以说很温柔。坐在车里,他们几乎无话可说。以前,挡风玻璃上的刮水器发出的声音总是打破沉默;而今天,这辆新标致车上的刮水器也跟他们一样寂静无声。为了发出一点声音,薇拉叹了口气。

"你累了吗,我的宝贝?"

"当然啦。从圣莱奥纳到埃特勒塔的路途很远。我没睡好。"

"但你很耐劳,不是吗?我的女儿中数你身体最棒。以前我总是叫你'开心宝',因为你爱开玩笑……你还记得做鬼脸比赛吗,我的帕塔普夫?"

为什么不让"爸爸给我个笑脸呢"?啊,他并不坏,薇拉知道她的父亲不是个坏人！他费尽心机想拯救一切，挽留一切。只能说他是个疯子。过着疯疯癫癫的生活，却让两个女人成为不幸的人……她怀疑母亲是否真的对这种有名无实的家庭生活表示过怀疑。一个性格刚强、聪明机灵的女人怎么会糊涂到这种程度？难道她就从没想过要探究美丽表象背后所隐藏的秘密？薇拉想起她很小的时候，有天夜里好像听见母亲在哭泣……可是，吃餐后点心的时候，亚纳·勒盖莱克庄重地宣布（他们快喝完第二瓶雷司令白葡萄酒了）："你母亲从来没有觉得这种生活很痛苦。否则我也受不了。对她来说，孩子是最重要的。那时她有你们，她的公主们！"公主？不，是人质。为了获得自由，亚纳·勒盖莱克把自己的女儿做了抵押。她们成了母亲的俘虏，就像母亲被女儿牢牢束缚住一样。鸟巢关闭得严严密密，鸟儿却飞了！

父亲开车把薇拉送到车站餐厅——薇拉说有一帮朋友在那儿等她（我的帕塔普夫，我一定要送你去那儿，我不愿让你被雨淋湿），然后说：

"啊，分别前，我要坦诚地对你说，我很担心索尼娅。我觉得她最近喝酒有点多……"

"没这回事！她非常有节制的。"

"还有，她的职业很不稳定……你们应当多关心她。"

"别为索尼娅担忧。也不要为莉萨、卡蒂娅和我操心。我们会互相关照的。跟从前一样。一切都会好的，爸爸，你会看到的。跟从前一样。随我们吧。像从前那样。"

痛苦中的女人往往话很多，晚上躺在床上，薇拉向金发维耶尔宗姑娘讲述了自己所知道的关于父亲的主要事情。像对一个姐妹那样。薇拉只能跟她讲今天了解到的。两人都在想母亲是否已经猜测到了什么。“母亲生病的这几年,或者爸爸在为他那些勒阿弗尔的邻居精心策划‘非洲人道主义援助’的那些年,他一直对妈妈很好,几乎都在她身边。感到日子难熬的应该是莫尼克·佩尔兰!他颠倒了比例:跟合法妻子过十一个月,跟非法妻子只过一个月……不过,奇怪的是,妈妈非常讨厌他。没有一点感激之情。她老是粗暴地打发他走。而他呢,以前对我们总是态度生硬,妈妈临终前的那段日子在她面前却非常顺从听话。于是她变本加厉地攻击他。态度极其恶劣!一天,她当着索尼娅的面对他说:‘我看够了你这副样子!’是的,她对他说她不再睁眼是因为她‘看够’了他。她想让他作出补偿,补偿什么?难以言表的失望——五十年的婚姻……或者什么更确切的东西,毁灭了她生命的某个东西?我不知道,我不知道她发现了什么。”

突然,薇拉觉得母亲是了解事实真相的;而且很早就知道了,也许从一开始就知道。证明呢?当然是她临终前的生活状态!她的愤怒,她同病魔的抗争!她不想死,她躲过医生的所有预测,以超人的毅力死死抓住生命不放,拼命缠着它,这一切都是为了不向另一个人让出她的位子,她占据的所有位子。

24.

这是在克莱拉克妈妈的房子里度过的最后一个星期天。家具早已搬走。画，地毯，茶炊和平底锅也都拿走了。衣服，包括那件七十年代的水貂尾皮小夹克衫，都被我们送给了红十字会。爸爸在事业巅峰的时候都买不起一平米的整水貂皮送给妈妈，妈妈只好满足于这件用水貂尾皮拼接起来的衣服……索尼娅希望我能把这个灰褐色的拼凑物卖给巴黎的一个皮货商：

“卖便宜点，总归有人要的。”

“可是，我的妹妹，现在已经没有人穿毛皮衣服了！除了几个愚蠢的环境保护主义者，中国人把滞销的狗皮卖给他们，说是丙烯酸织品！我嘛，请你注意，我宁愿要水貂皮，因为狗太聪明，羔羊太温顺，而水貂呢，又笨又坏，而且不能食用！总之……不管怎么说，如果我把这东西转让给一个皮货商的话，莉萨会很生气的，她一直在为保护小海豹作斗争……”

“再说，”薇拉直截了当地说，“这些水貂尾皮鞣工很差，我不知道船长从哪儿买来的，气味难闻着呢。他买的这件皮夹克，妈妈从来没有穿过，有一股肝糜的味道……”

水貂尾皮被送到红十字会去了，一同送去的还有聚酯罩衫和仿羊绒长披肩。

我们终于清理完了地窖，里面有五层搁板，放满了短颈玻璃广口瓶。都是空瓶。唔……大的是雀巢咖啡瓶或桃汁瓶；中等的是 Bonduelle①棕榈肉或去皮芦笋罐头瓶；小的是 Bénédicta②蛋黄酱瓶。妈妈细心地把这些空瓶子保存起来，用来装东西，她从来不空着手来我们家，不是挎一个大篮子就是提一个大食品袋，先拿出小瓶子："这是剩下的一点酒焖子鸡，明天你一人在家可解决一顿午餐"；然后拿出中等的瓶子："这是大黄果泥，我搀了一些杏子，你尝尝就知道，很好吃的"，"这是真正的白奶酪，用纯牛奶做的，你丈夫喜欢吃"，"这是番茄酱，给孩子们拌面条"；最后，她拿出特大的瓶子："这是肥肉汤"或者"大南瓜汤，把它放进冰箱里"。

装满食物的瓶子被放进橱柜或冰箱，妈妈的食品袋又装满了"存放"在我们家的空瓶子："千万别把我的瓶子扔了，我还不够呢，你想想，我要给四个女儿和八个外孙做吃的！"

她一生都在哺育子女，只相信生长在土壤里的食物。*人不止是靠面包生活的*，啊，她要是读到这个句子(可她不读书)，肯定会笑的！"人不止是靠面包生活？当然啦，他还得吃糕点呢！"在她带到我们家的那个大草提包里，瓶子的上方总有一个黄油饼，一块酸奶四合糕，一个杏仁奶油饼，一个柠檬塔。有时，用一块抹布包着的生菜盆里还有揉好的

---

① 法国最大的蔬菜罐头制造商。

② 法国专门生产调味品和蛋黄酱的知名品牌。

做油煎鸡蛋薄饼的面团:“等孩子们做完运动回家,给他们一个惊喜……”她笑了:“别告诉你爸爸说我是把面团放在他车的后备箱里运来的!”

我们把装麦氏咖啡、好妈妈果酱、Panzani 番茄酱的空瓶子全扔进克莱拉克市政府专门运送玻璃制品的集装箱里。

屋子下面的地窖里,从此再也没有任何东西等着妈妈了……而我们也不再期望从她那儿得到什么。

昏暗的角落里只剩下一堆堆杂物:从大麻床单上剪下的抹布,硬邦邦的地板蜡毛刷,蜡烛头,绳段,粘在一起的老油布,一管管口红,失去镀金层的粉盒……

我和我的“双胞胎妹妹”把旧手提包和饰有金银箔片的小布袋都整理完毕。然后,我们怀着虔诚的心情开始清理最神圣的地方:放稀奇古怪的首饰的储藏箱,我们把这项工作放到最后做。妈妈把她戴过的首饰——有塑料的、铜的、玻璃的、贝壳的,还有木头的,斯特拉斯假金刚石的,所有这些五十年代以后的首饰——都装在鞋箱里保存着。一个真正的时尚博物馆!

“把这些东西扔了真可惜!做个服装展一定很有趣……”

“你磨坊的家有地方吗?”

“没有。不过莉萨……”

“啊!要是威廉知道我们趁他妻子不在把这些彩色玻璃小饰物都扔掉了,真不知道会怎么感谢我们呢!”

我们没有把盒子里的东西直接倒入垃圾箱。我们逐个仔细检查这些挂在胸前的长项链、胸针,还有手镯:“啊,这个耳坠,你瞧,镶着黄晶呢，具有印度风格，嬉皮士时代的典型代表！……还有这些黑白耳环，你不觉得像库尔日[1]时代的产品吗？瞧这些戒指，你还记得那天晚上她打扮成茨冈人逗我们开心吗？”

我想说服薇拉给自己留两三个很具波普艺术风格的首饰别针、一个闻所未闻的“外国”的（那时，人们说“有异国情调的”）戒指，以及一个半公斤重的皮革和钢连缀成的耳坠：

“你可以佩戴这些饰品。我敢说你戴上就不想取下来了！你不是那种自命不凡、庸俗可笑的女人，再说你还这么苗条，戴上肯定好看！”

“开什么玩笑！我可不敢……”

“有什么不敢！你的维耶尔宗姑娘会喜欢的！‘沙托鲁’也一样。”

她笑了：

“现在只有维耶尔宗姑娘了……”

“你变规矩了？”

“可以这么说。”

“反正妈妈说你怎么打扮都好看，瞧这个耳坠，多漂亮啊！”

“哦，不，我可没这个胆量。尤其现在都五十四岁了……”

“妈妈五十四岁的时候身上挂一大堆这种首饰呢，她不怕吸引别人的目光，真好……”

“卡蒂娅，妈妈很美。（她严肃地看着我说。）她是个大美人，你知道吗？”

我知道。我猛然意识到，薇拉，甚至薇拉，还有莉萨，甚至莉萨，她

---

① André Courrèges（1923— ），法国著名时装设计师，自一九六四年起相继推出喇叭裤、迷你裙、透明装、太空服，引领时尚潮流，上世纪九十年代又推出了无内衣连体裤装、透明女衫。

们都不及妈妈漂亮。而且她们早就知道这一点。

我们怀着忧伤的心情把这些旧首饰放回旧盒子里，再把旧盒子装进一个旧纸箱里，并将旧牙刷、破抹布、褪色的浴巾、布满灰尘的拖鞋统统塞进去；然后，我们像捧着棺材一样把旧纸箱放在雨中的人行道上。

我想到了夏天，便主动说："顺便告诉你，小薇拉，我很想认识你的维耶尔宗先生。你可以七月份带他来磨坊见我……"她笑了。她有几颗漂亮的贝齿，我知道；她笑起来还像孩子那么天真。妈妈去世后，我喜欢上了薇拉。她是我的小妹妹。跟从前一样。

索尼娅

像头戴风帽的俄罗斯布娃娃，索尼娅冒着寒冷的雨，迈着更加稳定的步伐走进维耶尔宗的文化商场，该商场位于美丽林商业区（20号高速公路边的三万平米的库房）。在利摩日找不到工作，在美容业又无一席之地，一个月前她来到维耶尔宗，薇拉通过熟人好不容易帮她在美丽林商业区找到一份售货员的工作，她与马里奥诺①签订了为期半年的合同。"有这么诱人的售货员，马里奥诺的市价下跌不足为怪！"薇拉在邮件中写道。这句评价不太客气，索尼娅不在乎，莉萨立即对此表示遗憾。于是薇拉尽一切努力重新包装妹妹：带她去自己的理发师那儿剪发染发（索尼娅的头发现在成了红棕色，像个爱尔兰姑娘，她那"不灰不绿"的眼睛顿时大放光彩）。人们只注意看她火红的头发和蓝绿色的眼睛，便注意不到被胭脂覆盖的酒糟鼻，以及赘肉层层的"浮筒"似的身材。对于腰下部位的缺陷，薇拉也作了补救，专门给妹妹买了特大号的衣服。卡

① Marionnaud，欧洲最大的香水及化妆品零售连锁店，二〇〇五年被香港商人李嘉诚的企业收购。

蒂娅分担了部分费用，因为胖女人的衣服价格都很昂贵。

午饭时，索尼娅穿着一件玛里纳·里纳尔迪[①]紧身上衣和一条齐腿肚中央、既宽松又特显身材的裙子（可惜，她全身被一件蓝色的旧滑雪运动衫、一条红披巾和羊毛长围巾裹了起来），孤独地缓步走在商业中心的小路上。为了重新投入绘画，她在文化商场茫然地寻找丙烯颜料，因为匿名酒鬼俱乐部的人建议她培养自己的"爱好"。十五年前她曾在绘画方面有所研究：光洁平滑的大张白纸，稠厚的黑色液体。她想画冬天的景色，枯树，像雕刻一块干木头那样雕刻画布。"我相信你有极强的艺术感受力，"匿名酒鬼俱乐部的童子军女领队十分肯定地对她说，这位女领队戒酒已十八年。戒酒？索尼娅开玩笑说，这个年轻女子说一套做一套，从她傻乎乎的神态和衰退的视力就知道，她像一头布列塔尼母牛一样，对绘画一窍不通！她只是做好事，运用一下所学的教理知识罢了：酒鬼对自己缺乏信心，酒鬼不重视自己；因此，如果索尼娅把自己对柔道的兴趣拿出一丁点与她分享，这个坚持戒酒的女子就会许诺送她一条黑腰带。索尼娅讨厌酒鬼俱乐部的一切活动，讨厌像童子军那样手拉手排成一队唱愚蠢的感恩歌，还讨厌"党小组"的种种活动，比如小型庆祝会，微笑监管，每周一次的自我批评。她坚信自己完全可以离开他们而"做得更好"；但对于给她买新衣服的薇拉，她答应要尽己所能改邪归正，这是最起码的。然而，薇拉虽从未涉足酒鬼俱乐部，却对它抱有极大的信心。索尼娅只好去了。她参加

① 该品牌成立于一九八〇年，是意大利最具规模的高级女装成衣生产商 Max Mara 集团的一员。

俱乐部的活动。毫无信心。她又开始绘画。也没有信心。总之，她签了六个月的合同。六个月。六个月很长，而生命很短暂……

在文化商场，她不想从书店门口经过，她在维耶尔宗租的那个带家具的单间套房很小，没有地方放书。离开利摩日的时候，两居室里的几件家具因为找不到买主都只好被她送给艾莫了。她最珍贵的财产——母亲亲手做的窗帘，米沙的巨幅照片和她那些加注的旧书，都被她存放在卡蒂娅家磨坊的阁楼上。

因为卡蒂娅的缘故，她在书店的书架旁停住了脚步。这是一个非常小的书店："新书区域"除了招牌没有一点文化气息；主要是针对人们的休闲活动，以前人们都谦虚地称其为"女作"：十字绣，彩色粉笔，小片胶纸，框架，镂花模板，穿线珍珠，反正都是些让你只动手不动脑筋的东西。索尼娅没有径直朝绘画颜料走去，她的眼睛在搜寻姐姐最近出的一本小说。她向来如此，无论到哪家书店，都要核实一下姐姐的书是否放在显眼的位置；要是在货架上看不到她的书，她就会问售货员："卡蒂娅·萨洛夫，您没听说过？可您应该知道。她是个了不起的女小说家。"她敬佩姐姐，甚至她的所有姐妹：莉萨的美丽，薇拉的坚强，卡蒂娅的涵养。她觉得自己是那么弱小、无能和卑微，但她为自己始终爱着她们并替她们辩护感到无比幸福；她甚至还保护过她们，在她力所能及的范围内。

保护？突然，在斯蒂芬·金[①]的黑色小说和帕特里夏·康韦

---

① Stephen King(1947—)，美国著名恐怖小说家。他的作品有许多被搬上了银幕，其中最著名的有《肖申克的救赎》、《闪灵》等。

尔[①]的惊险读物之间，索尼娅产生了怀疑。她的姐妹“始终受到保护”，果真如此吗？她仿佛在梦中，脑海里又涌现出过去的情景，有些模糊，展现的是另一种生活：一个世纪前，在克莱拉克……那时，她与莉萨(大家都叫她“小娃娃”)同住一个房间。莉萨多大？两岁，最多两岁。她金黄色的发卷尚未剪去，盖在她的颈背上。她睡的是一张旧的但被妈妈漆成白色的铁床；索尼娅则睡在一个带高柱子的木床上，是米沙用两个带轱辘的床改制的；索朗日外婆用黄麻布和燕麦包为她们做了两个床褥。小姑娘喜欢这些夏天散发着干草香味的草褥，还有那些堆放干草的房屋：她们把脸埋在燕麦包里做着美梦，梦见母牛，巴古宁驴和拉着雪橇的马……

妈妈却睡不好，她的小女儿——小美人莉萨老是啣指头，颚都快变形了；我们再不阻止的话，她的牙齿就跟费南代尔[②]一样了！

还是外婆想到的第戎芥末酱。一天晚上，在厨房里，两个女人把莉萨的双手抹上芥末汁。妹妹被安顿睡下后，索尼娅惊讶地看着她：她的两只手各戴着一个黄手套。妈妈以严厉的语气警告她的宝宝：“再吮手指的话，你会后悔的！”戴着新手套的莉萨过了很久才入睡，她嘟嘟囔囔地发着牢骚，看上去非常生气。

第二天，轮到妈妈生气了：莉萨把她右手的手套给吃了。

于是，妈妈和外婆改用芦荟。索尼娅记得很清楚，那是一种棕色的液体，她们将它涂满宝宝的双手。后来，索尼娅看到一张照

---

① Patricia Cornwell(1956—)，美国著名推理小说家，根据自己的社会新闻记者和法医记录员的经历陆续写了一系列以女法医为主角的探案小说。

② Fernandel Joseph Désiré Contandin(1903—1971)，法国喜剧泰斗，笑起来露出洁白的大牙，声音悦耳，神情憨厚可爱。

片：莉萨带着白手套在悉尼的法庭上为人辩护。她便在词典上找“芦荟”这个词，想知道是谁发现这种药汁的，这令人恶心的酊剂？不用说，是一个了解药典的人，即她们的母亲……单闻芦荟的气味就能估计到它有多苦。妈妈给莉萨的指头涂芦荟汁，她一点都不反抗；她惊奇地看着大人忙乎。索尼娅则很不安。“莉萨，我就不信你改不掉这个坏毛病，非吃自己的手指不可，”妈妈一边关灯一边说。接着，她又压低嗓门伤心地说：“这都是为了让你成为一个漂亮的女孩，宝贝……”

夜里，莉萨感到恶心，醒了三次。“别动，莉萨，不许吃，是毒药，”索尼娅小声说。早上，她们的母亲走进房间，宝宝伸出手大声说：“没有吮拇指！”她以为这准会让妈妈高兴。不幸的是，妈妈仔细检查了她的右手，发现她在撒谎，因为拇指和食指都铮铮亮……

显然，芦荟已不足以使孩子放弃吮指的快乐，于是大人们又进行了长时间的秘密交谈。索尼娅还记得妈妈整天垂头丧气地说：“这个小姑娘是在毁容啊！”谁将发动下一轮攻势？是外婆还是米沙？他们所选择的方法都有点“修理工”的味道，跟他们本人很像。一天晚上，妈妈拿来一些旧的浅灰色的毛巾布手套，手套口有很多孔，穿着一根细绳；她把莉萨的手塞进手套并拉紧绳子：莉萨现在戴的是两个连指手套，即没有拇指的手套，而且是方角的，她怎么都脱不下来。宝宝的手被束缚住后，妈妈握着她的手腕跟她玩木偶跳舞的游戏。但莉萨没有笑。索尼娅也笑不出来。

莉萨戴着毛巾布手套度过了几个晚上？她伤心了几夜又哭了几夜？不过，最终她还是用唾液软化手套角边的办法摆脱了困境：她往粗糙的手套布上吐唾沫，直到棉布变得柔软，与可爱的手指线条贴合为止。莉萨终于平息了怒火，吮着半个拇指和一段食指睡着了，而她的姐姐却迟迟未睡，现在有燕麦包床垫也无法使她做“母牛的美梦”了……一夜又一夜，索尼娅为莉萨的痛苦而痛苦着。而且早上还得忍受母亲失望的痛苦。索尼娅的心是一块海绵，可以用各种方法朝不同的方向拧。

破了洞的右手手套证明莉萨又故伎重演，大人们并未就此罢休认输。当然，莉萨赢得了一场战役，可妈妈却是整个战争的胜利者。妈妈从不投降。这是一场三四个有创造才能的大人对付一个两岁的宝宝的异乎寻常的战争，而彻底改变战争面貌的好办法则归功于邻居塔蒂·路易丝。

一天晚上，老三踮起脚从自己的木床上看过去，见妈妈安顿老四睡下后，用外婆为孙女们的泳衣编织的羊毛腰带把她的两个手腕拴在摇篮的涡形铁栏杆上。她打了个松松的结，让宝宝有活动的余地，但宝宝的右手拇指绝对够不到嘴，嘴也接近不了右手拇指，除非她使劲扭动左肩，而剧烈的疼痛会使她放弃美食。“我不愿你伤害自己，小莉萨，”妈妈给宝宝穿上漂亮的蓝底红点的睡衣，这是她刚用一条旧裙子改的，“你理解吗，我的心肝宝贝？你理解妈妈吗？……好吧，看我们俩谁胜！”索尼娅当然知道谁是赢家：胜利属于妈妈，别说是最后谁说了算，就连以前说的所有话都是妈妈的对。四岁的时候，坐在小车里的她就会同姐姐们一起唱母亲教给她们的一首歌：听话的孩子只做父母要他们做的事。妈妈觉得这首歌很有趣，想让她们当圣歌来唱：爸爸不赞成的妈妈也不同意。此刻，这些歌词让索尼娅感到茫然不解：怎么知道爸爸赞成还是不赞成,既然他总是不在家?

听话的孩子只做父母要他们做的事,听话的孩子,妈妈要他怎样他就怎样,而莉萨宝宝总是跟妈妈唱反调,必须承认这一点。即使这些预防措施都是为莉萨好——如同不许她靠近水井或吃接骨木的浆果,索尼娅现在到了睡觉时间就感到恐惧。她害怕这一切:莉萨的拇指,妈妈的好主意,莉萨的执迷不悟,妈妈的固执,莉萨的哭泣,妈妈的愤怒。她想保护小妹妹,可是保护她免遭什么?又怎么保护她?莉萨被细绳束缚,索尼娅则为莉萨的悲伤而难过。

这回,莉萨被卡在床上不能动弹了,她不停地蹬腿,她甚至没法在摇篮里坐起身来,因为她朝天躺着,像一个身子翻了过来的鳃角金龟那么尴尬。更糟糕的是,她的手动不了,只能用脚拍打床垫。她声嘶力竭地喊叫,像一辆被堵在半道上的汽车在使劲按着喇叭;她浑身是汗,脸通红;金黄色的鬈发被汗水湿透,看上去像是棕色的;脖子上的血管鼓起;她不停地喊叫。索尼娅下巴贴在床沿上,伸出脖子,恐慌地小声说:"别喊了,妈妈会打你的……"她不知所措,甚至给她唱起了索朗日外婆的摇篮曲:**睡吧,小宝贝,圣玛格丽特,请你安抚我的孩子入睡……**然而,为时已晚:门打开了,妈妈提起莉萨的双脚,抬起臀部,对她的屁股狠狠打了一顿,接着,她走出房间,一句话也没说,砰地关上门。莉萨抽抽噎噎地哭起来,呼吸都接不上,肚皮不停地起伏,她会死吗?

第二天,恐怖的场面再次上演。莉萨始终不知道自己双手被捆,成了俘虏。她又大喊大叫起来,接着哭得上气不接下气。索尼娅怕极了:"妈妈,妈妈!莉萨不好了!"妈妈打开灯,只对姐姐说话:"哦,我的孩子,你妹妹没什么不好。她是在演戏。告诉我:你觉得在一个家里，应该是孩子说了算还是妈妈说了算？”母亲从不对她的孩子“说儿语”，因而她提的问题都很费解。那天晚上，索尼娅被搞糊涂了，回答说：“孩子说了算。”妈妈没有生气：“你累了，亲爱的，该睡觉了。”然而，母亲来到，她身上的香气和平静的话语让莉萨安下心来，她不再喊叫；五分钟前像激流一样在她紫色的面颊上滚淌的泪水此刻只剩下一道细流，她的脸像一块露出海面的岩礁，哭泣声也越来越弱。

母亲俯身给索尼娅重新掖好被子，莉萨用鼻子吸了吸气，声音嘶哑地请求道：“亲我一下，妈妈！”“不行，”母亲连头都没有回，“我不亲坏女孩。”莉萨显然什么都不懂，继续用疑问的语气说：“妈妈，给我唱‘睡觉吧，宝贝’好吗？”唱歌？她居然还敢要求妈妈给她唱歌？索尼娅的海绵心难过极了，折叠成十层。然而，什么也阻止不了这致命的一击：“妈妈再也不会给顽固不化的小女孩唱歌。也不会吻她。坚决不。我不爱你了。”黑暗中，索尼娅听见莉萨在哭，哭了很久；她没有呜呜咽咽地哭，而是像一个没有关紧的水龙头在轻声滴着水，索尼娅太小了，小的连水龙头都不会关。

第二天晚上，想到又要看见那些细绳，索尼娅动摇了；她说：“我不想跟莉萨睡一个房间。她坏！”母亲十分理解她的心情：“她吵吵闹闹的，妨碍你睡觉，是吗？这样吧，你跟妈妈睡，我的小宝贝。”与母亲同睡一张大床，这是最高的奖励，母亲的床总是空着半边，于是经常用来奖励最听话的孩子。索尼娅心满意足。也很惊愕。临阵脱逃不但没有挨掸衣鞭，反而受到奖励，她没有想到。她怀着愧疚的心情在妈妈那张散发着罗雅发蜡香气和布尔茹米粉味的大床上度过了好几个美妙的夜晚。一张让你不会做噩梦、灯光长明不熄的床……她在“爸爸的位置”睡了多少天？当她返回自己的木床的时候，妹妹已经不再喊叫，无须捆绑而是张开双臂睡觉了。她不再吮大拇指，并且有一口漂亮的牙齿，是全家人当中牙齿最美的，不像其他人从小就需要矫正。母亲十分自豪。至于她的手，其状况显然没这么乐观。可以说，莉萨用牙齿对双手进行了报复：指甲被咬坏，旁边的皮脱落，肉往外翻。惨不忍睹……

索尼娅把法布里斯交给母亲带的时候，特意去药店买了一个橡皮奶头。母亲不高兴地说：“这玩意到处放，上面都是细菌。”但索尼娅坚决要求给儿子使用橡皮奶头。从未这么果断过。可以说，这是第一次，也是唯一的一次，她对儿子的教育发表意见。

索尼娅在文化商场的柜台间溜达，走到“改善你的生活”书架前，她突然从对往事的回忆中清醒过来，书架上尽是有关**个人修养**和烹饪的书籍。索尼娅不是一个手艺高明的厨师。薇拉和莉萨则继承了母亲的一些才能，莉萨还得到过母亲的特别赞扬，她在悉尼利用当地的资源为英国人做猎人沙司袋鼠肉和猕猴桃炖鸵鸟肉等。

索尼娅一日三餐都是面条。她希望这一天快点来到：服两三片药丸便可获得所需营养。她不馋。也不贪酒。薇拉以为她喜欢喝开胃酒、饮料、上等葡萄酒。以为她喝酒是因为她喜欢这玩意。错了。她讨厌波尔图甜葡萄酒、杜松子酒、阿马尼亚克烧酒和其他甜食；拒绝香槟酒，说它烧胃；不喝白葡萄酒，说它会引起头痛；对于红葡萄酒，她也只喝波尔德莱的几种名酒，而她又买不起。即便是她常喝的威士忌—可乐，她也没有好感。别看她现在喝珍宝苏格兰威士忌，那是捏着鼻子一口气喝下去的，像喝苦药一样。正是为了更快地吞下，她才选择威士忌。有时候需要喝几升波尔多葡萄酒才能过瘾，而半瓶珍宝苏格兰威士忌就能解决问题。不到五分钟，她的“牛”就喝完了自己的那份酒，这个舌头上的牛对于芦荟、毛巾布手套和细绳的故事一清二楚，她给这头牛喝水只是出于责任，并无任何乐趣。“你应该去看心理医生，接受某种治疗，”一天，卡蒂娅向她提议说，但不敢触及“问题”的实质。可笑！她早就选择了自己的疗法。她的疗法就是威士忌。比看精神病科医生效果更好。质量和价格的比例很合理。

索尼娅在“改善你的生活”柜台前机械地翻阅一本烹饪大全，此书很畅销，因为现在人们做饭比以前少了。她想在这本厚厚的书里找什么？她深爱的妈妈？不是穿着红裙子带她的**孤女们**去买棍子面包的年轻母亲，也不是临终前脾气变得乖戾的病人；而是巴布什卡，那个乐善好施、与她息息相通的巴布，那个爱在家修修弄弄、喜欢开玩笑、喜欢跳华尔兹舞、爱唱歌的巴布。不幸的是，浏览菜谱的时候，她的目光落在**鸽子的做法**上，她想到了她清洗过并给它化过妆的那个身体，那个被切开、已变质，被重新缝合并接受治疗的身体。**纵向切开脖子拉出胃囊和食管。挤压肚子取出内脏。取出肝、肺。切断翅膀和脚。把翅膀和脚扎牢。**介绍得十分详细，最后还不忘给个建议：**趁新鲜赶紧煮食**（而野味则要让它略微腐烂后再烹饪才能散发出一种特别的肉香）……难怪已故的母亲是个好厨师！今晚，索尼娅准备做面条。不做肉菜。她喜欢吃面条。

她不打算去“休闲娱乐品”柜台，买丙烯有什么用？她的单间套房没有放画的地方。而且，维耶尔宗不下雪，没有什么题材可画。再说，她老了，“重新投入”美术、唱歌或别的什么艺术活动都没有任何意义，往事太多，不堪回首，未来短暂，不可展望！母亲去世后，她知道……她在图书柜台寻找售货员，终于找到一个穿蓝色工作服的实习生：“请问，小姐，卡蒂娅·萨洛夫最近出的那本小说在什么位置？”

25.

我真希望我们穿上孝衣为母亲戴孝，遵守“服丧期”的规定。

妈妈临终前的那些日子以及她去世后我们给她穿寿衣、清理屋子的那段时间，我为我的孩子们安排了三场订婚仪式并举行了两场婚礼。我像个梦游者一样，从放满花圈的葬礼转入新娘的花堂，从寻找“爱巢”转向开墓穴；我起草发往各处的通知信，写追思弥撒词，回复唁函，还不时给自己寻找一顶“滑稽的粉红色小帽”。既然死亡是私事，我们就不必折磨自己，每天都要过得快乐！

上个星期，即葬礼后的第六个月，儿子达米安和他妻子通知我说圣诞节和元旦期间我将得到一个孙女。“你高兴吗?”是的，很高兴。我想。这会弥补我的伤痛。我刚刚失去了母亲。但我马上要做祖母了。

接到这个好消息的第二天夜里，我梦见我和薇拉在一所医院的长廊里被人追捕。为了躲避追我们的那些人，我俩随意推开一扇门：这个不期而至的避难地居然是产院。一个没有护士也没有婴儿的产院；既没有透明的带蓝柄的摇篮也没有白色的墙壁，各种颜色的摇床与周围的环境十分和谐：苹果绿的床放在一块长满青草的地毯上，深红色的床与落地灯、橡皮奶头交相辉映，天蓝色的床背后是彩虹色的护墙板……

我往前走着，赞叹不已："啊，瞧，薇拉，居然有个柠檬黄的摇床！而且在橘树下！真美！"我继续往前走，突然，缤纷的色彩中出现了一个白点。我又往前走了几步。是白色的床。医院的床。我继续前进。面色苍白的妈妈躺在白色的床上。一具尸体置于无数摇床中间。

我吓坏了，于是我试图说服我自己她对我笑了。

母亲去世后，没有托美梦给我，也没有带给我意外的回忆。她去世后便不再有任何生命的迹象。她没来我的磨坊，屋里没有她留下的木樨草和**熏衣草—铃兰**的香味，只有一罐发霉的果酱，一个忘记带走的锅，一扇不停摇撞的门……这个深夜旅行的女人，她去了哪里？她不再光顾我的家。她不再回来，因为我已不认得她。病魔使她的灵魂和肉体都变了样。我再也听不见她狂笑，看不到她亮晶晶的眼睛和极富表现力的动作。"卡蒂娅，你帮我照看妹妹，好吗？"利摩日的**曼博舞俱乐部**，贝拉克的**威士忌酒俱乐部**，已是深夜，一辆二等车……爱笑的奥连卡，我亲爱的奥连卡，"女法老"杀死了她。

难道我去找她的地方太遥远了？她其实没走那么远？就像索尼娅四岁的时候嚷着要一个"假想的妈妈"。她得了猩红热，妈妈日夜守在她床边；可她拳打脚踢地非要赶她走。"我要我的妈妈，"她呻吟道。"我在这儿，"母亲抱着她说。索尼娅烧得满脸通红，大喊道："不，不是你！走开！我要自己的妈妈！我另外一个妈妈！""亲爱的，哪个妈妈？"母亲把一块湿的毛巾布手套①放在她额头上问。"在厨房里的那个妈

① 法国人洗脸用的毛巾是手套式的，其结构类似于我们的擦澡巾。

妈,她会来的！让开,坏蛋！妈妈呀！妈妈！”

今天,我也只有四岁;也许我的亲妈妈——我也嚷着要另外一个妈妈——我的唯一,她也正在吻我的额头?

母亲活着的时候,我不曾害怕过死。我设想过自己的死亡方式,想象自己会因为意外事故突然死亡,快得我都来不及害怕,或者我一病不起,躺在床上,身体瘦弱,还发着烧,但无论怎样我都不害怕,因为妈妈就在这儿,守候在我的床边安慰我,把创痛灵敷在我的额头上,她托起我的头,喂我一勺“萘酚炭”或她自制的糖浆,并发誓说我的病痛马上就会解除,“卡蒂娅,你要相信我”。我信任她(她当过护士,不是吗?),在她的才能和威信面前,任何痛苦都望而却步。我在母亲的注视下慢慢入睡。圣母痛苦经:她在这里。

应该承认,我一直想死在妈妈之前。没有她独自生活,还凑合……可是怎么能没有她的陪伴孤独地死去！

有人说我们会由于父母的消失而惧怕死亡,因为我们处于“第一线”。但我不在第一线！不是我！我有一个爱旅游、喜欢勾引老寡妇的活泼快乐的父亲,勒盖莱克家那边还有一大群身体健康的叔叔婶婶。有这么多人在前面挡着,如何面对死亡？作为挡箭牌的爸爸虽然变瘦了,身子骨依旧硬朗,我看不出他有什么忧虑,我敢说他一点危机感都没有……而我相信,从一开始就相信,并且永远相信这一点:我死的时候,妈妈会在这儿。

威　廉

莉萨的办公室里，威廉正在整理妻子的邮件，除了朋友来信、工作信函，还有广告、邀请信。他对这些邮件作分拣。一概简复“来函收到”。他把几行字放入“我的文档”；大部分邮件都被他丢进了垃圾箱。他很喜欢垃圾箱的图标。特别是现在：清除，必须清除，“你有六十个未读邮件”，啊，尽是垃圾邮件，在目前情况下，这些邮件甚至显得很荒唐。

威廉想起半年前莉萨曾向他描述清理母亲屋子的那些日子里她是如何疲乏不堪，他害怕了：如果莉萨死了，他不仅要打扫她的挂衣间和墨尔特罗的屋子，还得整理她的电脑。访问死者的个人信箱，摧毁其神经元的最后联络，进入其储存器，删除，关闭，取消：一种新式死亡……

此刻，他只处理已收到信息，因为莉萨还没有死，某些医生认为她还有存活的可能。现在的问题是要帮助她失血过多而衰弱的机体战胜肺部并发症；也许她会脱离昏迷状态，脑部不留下任何后遗症。巴比妥类药物尚有某些不确定系数，因而会给自缢者一丝存活的可能。玩自杀这种游戏女人是好手。可莉萨不止服了药片，为了“保险”起见，她还切断了腕静脉，躺在装满热水的浴缸里，她想加速血液循环还是想等失去知觉后溺死？一个彻底的悲观主义者只用腰带和吊带就够了！而这位悲观主义者没有从十三楼纵身跳下，也没有想到用威廉的手枪对着脑门开一枪。命运之神偏爱她，妥善作了安排：浴缸的排水口未密封，一股细流持续流淌着，因此，当她被发现的时候，只是浸泡在血泊里，而且，她用剃胡刀和剪刀在手腕上划下的伤口居然凝固了；至于服用的过量药物，不等麻痹某些神经中枢，已经从胃里呕出了一部分。

可以肯定的是，周末过后不久，保姆推开浴室的门，看到了一幅令人倒胃口的画面：莉萨一丝不挂，浑身是血，躺在一个溅满呕吐物的浴缸里。当“夫人”被送到医院，“先生”急忙赶回来时，这位来自印度尼西亚的年轻保姆辞职了，她不愿在疯子家里干活；不过，在换人家之前，她把浴缸擦洗得干干净净，浴缸的搪瓷现在跟新的一样，因为在雅加达的贫民窟，人们蔑视自杀者，但尊敬浴缸。

现在是凌晨一点。急救室的护士坚持要求“法国女人”的丈夫回家休息一会儿，因为他在走廊里透过玻璃窗看他那个头上插着许多管子的“睡美人”，已经站了近二十个钟头了。她已经窒息，正在急救中。得过两三个小时医生才能做出判断。她在冰冷的浴缸里整整待了一个周末，肺部受到严重感染，否则她的状况不至于如此令人不安。割腕，服毒药，溺死，她想以这种方式结束生命，不料差点被肺充血夺去生命，好像人们忘了给她围上羊毛长围巾！

威廉睡了两个钟头，睡得很沉；醒来时，他有一种负罪感，想找点事做来弥补。他打开莉萨的电脑。当然，他可以趁现在给薇拉发个邮件，把这件事通知她，或者给卡蒂娅打个电话。可怎么对她们说呢？说“莉萨想死”？他可以肯定地说，莉萨试图自杀但并不想死。他的小女儿非常怕死（他只长她六岁，但总觉得她是个小孩），不仅如此，她还怕其他事情，如时光的流逝，夜晚的来临。他从来无法安抚她的心。母亲的去世更让她感到无所寄托，再也没有人听她发泄心中的不快和烦恼！而且，在澳大利亚本土打败的那场官司，在内容上不该输的，却因形式方面的原因输了——一次无法解释的疏忽：物证交庭逾期，权利丧失……这引起媒体和“亲爱的同仁”的愤怒。应该理解他们：他们不可能知道，也没有必要知道莉萨的记事本丢失了，记不起新年的头半个月有哪些活动；那个名叫巴尔瓦提亚·库卡的家伙对她很不满，却不知道最近几个月来他的女律师因频繁往返于悉尼和利摩日之间以及母亲久病不愈，不仅生物钟被打乱，神经也被搞得有些错乱了。昔日活泼快乐的奥尔嘉似乎下定决心要把她的所有孩子都带进自己的坟墓……所有孩子？当然不行，因为索里埃尔的墓穴只剩下一个位子。母亲把这仅有的位子留给了她最喜欢的孩子：可爱的莉萨。

在妻子自杀后积累的邮件里（已经五天了），威廉发现有一封长信是法布里斯的。八个外甥当中，数法布里斯跟这个阿姨最亲近，一直视其为大姐姐。索尼娅把他托付给母亲时，莉萨只有十五、六岁；巴布什卡像待亲儿子那样照顾法布里斯，莉萨则把他当做自己的弟弟看待。

奇怪的家庭：威廉认识勒盖莱克姐妹后，“海员”始终未露面，而已经故去的米沙却无处不在，墙上挂满他的照片（从克勒兹高原年轻的伐木工到神气十足的抗德游击队员），照片上的他总是那么年轻，我们简直无法相信他与在二楼的一间屋里去世的年迈的外婆是一对夫妻！威廉以为索朗日外婆是米沙的母亲，米沙是奥尔嘉的丈夫，奥尔嘉是其女儿们的姐姐，还错把路易丝当成她们的婶婶，把还住在克莱拉克的法布里斯当成外祖母的儿子。一盘真正的俄罗斯沙拉！

了解真实情况后，威廉依然始终把法布里斯当内弟看待。小伙子的岁数太大了，威廉夫妇没法将他们"要孩子的欲望"转到他身上。威廉真的想要孩子吗？对于一个恐龙家族来说，没有比想要一个"亲骨肉"更可笑的事情了！给现存的六亿萨皮人①再增添一个小萨皮，这不过是古生物学家们留给笨蛋的一个幻想而已。不过，威廉想要个孩子是出于同情心，他希望有个孩子，好让莉萨的眼睛闪现快乐的光芒。忧伤的莉萨，蓝眼睛的莉萨，她唯一的伤痛，她的失败，她的败诉。带着挨打的孩子的眼神敢想敢做的女人。

他是因为她而喜欢法布里斯的。一个好奇的男孩，全家只有他非学俄语不可。跟谁说俄语？即使是取了个俄国名字的巴布什卡对俄语也是一窍不通！她只会背诵几条谚语和两三首歌曲……萨洛夫家族没有一点白俄罗斯人所保持的巴拉莱卡琴②文化的气氛：红色战士在娶索朗日并成为克勒兹人的同时将俄罗斯排除出了他的记忆。全家人对俄罗斯的感情只限于崇拜俄国式茶炊，喜欢喝红茶，吃黑麦面包（外婆用面包炉亲自做的面包），以及特别喜爱杨树和桦树，这些树为俄罗斯平原和利穆赞山谷共有，木质松

① 指一九八六年上映的加拿大科幻影片《超级萨皮：来自另一个星球的人们》里的人种。
② 一种俄罗斯民间三弦琴。

软，树皮泛白。作为伐木工，米沙鄙视它们，但作为园丁，他喜欢它们，因此磨坊种满了这些树……

法布里斯学普希金的语言难道是为了讨那个在他出生前就已去世的外祖父的欢喜？威廉不知道。他从不探寻神秘花园，不与这个没有父亲的外甥推心置腹地谈话，再说两人都不擅言谈。而那天晚上，法布里斯在邮件里说了许多话。更糟糕的是，他敞开心扉，无所不谈！

他用了无数感叹号和问号跟他的假姐姐讲述了一个长长的故事，听起来很动人：船长的身份不是真的(and so what?[①])，他有个情妇(big deal![②])，与她维持了多年的关系(What a surprise![③])，不久前去和那个老太婆同居了(what a shame![④])。威廉毫不犹豫地点击了一下，把私人隐情统统丢进垃圾箱！不要**透明清晰的事物**！盲人万岁！

他立即给外甥回信："In the old times, my boy,[⑤]即便父母有不轨行为，我们也不对他们妄加评论。更不用说对放荡的祖父母了。他们的日子已屈指可数……以前，我们都是保持沉默。特别是在医院附近：你小姨的状况很糟糕，医生说要做好心理准备，你若保持沉默，我将十分感激你。什么也不要说，你懂吗？Forget, my dear Fab, forget and forgive。[⑥]"

---

① 英文：那又怎么样？
② 英文：大惊小怪！
③ 英文：太让人感到意外了！
④ 英文：多可惜啊！
⑤ 英文：从前，我的孩子。
⑥ 英文：忘了吧，我亲爱的法布里斯，忘掉并且宽恕他们吧！

关于我们的“亲人”，我们都知道些什么？我们在家跟在赌场一样：大家围坐在桌旁，每人手里拿着一把牌，不知道别人要出什么牌。威廉觉得这样很好。当然，随着最年迈者撒手人寰，后代终于继承了缺席者的面孔，隐藏的王牌，梅花J，简言之，“所有的巨款”。可是，最重要的王牌总是在比赛结束后才给他们，而到了这个年龄，除了死亡，什么都不重要了，包括先辈做的荒唐事，表兄的放荡不羁，妈妈们和奶奶们善意的谎言。五十六岁的威廉已经处于这种状态，他感到自己像两极地带的大浮冰在融化，大块大块的东西从他身上脱落，往事成群地逃向茫茫无边的空际：他童年就读的公立学校，初恋情人的超短裙，牛津大学的校友，刚退役的印度兵，父亲严肃的面孔……他知道，莉萨也有同样的感触。他应该做的只是为她再争得一点时间，好好保护她，让他不在的时候她度过的那些孤独的日子自然而然地被遗忘。

“她的眼睛会在大脑里腐烂的！”每当外孙女睡懒觉时，外祖母索朗日就这么说。“如果不把她从床上拉起来，”她说，“这个小女孩的眼睛会在大脑里腐烂的！”威廉一个人坐在电脑前，他想到岳母奥尔嘉的眼睛，它们确实在她的大脑里腐烂了。他想到了急救室里莉萨紧闭的双眼……他连忙抓起汽车钥匙，拿上雨衣，呼叫电梯：他必须返回医院，飞快地赶去，拉妻子的脚，胳肢她或者打她耳光，只要把她弄醒，怎么都行，可以对她动手，施以暴力，不等眼睛在大脑里腐烂就让她睁开眼，让光线，所有光线，我们剩下的所有光线都进入她的大脑。

莉萨

威尔士亲王医院。凌晨三点。

……天气反复无常，如普罗旺斯的五月，又温和得像羊水，她被这一切包围着，沉浸其中。阳光。阳光从各处射进敞开大门的屋子里，落地窗通向花园和大街。温和的阳光照得家具闪闪发亮，她和卡蒂娅正在往新居搬家：到处是家具，连人行道都堆满了，她们还没来得及搬回家。

卡蒂娅脸上带着微笑推一个蜗形脚桌子，然后一个人就轻松地把衣柜抬了起来，接着是一个大箱子，她们的丈夫在哪里？很远……幸好她们不需要他们，在这个奇怪的地方，没有沉重的东西，卡蒂娅知道应该把家具放在哪里以迎接莉萨巨大而透明的身体，给她做一个合身的蚕茧。她们的家广大无边：一长排带拱顶的房间的尽头是别的带拱顶的房间，还有像肚子一样圆鼓鼓的天花板，莉萨待在这些肚子里，这些曲线下，感到自己的身体在膨胀，变成流体。她的身体循着屋子的轮廓变化着。《到南部旅行》，莉萨轻盈的身体不再受时空的限制，翱翔着。卡蒂娅在家具中走来走去，莉萨则沿着数公里长的屋子伸展她的身体，一个需要数世纪才能布置完的屋子，一个人们可以在此生活**一百多万年**的屋子……

突然响起一阵巨大的嘈杂声：一些人从通向大街的两个门走了进来，他们把这地方当成了寄卖行，想来这里讨价还价，以便宜的价格把东西买走……她是否会失去悠然自得地在其中畅游的长长的（非物质的）无形的身体？卡蒂娅朝来访者走去，语气坚定地对那些擅自入侵者说："我们什么都不卖；我们还剩下一些东西需要搬回家，都能放得下，只是时间问题；而我们有的是时间，不会下雨的，给我们一些时间吧……"从另外一扇门走进来的一群人在双柜餐具橱和碗橱之间转来转去。"这里不是旧货店！"卡蒂娅生气地说，"你们误会了，我们一样东西都不卖。"行人越来越多，电话铃响起，卡蒂娅十分恼火："就这样，一件都不卖，等等，我去接个电话！""让我来接，"莉萨喊道，她下楼，慢慢走下楼来，电话铃持续响着，简直叫人受不了。卡蒂娅被激怒了，她推开人群："莉萨，快点！"可是莉萨找不到电话机。此刻，她瘦小的身体奔跑着，穿行于家具之间，撞在家具角上，到处都是拐角，直刺到她的肉里，她疼得要命……

一道耀眼的光。"莉萨，睁开眼吧，"一个声音说，其他声音也在她身体上方响起，可她听不清他们说的是什么，因为身边的呼吸机呼哧呼哧响着并不断地发出铃声。"莉萨，请你睁开眼。"可是除了白色没什么可看的：白色的墙，氖灯。"睁开眼吧，莉萨。"一个黑影逆着光出现在一块白色的布帘上。"她等着您，"从那上面传来一个声音说，其他人也随声附和。"请您睁开眼睛。"一位老先生坐在她对面，紧挨着她，笼罩在白色中。他蜷缩着，两眉间一道竖直的皱纹将额头劈成两半，莉萨想起大家都称它"狮子纹"，这头狮子的眼皮旁有太阳纹，莉萨专心致志地注视着，好像有人委托她数一数有多少道皱纹似的，这头狮子还有一头像马鬃似的浓密的灰发，有一点被虫蛀坏了，因为能看见毛发下的粉红色头颅……脸下方的肌肉软塌塌的，变松弛了，这头老猛兽已经没有下巴了！可是疲倦的狮子仍然不停地喊道："睁开眼吧。"

他还说："莉萨，我的莉萨，我是威廉。"威廉？这是莉萨熟悉的一个名字，她丈夫的名字。她费力地睁开眼睛，目光扫向老人四周的白墙，可是没看见一个人。那个上了年纪的先生说："莉萨，是我，威廉。你认出我了吗？"他？他是在开玩笑吗？她这么年轻，怎么会跟一个爷爷结婚？她想提出抗议，说她讨厌那响个不停的电话，说她想接电话，希望不再有噪音……可是有什么东西堵住了她的嗓子，她喊不出来，一个结，一个塞子，一块粗麻布，她突然觉得有人往她嘴里塞进了一个铁的漏斗状的东西，她透不过气来，想呕吐……快，赶快把它们拔出来！可她做不到，她发现自己的手动不了，胳膊也动不了，他们把她绑在了床上，她睡在一张白色的床上，从头到脚被捆住了！于是，她悄悄哭了：豆大的泪珠夺眶而出……威廉抚摸她的手，轻声说："亲爱的，耐心点。这是输液。你需要的。不过他们马上就会拔去插在你气管上的管子。现在，你的呼吸很正常。请你冷静下来。你又回来了。我在这儿……对不起，小姐（他对莉萨头上方的一个人说），你们就没有办法阻止这铃声吗？""哦，又是十二床呼叫我们！他叫了我们一整天！您别急，我马上就去拔掉电源插头。"

这次"事件"几乎没有给莉萨留下什么后遗症。当然，插管使她的一根声带打了个小结，她以后说话时声音会常常变得沙哑，不让她说话就行了。反正威廉不打算跟她谈重大的问题；他和莉萨达成了一致意见，只谈小事。医生很满意。“医生，她怎么替人辩护呢？”“事先打一针可的松就万事大吉了！”让人烦恼的是理查德-琼斯女士的小臂跟从前不一样了，“见不得人了。我们的外科医生疏通了静脉，可是伤口很深而且很多，想消除疤痕是不可能的。理查德-琼斯女士以后最好只穿长袖衫。”年轻的院长似乎认为对于莉萨这个年龄的人来说，这算不上严重的灾难，因为女人到了一定的年龄都会得“鹈鹕”病：二头肌松弛后，骨头下面会形成难看的囊块，类似于蹼足类动物喙下装食物喂孩子的囊袋。“鹈鹕”女士们便不再袒胸露背，甚至夏天最热的时候，在维多利亚大沙漠或巨沙原[①]，她们也要穿一件短袖衫。理查德-琼斯女士得穿长袖衫，我要讲的就这些。

不过，威廉对未来另有打算。莉萨的肩圆润，胸脯丰满，穿袒胸露肩的衣服特别漂亮，医生不了解这点。把这部分可爱的肌肤隐藏在衬衣下让它提前衰老，这是完全不可取的。

丈夫于是去银行咨询，得知他这个年龄还能贷到款，但期限很短。他到一家大首饰店买了七个相同的大金环：一个七环手镯做成了，环套在一起，很宽，戴在光溜溜的胳膊上只能移动几公分，正好把伤口遮住，莉萨很快就喜欢上了这支走到哪儿响到哪儿的金属音乐。至于另一只胳膊，威廉想选择一款不同的更有特色的首饰，引人注目因而遮盖效果更好：作为历史学家，他想到了罗马士兵怕盾牌摩擦手臂戴在手臂上的皮臂铠。他在首饰店定做了一款

① Great Sandy Desert，位于澳大利亚西北部，是澳大利亚第二大沙漠。

新产品：一个很长的镶满金鳞片的浅色皮臂铠。

“奴隶的锁链?”他把这份意想不到的礼物送给她时，她问道。她还没有出院，手臂绑着绷带，可是，每次护士给她换药，她都很清楚，不管敷什么药膏，她胳膊上的伤痕都抹不去，这回，她是真的糟踏了自己。咬破指甲，抓伤手，这些伤痕是暂时的，可以复原，而且无伤大雅，而现在，她的胳膊……“奴隶的锁链?”她以冷漠的口气提出这个问题，她没有痛哭流涕地感激而是带着讥讽的语调反问他，这时，她感到分明是母亲在说话。母亲极其害怕感动，因此动情前总要嘲笑一番，以冷酷无情回应别人的万般柔情。“奴隶的锁链?”：母亲还活在她的心里，而且不顾她的阻挠通过她的嘴说着话……不过威廉并不介意：“把你的古代史知识修正一下！不是奴隶的锁链，理查德-琼斯律师，是士兵的手链。”

半个月后，莉萨的嗓子能说话了，她跟威廉讲述了自己的梦，她陷入昏迷状态时做的那个梦。她对他讲了自己那不受时空限制的庞大的身体，**一百万年并且总是夏季。**“也许这就是死亡，你知道吗？永远度不完的假期。气候温和。威廉，我感到自己是那么年轻，那么舒适愉快，身体也好多了！”

她曾梦见一栋大屋子，梦见自己在圆形的屋子里舒展自如的身体，姐姐陪伴在她身边，她把这个梦跟威廉讲了好几次。

又过了些日子，医生宣布莉萨进入康复期，“精神还很脆弱，但正常”，他们同意莉萨出院。威廉征询了妻子的合作者的意见，这是个有理想的优秀青年，他已经解决了当务之急。然后，威廉给卡蒂娅打了个电话，他俩不需要说很久。

26.

对于生病之前的母亲，我没找回什么，不过是偶然间的某个动作或声音让我突然想起“从前的妈妈”。有时是电视综艺节目里的一首歌曲，收音机播放的一段音乐。一天晚上，我洗完澡从浴室出来，听见再见非洲，美丽的非洲，坦噶尼喀湖碧蓝的湖水流向何方？达姆达姆的鼓声，女人哟哟的尖叫声，突然，我看见妈妈在人群中起舞。妈妈摆动着髋部，和着节拍摇头，挥舞着手臂，不时地拍打地面，再见非洲；她舞动着，带着非洲的气息，非洲人的微笑，她赤裸着身子，浑身流着汗，脸上洋溢着幸福；她已故的好友路易丝走过去跟她一起跳舞，俩人相对而舞，向对方送去微笑，她们互相击掌，举起胳膊拍手，美丽的非洲；她们左右摇摆，肚子像太阳那样转动，碧蓝的湖水流向何方；于是，我也站到镜子前，随着达姆达姆的鼓声，跟老太婆、年轻姑娘以及巫婆一起跳了起来。

为了纪念妈妈，我和莉萨有时也一起跳上一曲。这是我们为她祈祷的一种方式。

再过半个月就是年底了。我猛然想起，亲人逝世一周年，按习俗我们应该做一次弥撒。由于丰特纳伊、墨尔特罗、索里埃尔以及其他地方的教堂几乎没有人光顾，里面尽是蝙蝠，我准备去克莱拉克度岁末。我是一个人去的，爸爸也去了，他早上到的，当晚就回勒阿弗尔了，这个船长总是那么来去匆匆，一离开大海就感到不自在！我邀请了妹妹、儿子、媳妇和外甥，请他们来参加一个更符合我们传统习俗的宗教仪式——一个盛大的庆祝会，即"磨坊节"。"我们吃饭，唱歌，跳舞，"我在用电子邮件发送的邀请信里这么写道。我们能在这儿看到妈妈。

莉萨专程从悉尼赶来帮我准备庆祝活动；我要求她征得威廉的同意。她刚到的时候很疲乏，一点忙都不肯帮。这样更好，她应当休息。我还可以以此为借口把她挽留到节后。整个一月份，甚至二月，如果我能说服她的话。这几个月是我的创作期，无论如何我都会在这儿过完这段时间，而在巴黎我的事情太多，总是分散精力。

妹妹到达鲁西机场的时候，我差点认不出她了：仅八个月，她就发生了巨大的变化！没有一点著名女歌唱家的风韵；也不像个"还很年轻"的女人。简直就是一棵遭到狂风袭击的树，光秃秃的，一片树叶都没有。早上，我把她领到二楼的大木头阳台上，让她躺在一条长椅上，阳台俯视着一个湖，从前在疗养院，人们就是这样对待康复期的结核病患者的。我一有空就去看她；我坐在藤椅上给她读新闻。我在儿子的催促下订了《山区报》和《高原回声报》，这样每天都能见到邮递员。否则，在这个深山老谷里，没有人知道我是死是活……我把《回声报》上的一则黑标题新闻读给小妹听："偷鞋者被抓获。昨晚，两个家伙在破门盗窃时被当场抓获。他们偷了奥比松一家商店的名牌鞋。打击犯罪活动小组对卢卡·C.和卡兰·B.进行了质询，并把他们押回犯罪现场。经过搜查，在他们家中找到三双鞋以及……六只鞋，莉萨，六只呢！你知道这有多严重！真正的持械抢劫！我们村里也有类似的恐怖活动！”

莉萨笑了。我喜欢看她笑的样子。仿佛往酸里加进一滴石榴汁。她说：

“我猜想，你的这些报纸会不时地给你带来一些世界新闻，真正的新闻，重要的……”

“《回声报》没什么新闻，《山区报》的国内版面倒是有几篇文章。不过算不上新闻，或者说不是重要新闻。你自己判断吧，哪条新闻的标题跟二十年前不一样？‘希拉克的处境暂时好转’；‘医疗保险出现漏洞’；‘如何改革退休制？’……《回声报》的小广告有些新意，今天我看到这样一个标题：‘出售路易二十的橱柜，完好无损’，这个‘路易二十’让我惊讶不已，它‘完好无损’的状态真让我高兴……”

我知道我这么说有点过分。如果这是在妈妈生病前，莉萨一定会暴跳如雷：生活在一个变革的时代，我怎么可以对这个时代的种种运动袖手旁观？我怎么可以对穷人、受歧视者和最不幸者的命运漠然置之？可是今天她没有说话。太累了还是抛弃了幻想？其实，无论对她还是对我而言，不会再有什么新事物，因为妈妈已经过世，我们的出生日期也像老照片一样发黄了。

一阵风吹来，随着一串类似鸟儿振翅的“呼啦”声，我的报纸被吹到阳台的木栏杆那边（报纸很轻，只有两张双面纸）；我去给妹妹找一条披巾，我们打算在阳台过圣诞节。天气一点都不冷，根本不像冬天，可以说温和得有点过头，但我不怕气候反常，“圣诞节天暖，复活节天就冷”，真是这样吗？不。连我们山区的气候也变了，四季不分明，空气总是暖洋洋的。今年，现在都十二月中旬了，我们依然在享受印度温暖的夏天。我还在拾苹果。谷仓里的葡萄藤刚落完最后的叶子。我们坐在屋外喝咖啡。昨天，我们看见大雁一队接着一队往非洲的方向飞去，比以前晚了六个星期；它们在池塘上方久久盘旋着找风向，我们从木走廊这边注视着那些成双成对飞翔的大雁。

“都十二月了，它们还在法国，真不可思议，”莉萨说。“大自然失常了！”

“比你想象的还糟糕：半年前，我一时冲动，在羊圈的人字墙边种了两棵无花果树；今年夏天，第二次大热后，我居然收获了一些非常好的无花果！要知道，这是在米勒瓦什高原！听说本世纪末温度要增加五度，这里的人已经享受到了！”

湖水倒映着米沙种下的桦树和冷杉，这个湖以前入冬时就结冰，白雪覆盖，如今依然是淡绿色，而且这样已经很久了。

“你认为湖的水位会下降吗？”莉萨忐忑不安地问。

“如果是七、八月，肯定会下降，不过，去年一月我看见湖水泛滥了！这是我生平第一次看见它泛滥！这之前，米沙精心布置了溢洪道和溢流闸，对节流、排水、分流系统认真地进行了研究。如果再遇到内陆风暴，我们的马斯纳溪的水就不再流经池塘，而是直接汇入大河了。可是，米沙没有料到会遇上季风！你知道，我们这儿冬天不下雨，但总是结冰，你还记得我们在湖上滑冰吗？米沙站在浮桥上为我们呐喊助威……现在，你再也滑不了冰了，我们经历的最后一个严冬季节得追溯到一九八五年；那年，我看见所有卫矛的根部都冻坏了。而现在，我们都可以种油橄榄树了！冬天一点都不冷……不但不冷，还经常下暴雨！啊呀，说下雨就下起雨来！一下就是好几个星期！一月份，妈妈的葬礼结束后，我就打开所有闸门放水，有什么用呢，池塘的水依然不断上涨。浮桥不见了，溢流闸开到最大也无济于事。水位达到了河堤的最高点，这时候，米沙在堤道上布置的溢水系统（即一些粗粗的排水管）起了一定的作用；外婆曾对此不屑一顾（'你们的外公好像还指望看见俄罗斯的一条河从这里流过，我敢说他一定认为是拉罗什的磨坊主拦住了伏尔加河！'）。水滚滚涌进管道，潮水却依然在涨……只短短五分钟时间，整个堤道变成了瀑布——一个两百米长的瀑布，向下方十二米处池塘边的草地上倾泻。这是一片可笑的草地，看不见一根草，因为湖的下方又出现了一大片水域。两面受敌的我只好离开堤道，躲进家中……"

"你当时不怕磨坊被淹没吗？"

"还好。所有磨坊都有被淹没的可能，不过，这个根据岩石的音译命名的拉罗什磨坊可不是徒有其名！一五三三年，磨坊主好不容易才找到这么一个能把水轮挂在一个大钉子上的山谷，人们贴着悬岩造了四层房子——磨坊立在水中，但头始终露出水面！……我甚至还跑到走廊上，站在安全的地方凝视这番景色：湖水以一泻千里的气势向池塘边的草地奔腾而去，其壮观程度不亚于尼亚加拉瀑布①！

"我真想跟你一起目睹世界末日的到来，"莉萨说。

她说这句话的时候没有丝毫讥讽的语气；这是一个小女孩在跟姐姐说话，好像在恳求："求求你，让我挨着你在你身边死去，好吗？"

我和莉萨常从阳台凝视秋末宁静而壮丽的景象：傍晚，当稠得跟果酱似的——确切地说，跟榅桲果冻和橘子酱似的——浓浓的阳光普照大地时，湖水的颜色由淡绿变成了琥珀黄。这是一种带有甜味和秋香

① 位于加拿大和美国交界处的尼亚加拉河上，号称世界七大奇景之一，以宏伟的气势、丰沛浩瀚的水汽著称。

的阳光。冬天开始了。空中飞过鹤和天鹅，它们为什么这么晚才出发？飞到湖的上空，它们突然掉转方向，鸣叫着消失在远方。这么晚……我俩坐在我们这个“乡间宅邸”的走廊里，一点都不觉得冷。阳光抚摸着莉萨的手和她的金手镯。沉醉于美景中的莉萨常会说些稀奇古怪的事情。她问我：

“你还记得蚂蚁的事吗？”

“什么蚂蚁？”

“我杀死的那些蚂蚁。在克莱拉克的花园里，我六岁的时候。我浇水把你的蚂蚁都淹死了。妈妈惩罚了你。”

我不理解她为什么说起那次蚂蚁事件，但我不想扫她的兴：

“你是知道的，我曾经养过一大堆蚂蚁！可是那些小家伙早都死光了！蚂蚁对生命的渴望……”

莉萨问：

“你打算给磨坊再加一个轮子吗？”

“干什么用啊，老爷？”

“不干什么……你没留下米沙的双轮马车吗？就是那个带蓝色轮子的马车。”

“要知道，莉萨，我得到这个房子时，这一切早就不存在了……而且，你说马车的轮子是蓝色的，我没有这个印象。”

“我说的是真的。昏迷的时候我真的看见了：轮子是蓝色的，在白色的马路上滚动……”

我再一次对她说的感到不理解。不过，我还是建议她到楼下的马厩里看看，那儿有一大堆乱七八糟的东西，或许能在里头找到一段货车的侧栏，一个轮毂……

莉萨说：

“我俩是父母不期而至的孩子。薇拉则不同，她是在父母的盼望中诞生的。索尼娅也是。”

“我补充一句，父母期盼索尼娅出生，因为他们以为会生个男孩！你应该想到他们有多失望！……再说，以前，没有一个孩子是父母主动要的。女人生孩子是要冒生命危险的！一年生一个，你知道吗？”

我感到莉萨有些紧张。我谈到往事的时候，她极不自在。当着一个没有生育能力的女人的面大谈连续怀孕的危险并对此表示同情，这起码是有失分寸的。地地道道的“不明事理的玛丽”。我赶紧换了个话题：“我们做油煎鸡蛋薄饼，怎么样？我很想吃。”于是我俩走到厨房，我点燃壁炉的炉火，莉萨拌沙拉。

我们吃了一晚上的巧克力煎饼、奶油煎饼、白兰地酒煎饼，喝着红茶，讲着在尚德勒岛经历的往事：“你还记得那次索尼娅用缝衣服的线玩煎饼吗？她把煎饼挂在炉子上，胸罩和毛巾之间！”莉萨想起我们在小学时学的一首歌：*每当家里做煎饼，妈妈就邀请我们，每当家里做煎饼，她就邀请我们所有人；一个给你，一个给我，一个给我妹妹伊达，一个给你，一个给我，一个给三姐妹*。我们还一边唱着“*每当家里做煎饼，妈妈就邀请我们……*”，一边跳苏人[①]舞，这是克莱拉克的小学女教师教学生跳的一种圆圈舞。穿插一组波尔卡舞步。我把莉萨搂进怀里。我跟她跳舞，妈妈也和我们一起跳。

莉萨的身体有了好转，特别是自从她负责去省城购物、做饭以来。

---

① 北美印第安人的一个部落。

她亲自下厨。她说得对,做饭烧菜之类的事不能指望我! ……打从我们庆祝岁末后,她的精神好多了。可以说庆祝会举办得非常成功:我的儿子、外甥,他们的妻子、女友,大家都乔装改扮了一番。薇拉一如既往获得了最高奖项,她装扮成警察出现在大家面前,还留着八字胡。最叫人难以相信的是,她穿了一件真正的警察制服,不是在面具店租的那种戏装——剑是木头的,两角帽是纸做的。绝对不是,而是一件当代军服……不知道她是从哪儿弄到这些奇异的服装的。

烛光晚餐后,年轻人都上楼了,他们以跳舞的方式纪念巴布什卡,交谈各自的职业、困境,也许还有他们的爱情。据说薇拉要做奶奶了。她也要遭殃了! 我不喜欢做奶奶:儿童室就是墓地……

我们四姐妹留在楼下。我们赞美莉萨的手镯。索尼娅认为威廉应该给他的鸵鸟皮臂铠申请专利:"我敢肯定某个喜欢加利亚诺①风格女装并且有点精神失常的男裁缝会迷恋这玩意儿的!"我们正在想怎么改进目前的款式以免金片钩住毛衣的网眼,莉萨突然把身子转向我:"你信上帝吗?"对她来说,把注意力集中在某一点上还有些困难,她谈话经常思路中断,从公鸡跳到驴子,像个小孩子。我以大人的口气回答道:"这是个复杂的问题。我们不能在清晨三点钟谈论这个问题。如果你愿意的话,我们以后再谈。现在,我们最好还是去给孩子们做点洋葱汤……"

我们剥洋葱的时候,莉萨说:"妈妈临终前对我们很不满……""不满,这是可能的,"薇拉回答,"但不是对我们大家。我可以向你保证!"

---

① John Galliano(1960—),英国著名服装设计师,一九九七年接任 Christian Dior 首席设计师,并成功地实现了将 Dior 品牌年轻化的任务,"无可救药的浪漫主义大师"之名从此成为他专属的称谓。

保证？其实莉萨宝贝不需要解释，只要能消除她的疑虑就够了。而且语气要十分坚定。薇拉理解这点，她一再说："我知道妈妈为什么生气。跟我们没有关系。一点关系都没有。不过是一个古老的故事浮出水面而已。这些事情在我们都感到非常难过的时候降临了……"我不知道我们的"女警察"有什么具体的想法。重要的是，我们都解脱了。

为了在剥洋葱皮的时候少受点罪，我们每人都拿出了自己的绝招。薇拉戴上墨镜；索尼娅打开水龙头，淋着水操作；莉萨用保鲜袋做了个帽套，在塑料薄膜的掩护下向洋葱进攻；我则屏住呼吸。当然，我总是忍不住要缓口气，眼睛也跟着流泪，但我们四个人中我的泪水最少，因为我的眼睛是黑色的。

那天晚上，薇拉剁肉，索尼娅给葱头去鳞茎，嘴里还不停地骂着："他妈的，姑娘们，我已经哭了！"莉萨一边用鼻子吸气一边切着洋葱片。我打开窗户散味。瀑布的声音立即掩盖了剁肉声以及从三楼传来的 Rap 的吵闹声。瀑布声中突然响起莉萨的喊叫："爸爸知道我病了吗？"

法官和作家一样，很少使用近义词。我和莉萨交谈时都喜欢用精确的语言。她没有问我们的"旅行家"是否问过她的近况，而是直截了当地问我们是否有人把她的近况告诉了他……薇拉也喊叫起来，好让大家听见她说的话，她说父亲打过两次电话，"父亲很为你担心！"这有可能：爸爸向来关心我们的健康。以前每次他路过克莱拉克，除了要求我们把成绩单给他看（不给看就会挨打），还必须向他出示显示我们健康成长的保健卡……我猜想他对自杀者是不会宽容的。至于他女儿选择的自杀方式——吃巴比妥类药物和切断腕动脉，他只能想，这是"好女人的一念之差而已"！薇拉得知消息后没说一句埋怨莉萨的话，但我知道她开始很生气，最后她在电话里用了一句俄罗斯谚语，是米沙经常引用的一句名言:“该操心的不操心,付出的代价必然更大!”“远洋轮船船长”就是这样的人,他是父亲却不保护孩子,喜欢独往独来,他的子孙都视他为陌路人。我甚至忘了他的存在,比如上次的庆祝会,按薇拉的说法,是我没有早些通知他,他收到邀请的时候已经订了游轮的票并交了预付款。不过,对莉萨,这个给他“制造麻烦的孩子”,他虽然没有到场,还是给她寄了两盒巧克力,还说二月份来磨坊,如果她还在这儿的话。我一定要挽留她,我喜欢闻她身上的香味,那是爱清洁的英国女人特有的香味,喜欢听她的七环手镯清脆的叮当声,还有她上下楼梯轻盈的脚步声,我喜欢蔬菜在双耳盖锅里煮的时候厨房里弥漫的蒸汽,以及刚出烤箱的馅饼的香气。

“卡蒂娅,我真的不打搅你吗?”

现在,是她为我们沏茶,关百叶窗,点灯,让我听栗树林里灰林鸮悠悠的颤音以及那些擅自占据位于谷仓上方的旧鸽棚的仓鸮的嘘嘘声:夜里,母亲出去寻找食物,孩子们便惊慌不安,一声接一声地呼唤她。

一天晚上,我们去给池塘开闸,路上我们看见那个大仓鸮在我们的头顶振翅飞翔,突然,它展开的白色翅膀挡住了月光。它不顾黑暗,自由自在地越飞越高,像一个心满意足的灵魂。

“妈妈……妈妈以前只属于我们,”莉萨说,眼睛盯着那个紧贴杉树顶飞行的仓鸮,“她只属于我们,她也希望我们的一切都属于她……”

“莉萨,现在一切都结束了,我们老了:放了她吧。”

妹妹把她的冬季宿营地安置在我的书房里,一个带阁楼的大房间。她对我这二十五年房屋改造的成果赞不绝口,认为我拆除隔墙,按照“桦树园”的格局布置一个真正的家是个很不错的主意,在这里,我们可以不慌不忙地从厨房走到餐厅，再从餐厅走到卫生间。“此外，这些老地砖、工艺精细的大梁、长桌、碗橱，所有东西都与磨坊的风格极为和谐！”

“的确如此，”我说，“这更有真实感，尽管与实际情况大不一样……”

从前，我们的外祖父母只住两个房间，其余的都作为经营场所。屋子尽头是住房，粗水泥地面，石灰浆粉刷的墙被煤烟熏得黑黑的，屋里还有一套似乎很“现代”的家具。除了花岗岩大壁炉是原先的，所有古老的材料和假居斯塔夫家具①都是“进口的”，如今，这些东西使磨坊变成了一个非常可爱的地方。也许有一天，一个我不认识的人会将它们弃置在阁楼上，重新换上外祖母那些富美家家具②。

我们在树林里散步；天气好得出奇，金黄色的，像利口酒一样甜丝丝的。一个没有止境的秋末……我指给她看麅在一片蕨地里留下的足迹，还有那家伙在山毛榉林地的枯叶里安置的藏身之所。透过光秃秃的树枝，能看见湖像蜘蛛网里的一滴雨水，在闪闪发亮。

一个大鹞在冷杉林上方翱翔。缓慢地飞。没有表现出极度不安。也没有悠然停下来或惊慌失措。飞得比池塘的水面还平滑。平静而沉着。如果我是田鼠，我注视食肉猛禽时一定不会感到不安……当然，条件是我得待在我的洞里！莉萨看着我的眼睛说：

“昨晚，电视里说又发现了一种流行病，更确切地说，这种流行病已经造成了某些危害。既不是 SARS 也不是禽流感，它不是通过鸟类传播的。传病媒介是苍蝇。”

---

① 路易十六时期的一种家具风格，以简约朴素见长，喜欢使用天然原料，轻便，古色古香。

② Formica 是创立于美国的生产装饰材料的国际著名品牌公司，其耐火板由于品质优异、设计新颖和服务完善而广受欢迎。

“苍蝇？如果是这样的话，以后才能看到。明年春天……冬天没有任何危险！”

“理论上讲是这样。可是现在天气不冷。不够冷。我在我的房间里就打死了一只胡蜂……”

我建议莉萨不要看电视新闻，我还建议她在新闻播报后打开电视，只看天气预报。我这个小妹妹真不听话！所幸的是，我家没有联网！

“我不明白，”她惊讶地说，“你为什么不联网。”

“在巴黎，我是上网的，可这儿位于高原，没有宽带……”

“流速低也比没有强啊！”

怎么才能让她明白我再也不想与这个世界直接发生关系？也不想感受巨大的危险笼罩在我的头上。甚至不想知道今天是几号。我的田鼠洞不够深。

远处是肉眼看不见的战争，流行病，恐怖袭击，谋杀。这儿是鏖，以及温和的天气……莉萨比常人更“敏感”，摇动着手镯和皮开肉绽的胳膊（跟自然课上老师让我们看的去皮的人体模型的手臂一样），一边挥手一边以训诫的口气说：“要敢于面对事实”（千万别这样！），“不幸很遥远，死亡也很遥远，但它们在向我们靠近……”

我闭上眼睛，堵住耳朵，提议晚餐吃桑葚果酱煎饼，我们坐在书房的地毯上一边听着库普兰[①]的音乐一边吃煎饼。

我们去树林散步吧，那儿没有狼……我们顺着鏖的足迹走。树叶

① François Couperin(1668—1733)，法国乐师、作曲家，著名的库普兰音乐世家的重要成员，曾任皇家大管风琴乐师和羽管键琴教师，作有闻名全欧的羽管键琴曲二百五十四首。

在我们脚下噼啪作响，野兽听见我们过来都躲了起来。不过，很早以前我就了解它们的习性，知道它们通常走哪条路。令人不解的是，这些动物被人类追逐了无数世纪，居然还没有学会换巢穴或改变行走路线，转移人类的目标。为了逃避被捕捉的危险，它们一动不动地藏在地洞里，要不就拔腿开跑，可是它们从不挪窝。“即便动物听见声音可以采取行动，人类也会把所有猛兽一网打尽，”我对妹妹说，“这是迟早的事。魔害怕有什么用呢，一旦敌人经常光顾其领地，它们就没机会迁徙了！”走到小径的尽头，莉萨·伊凡诺夫娜（为了让大家开心，薇拉给小妹取了个俄国人的姓，加上人生来有传播消息的怪癖，现在，我们都这么称呼她了）不说话了，她呼吸短促，陷入了沉思：“迁徙，我就迁徙过。我原想找一个小岛……”“所以你去了澳大利亚。”

根本不是这么回事。她激动起来，澳大利亚是大陆，而且那儿的人不喜欢法国人（哎呀，我还以为她的口音会迷倒法官和袋鼠呢，我错了），她想去的绝对不是澳大利亚，而是一个小岛，没有被编入地图集的像鲁滨逊岛那样的一个小岛。

总而言之，我不是她。所以她指责我不看电视新闻，不上互联网，对达尔富尔[①]的饥荒无动于衷，不关心无身份证明的移民。第二天，她说想去椰子林隐居，不留任何讯息！椰子树下或者冰天雪地里，她还没拿定主意。她还提到冰岛，雷克雅未克和格陵兰之间的某个小岛。她的身体确有好转，但思想还缺乏条理……我不想惹她不高兴，于是建议她去圣皮埃尔岛。或者去米克隆，至少那儿的人说法语！

---

① 位于苏丹西部，由于经济落后和生存资源匮乏，这一地区的民族和部落矛盾严重，冲突频发。

“不管怎样，说到遥远的岛屿，你找不到比克勒兹更好的地方了。你还记得克勒兹旅游局八十年代提出的口号吗？**克勒兹对所有人来说还是个秘密。**还有：**克勒兹，一个步行即可到达的岛屿；这个步行即可到达的岛屿非常美丽……**”

“又拿你的小岛逗我开心了！磨坊远离愚蠢的人们，也许是真的，然而，生存离不开他人，离不开集体，即使你不常跟他们往来！也许明天会发生某种流行病，某场战争，或者出现某个类似切尔诺贝利事件①的灾难，全国陷入一片混乱，没有水，没有电，也没有面包。我还没说没有牛排呢！”

“听着，莉萨，实话跟你讲，我经历过自给自足的生活。”

“什么意思？”

“别急，我没说清楚。我的意思是，我的磨坊完全可以自给……我是在大风暴后起这个念头的。”

七年前，席卷法国的龙卷风给高原造成了灾害：树木折断，高压电缆塔倒塌，公路中断。当时我在磨坊，每年冬天我都在那儿；我与外界断绝了联系。整整十天，没有暖气，没有电话，也没有电视，更没有人来救助。于是我决定重新安排自己的生活。

第一项改革：用一个烧柴的锅炉代替燃油锅炉，通过热虹吸管产生热能，这样，不用电加速器就可加热水，整个屋子都能取暖。外祖父母有十二公顷矮树林，就在磨坊附近，我让人劈了许多柴堆在仓库里，够烧三年——三年是很快的……第二项改革：重新使用烤面包的炉灶，我

---

① 一九八六年四月二十六日，苏联的乌克兰共和国切尔诺贝利核能发电厂发生严重泄漏及爆炸事故。事故导致三十一人当场死亡，上万人由于放射性物质的远期影响而丧命或重病。这是有史以来最严重的核事故。

修理了灶门，把劈好的染料木柴送进炉里，还在旧货市场淘到一个长柄铲子，这是必不可少的工具。第三项改革——其实“大热”的那年我就有这种紧迫感了，当时镇里的水是定量供给的。白天，我替母亲打扇，到了晚上，气温下降到四十度以下，我就拎着木桶去瀑布打水，拯救我的蓝绣球花和银杏。上坡的时候，我好像在重拍影片《让·德弗洛雷特》①。于是我想起米沙还有两处泉水，一处是他引到屋顶供应牲畜的，另一处先经过一个水灌，再流向洗涤槽。我请人把漏引水管修好，拔掉凿子，用废塑料管代替陶瓷排水管，再加一个超压辊，从那以后，无论是厨房还是浴室，我用的都是“自家”的水。

随着一个个季节过去，我的家越来越自立。我修剪梨树，种草莓，让老果树重新发挥作用。接着，我把一个电子电话换成了带拨号盘的老话机，在阁楼找到的；我配了药柜，买了些蜡烛，还在马厩里存放了三四瓶丁烷，够烧几百吨饭，后来又有了大壁炉……“还有什么?”莉萨惊奇地问。她坐在木堆中间的一个老树桩上仰头看着我，我不知道那眼神是敬佩还是嘲笑。她接下来说的一句话打消了我的疑虑：“作为四十岁的女人，我想你没忘了油和糖吧!”

要想难倒我没那么容易。“当然没忘。比如粗盐，冷柜停电时，必须用盐保存食品。如果住在这屋里的人把我买的面粉吃完了，他们会不得已选择栗子，现在已经没有人捡栗子了。索朗日外婆曾对我们讲，她小的时候，高原的居民可以以粥和栗子面包充饥，从十月坚持到来年五月。至于我，我果园里的苹果够吃到来年三月。说到栗子，只要学会

① 根据马赛尔·帕尼奥尔的同名小说改编的影片，故事带有宿命论的悲剧色彩，讲的是二十世纪二十年代，法国普罗旺斯省大旱，人们为寻找、争夺水源而发生的一系列故事。

做栗脯就行了。也许还应该养一头母牛，母牛吃栗子奶更香……”“趁你在这儿，再养一匹马吧，把它套在一个有篷小推车上！顺便问一声，你的泉水和栗子，你打算怎么保护它们呢？在这样的经济萧条时期，假如那些不如你有先见之明的人企图强占你的东西怎么办？”“我有武器。米沙以前的卡宾枪，手枪……我只需买些弹药。”

我们继续散步，不说话。两个老姐妹。我的髋关节疼起来了。该回家了。我们没有看见麀。夜幕降临。为了品尝栗子的滋味，晚上我们准备做栗子夹心奶油煎饼。走到河边，过小木桥的时候，莉萨问我："老实告诉我，你害怕什么？"我听见自己说："未来。"

你怕什么？"未来"。太傻了！荒谬透顶，因为那时我已经不在人世。除非，碰巧……

我们去树林散步吧，那儿没有狼……我们绕湖走了一圈。将来即便我死了，磨坊依旧存在。为我的孩子或者陌生人。他有水喝，有饭吃，有暖气，湖也依然这么美，像颗钻石。天气温和极了，莉萨真想把脚浸在水里。"当心，别忘了，这湖比你想象的要深，很冷的！"池塘以杉树为冠，桦树为刘海，橙黄色的枫树林向远处伸延，简直就像加拿大一个大湖的缩比模型。或者俄罗斯的一个湖。"湖畔的一个小庄园"。在"湖畔的一个小庄园"里了结一生，这是契科夫[①]笔下的人物的梦想，也是米沙的梦想。

"我准备把墨尔特罗的房子卖掉，"莉萨突然对我说。

---

① 契科夫(1860—1904)，俄国作家，主要作品有中篇小说《第六病室》，短篇小说《套中人》，剧本《海鸥》、《樱桃园》等。

“好主意!”

她很少去那儿住,对它从未有过家的感觉。

“我还想换个职业,我喜欢数字,不愿跟人打交道。薇拉也是。数字,很有安全感……我会进一家事务所从事盎格鲁-撒克逊地区的合并与收购方面的事务。我对英国法律,包括诉讼程序和它的语言,都十分熟悉,法国法官很少有人像我这么内行。”

“这不用怀疑。”

“我准备去巴黎定居……”

这主意不怎么好。我不知该说些什么,因为她是讨厌巴黎的。在正常情况下,她讨厌巴黎。莉萨的情感是个谜宫,她的私生活神秘兮兮的,她的自杀是个谜,不过,很显然,如果重返巴黎,她肯定会沮丧的。她至少得给自己留个避难所。

“你随时可以来磨坊,”我对她说,“咱俩合得来,没有拘束感……我甚至可以想办法让你在我死后作为享有用益权的人拥有磨坊。”

“那我就把墨尔特罗的房子卖掉……”

“卖吧,那房子地段很好,你会找到英国买主的。”

“我要在巴黎的一个国际事务所找份工作……”

“为什么不呢?”

“然后我跟威廉离婚……”

“啊,不,这是个馊主意!没有比这更坏的主意了!”

她这是怎么了?她的所思所想离奇古怪。她的精神有点失常。而大家还以为她很正常呢。不管怎么说,她被修理过。还有裂缝……

第二天,吃早饭的时候,她一边往烤面包片上涂黄油一边说要节食:“我长肚子了。”当我们这个年龄的女人决定以熟笋瓜代替主食并且不吃甜食的时候，这就意味着她超越了生存的种种忧虑。至少我是这么认为的……不过，在往洗碗机里放碗碟的时候，她委婉地问我（仿佛在准备维也纳会议的讲稿）是否愿意去她房间陪她睡几晚，她怕做噩梦……而我不喜欢换床，我好不容易才找到一个适合我那有疾患的腰的床垫，而且，如果我早早关灯，就会失眠。特别是妈妈去世后，我总是把所有灯都开着渐渐入睡……可是，怎么能拒绝？我是大姐，她是小妹。

我们去树林散步吧……这回，我们真的看见麋了！我们四姐妹都看见了。薇拉从圣莱奥纳-德诺拉来到磨坊度周末，她给了我们一个惊喜，把维耶尔宗姑娘也带来了。我们刚出冷杉林，就看见维尔涅草地上有几只麋。迎面相遇，我们在暗处，它们在明处。它们也是四个，两只雄麋，两头山羊。这群我没见过的动物是外来的吗？

我示意大家止步，可是，受到惊吓的野兽已经跳出了篱笆。说"跳"并不确切，因为它们既没有跑，也没有起跳，它们的个头高过篱笆，轻轻松松就跨过去了，好像被天空吸走了。基督升天和圣母升天应该与此情此景相似。除非麋一越过篱笆就逃跑……

尽管如此，我还是心醉神迷地凝望着，走在前面的莉萨惊叫起来："啊呀，我可怜的卡蒂娅，瞧它们给你带来的灾难！"这些素不相识的麋把所有树干上的皮都剥了，把灌木的矮树枝都吃得干干净净：简直是大屠杀。"无耻的家伙！没有森林的时候，看你们这些蠢货怎么办？"索尼娅一贯被认为是个冷酷无情的人，见我动火直感到可笑，竟然唱起歌来：米夏欧的母马和它的小马驹走进草地，吃光了草。一首布列塔尼的老歌（卢瓦克·瓦尔多的），三十年前路易丝度完假回到孔卡尔诺时曾带给我们一张有这首歌的唱片；那时莉萨还不了解阿尔摩里克人[1]的发音规则，把歌词改成了“米沙的母马”……那天下午，在维尔涅草地上，薇拉跟着索尼娅一起唱道：冬天即将来临，小伙子们，冬天即将来临，米沙的母马要后悔的。莉萨也加入合唱团唱了起来：它们走进草地，吃光了草。这是一首非常欢快的乐曲，节奏感很强。那是春季，白蜡树刚长出嫩枝，而它成熟的时候我已不在这儿，欣赏不到它的美姿！我感动了，但没有哭泣，我加入到她们三人快乐的歌声中：米沙的母马会后悔的。

我们以前是四个女儿，如今我们是四姐妹，我们不假思索地自动围成一圈。薇拉先迈开舞步，索尼娅说：“姑娘们，来跳舞，让我们一起跳布雷舞！”“奥弗涅舞，”薇拉补充道。奥弗涅舞是一种布雷舞，四个人一起跳，我们小的时候，妈妈和米沙就教会了我们跳这种舞。原则上说，应该是两男两女交叉而舞：男士跺脚，互相碰靴子，摆动双臂，女士则做轻滑动作，右手相挽像风车一样旋转，脚步动作适度，眼睛低垂着。妈妈总是让我和薇拉扮演男士，两个妹妹扮演女士，做出各种媚态。草地上，“姑娘们”开始交叉对舞，她们穿着厚厚的裤子和橡胶靴，摆出蜻蜓飞行的优雅姿势；大块头索尼娅双手撩起风雪大衣的下摆。于是，我和薇拉开始用脚后跟连续敲打地面，一边往前走一边唱：冬天即将来临，小伙子们，冬天即将来临，米沙的母马要后悔的……

奥弗涅舞是一种快舞，相比之下，即便是最精彩激烈的摇滚舞也变得像无精打采的小步舞。我们四个在树林里又跳又唱！欢声笑语不

---

① 在古代高卢时期，布列塔尼半岛被称为阿尔摩里克半岛。公元五世纪时，大不列颠岛上的一些居民迁居至此，把此地称为“布列塔尼”，意即“小不列颠”。

断。“累死我了，”索尼娅喘着气说，“你们杀了我吧！”“都别跳了，”莉萨说，“我头都被你们吵痛了！”薇拉朝她们瞪了一眼，把脚跺得更响，声嘶力竭地唱：米沙的母马要后悔的。我们满头大汗，上气不接下气，脚下尘土飞扬，快步舞、萨尔塔列拉舞[1]也从我们的靴子底下飞出，我们热情地奔向过去，跳过篱笆，冬天即将来临，小伙子们，冬天即将来临……冬天会来的，当然。可是，什么时候呢？

① 意大利的一种民间舞蹈。

27.

外面下着雨。整整下了一个星期，一刻没停。前天夜里地上积了八厘米深的水！没有风。云纹丝不动。再说也看不见云。天很低。河水咆哮，瀑布怒吼，屋里，听不见对方说话的声音。莉萨又有事可做了：看守池塘。我正在完成一个十八世纪的短篇故事，农村题材并且相当色情，其间，莉萨早晚都要去陡峭的河岸边和溢流闸那儿转一圈。

昨天，她担忧起来：

"有一点我怎么也搞不懂。这之前水位一直都很低，突然就涨起来了。我怀疑松树林那边给什么东西堵住了，因为那边出现了一个漩涡。天黑了，又非常远，我没法去……"

"河堤是干的吗？"

"这会儿是干的……不过，天气预报里说的情况不好，我中午看了电视，没有预报雨停，反而说雨会驻扎在……"

"等等看吧，我的兔子。只要水在流，我们就可以枕在两只枕头上放心睡大觉！"

"两只枕头？我不知道，一只枕头都难哪，山丘、引水渠、山谷发出这么喧闹的声音……还没说你家房屋檐槽滴滴答答淌水的声音！我们简直就像住在雷兹[1]的岬头！”

而我听惯了雨声。天刚亮，莉萨就把我拉下床：

“湖水泛滥了！”

窗玻璃上雨水哗哗流淌，为了看个清楚，我只好打开窗户。我看见池塘边那块种着杨树的草地上方，石头垒的堤道的尽头，早晨的微光里，有一条细细的银线，那是湖水。哦，还没有形成维多利亚瀑布！只是轻微颤动。不过，去年下了三个星期的雨，水位才达到这么高……“情况不正常。我们去看看！”

我们赶紧穿上靴子，我拿起双筒望远镜、长柄叉，递给她一把镐，不用说，必须把溢流闸的栅栏拆掉，那儿堆积了许多枯叶和小树枝……

我来到河堤上，穿着靴子站在水里做实地考察：“瞧！头儿排杉树都被池塘的水淹没了。从来没有发生过这样的事！”我把望远镜递给她；我主动扮演参谋长的角色，即使我的军队只有我一个人：

“平常这片地特别干！今天里头有水，我认为肯定是从后面流进去的。我保证朗德的溪水不朝小河奔去，而是直接流入我的池塘！你还说是礼物！我已经有满满三池水了！至于这第四个水池马斯纳，你昨天真的检查过了，米沙的分水系统运行正常？”

“是的，湖的四周都布置了排水管，管道里的水流向下游。”

“这么说，问题来自朗德，不是树倒了就是有泥石流。反正这条小溪堵塞了，溪水正朝我们家滚滚而来！河堤马上就要冲毁了！必须疏

---

① 一个岩石形成的岬角，位于菲尼斯泰省的西边，形状像一条船，向前突入大海。

通小溪,至少要想办法……”

“光我们俩恐怕不行。最好再找个人。”

再找个人?我是否应该告诉她,当水从河堤流过的时候,下面的路已经切断了?至于那条大路,可能早就被河水淹没了,不管情况是真是假,这个沉睡的玛丽正在破毁桥!

“没法沿着陡峭的河岸绕过去,到松树林那边就会被挡住,卡在上涨的水和一堆堆崩塌的花岗岩之间,肯定过不去……不过,我有一条小木船,就在这儿的桦树林里。我们坐船去对面河岸。”

“这种天气坐小船有点危险,不是吗?”

啊,这些自杀者!他们自杀未遂一点都不奇怪!

“说到这湖,我的宝贝,即便是暴风雨季节,也没什么可怕的,这不是第四十次怒号了!”

后来,我再也不知道种种麻烦是怎么接踵而至的。我划着船,当然是逆流,因为我们想去朗德那边,而朗德小溪的水已经控制不住,拼命冲向我们。我们一直以为所有湖和池塘都是死水,其实,你只要在里面游一次泳就能感受到,水流很汹涌,相互交错,彼此形成阻碍。一个平静的池塘不过是一个处于稳定状态的漩涡。桨很重,我的肩又疼了起来:“我的肩好痛啊,莉萨·伊凡诺夫娜,我的肩周炎发作了,真没用,连船都划不了。”她主动要求接替我。她穿着夹克衫,戴着风帽,尽管如此,浑身还是被水打得湿透了:“划船能让我暖和一些。”她看上去像一只落汤鸡。一分钟前她还问我船翻了会怎样,我说:“嗯,我们可以游泳啊!我每年夏天都游泳!”“穿着靴子吗?”“你要是害怕就脱掉好了。”她脱下靴子。看见这个穿着袜子站在倾盆大雨里的柯赛特,泰纳第埃[1]也会被感动的。“舀船舱里的积水，没有比用空靴子更好的了，”她说，谦逊地笑了笑。“根据从上游流下来的水量看，即使不会有浪冲进我们的小船，过不了多久我们也会屁股朝天……”

她问我要桨，我正好也不想划船，可是，我把桨递给她的时候，不知怎的一只桨从她手里滑落了。奇怪。三个月前她失去理智割腕自杀的时候确实断了一根手腱，而那只残废的左手正对着我患肩周炎的右肩，总之，我俩由于手指不灵活才没抓住桨。我想追回落入水中的桨，一使劲船前后颠簸起来，莉萨喊道：“别动，不然我们就要落水了！”[2]每到关键时刻，我们说话都喜欢用船长常用的男性的词汇，比如，雨下得很大，我们就说“像母牛撒尿”，“天在我们头上拉屎”，是我把妹妹拉进了一场糟糕的历险和一个可笑的故事中。莉萨陷入了沉思，看着被水冲远了的桨说：“你把我们卷入了这场笨蛋才玩的游戏中，可你曾对我说磨坊根本不在乎洪水……”“我是这么说过，不过，池塘一泛滥，我就没了主张。”“真惨！”“别急躁，莉萨！如果你想知道实情，我可以告诉你，其实我最害怕的是洪水冲毁河堤。河堤决口，山谷就会被淹没，谁负责？是我，我的小妹！更糟糕的是，我毕生节约攒钱也不够重建这么大规模的堤坝……怎么办？无所谓？让河堤决口？让山谷成为一片荒地？如果说磨坊没有了池塘，世界上没有了磨坊的存在，那我宁愿死！”

下着雨。不能指望划到朗德小溪那边，把溪水引回河床，也不能指望在什么地方停泊，小船只是慢慢地漂移着。我试着摇橹。“我们用长柄叉划桨，行吗？”莉萨建议说。我耸耸肩：我们还是严肃些吧，一个耙

---

① 柯赛特和泰纳第埃均为雨果的小说《悲惨世界》里的人物，前者是芳汀的私生女，从小就被寄养在泰纳第埃夫妇家，饱受虐待。

② 原句为“Tu vas nous foutre à la baille”，baille 是海员的行话，意思是“水”。

子又能产生什么阻力？

她直哆嗦。“我觉得我们的舵掌得不好。”她用靴子把船底的积水往外舀了一些。“我们游回家怎么样？反正已经全身湿透了！”也许可以，不过，我指给她看正被越来越凶猛的激流带向“尼亚加拉”的树枝。此刻，河堤变成了巨大的瀑布，吞噬着一切。我觉得我们在水里游也会被吞噬，甚至会被冲下瀑布摔死：“十二米的落差呢。除非你是峡谷漂流三项全能专业选手……”

我以松树林、榉木林和杨树林为参照物观察，发现水位每刻钟都在上涨。雨越下越大。莉萨的风帽贴着头颅，衣服粘在身上，看得出她瘦得皮包骨头。“我饿了，”她说，“我想吃糖煎饼……”我知道我们最终会返回家中，虽然对马上得到救援不抱任何希望，因为莉萨的手机失灵了（“这地方真是世界之底，”妹妹抱怨道）。我的双筒望远镜里没出现一个猎人（这里的人都不遛狗！），明天早上也没有邮递员按门铃，因为道路已被切断。不过，这是迟早的事：携着树枝滚滚而下的水流会把我们推向河堤，虽然这比游泳慢，因为小船越来越沉，却比游泳安全，因为小船会从河堤的顶部擦过，不等摇晃起来，我们已经跳上了“巡查道”。这是一条很宽的路。还是耐心等着吧。

真倒霉，我们试图用剩下的一个桨划船，不料把船“停泊”在一个看上去水流平静的地方了——那里，马斯纳湖水奋勇同朗德的激流搏斗。结果是：我们的船抛锚了。一个死角。“完了，这段时间我们该做些什么？”妹妹问我。

我想逗她开心，于是跟她讲起我下一部小说的构思。是关于米沙的。“你不打算写我们吗？”是的，因为妈妈不许我写家人，也不许我涉及情感问题。我跟她叙述了作品中的人物：“这是克勒兹地区的一个建筑工人，一个第六代建筑工人。”“不是俄罗斯人？也不是咖啡馆老板？”“一个建筑工人世家。父亲是木匠，祖父是粉刷工。都是四处流动的季节工。他马上要去巴黎建造地铁，他哥哥已经在那儿工作了，为隧道铺砖，他们在蒙玛特遇到了两个学裁缝的女学徒……”“这跟米沙有什么关系？”“一点关系都没有，也可以说关系很密切。很难解释清楚。”

她摇摇头，表示怀疑。她好像冻僵了，嘴唇发紫。我嗓子痛，鼻涕直流，便不停地说话让身体暖起来。我接着讲故事，但不告诉她“结局如何”。这是我的秘诀，只要能把这故事讲下去，我就不会死。跟山鲁佐德①一样，我只要征服夜晚，新的一天便会到来。**一百多万年……**“早知道还不如带点三明治来，”妹妹叹息道，又开始用靴子舀船里的雨水。

还在下雨。黑夜降临。再也看不清陡峭的河岸。有时，我用望远镜能看见一些微微发白的形状。那是雾，像全息图跳着舞。要不就是潮湿的玻璃窗上形成的水蒸气。“即便水流把我们冲向河堤，我也不知道，”莉萨说，“我自己都意识不到，怎么会跳到大路上呢！”我安慰她说：“你的眼睛慢慢会适应黑暗的。有一种夜视觉，白天走路的时候是感觉不到的。”

我没有感到不安。“趁我们还能看见河岸的时候离开小船游过去，这样会更好。”莉萨抱怨道。也许因为她游泳比我强。也更年轻。可是，我们不能错过“突围”的机会。我把她卷进了一件愚蠢的麻烦中，我

① 《一千零一夜》中苏丹新娘的名字，以一夜复一夜给苏丹讲述有趣的故事而免于一死。

承认，不过一切都会圆满结束的。处于绝境中的我只好求助于杜勃林定律。杜勃林是个天才的数学家，他于一九四〇年发明了一条振奋定律："停留在漩涡里的平均时间趋向于无限。"我把"停留"理解为"幸存"。这天晚上，在雨中，我一边脱靴子(现在是我减轻负担的时候了)，一边跟莉萨讲述樊尚·杜勃林的身世，他被纳粹分子逮捕，二十岁就绝望而死。我安慰她说，遇到困境，我总是指望从抽象科学那里获得解救。"这并不奇怪，"她低声埋怨道，"你向来对数学一窍不通！"接着，她满怀温情地把她瘦小的手放到我的手上。

瀑布发出震耳欲聋的声音。雨水将我们的 K-way[①] 风衣浇透了。我的生命趋向无限。莉萨一声不响。雨水流进我们的眼睛里。我再也感觉不到莉萨冰冷的手指，她还握着我的手吗？我们什么都看不见。可是我听得见。我闭上眼睛在听：起风了。四周的树林哗啦作响。世界好像在移动，颤悠悠的，摇晃着。我们坐在船上，孤零零的，四周一片混乱，我们再也不敢动弹。我从声音感到河堤越来越近。河堤和瀑布。小船旋转起来，越转越快。然而，我并没有感到不安。

① 法国的一个服装品牌，最初从做雨衣开始，现在主要做风衣，也有一些户外系列。